「そして話したいのは、コレの生まれた世界の話です」
ユリガ
Yuriga Haan
フウガ
Fuuga Haan
XVIII
現実主義勇者の王国再建記
Re:CONSTRUCTION
THE ELFRIEDEN KINGDOM
TALES OF REALISTIC BRAVE
どぜう丸
イラスト 冬ゆき

シャ・ボン
Sha Bon
ハクヤ
Hakuya Euphoria
ソーマ
Souma E. Friedonia
リーシア
Liscia Elfrieden

ジャンヌ
Jeanne Euphoria
ハシム
Hashim Chima
ムツミ
Mutsumi Haan
クー
Kuu Taisei

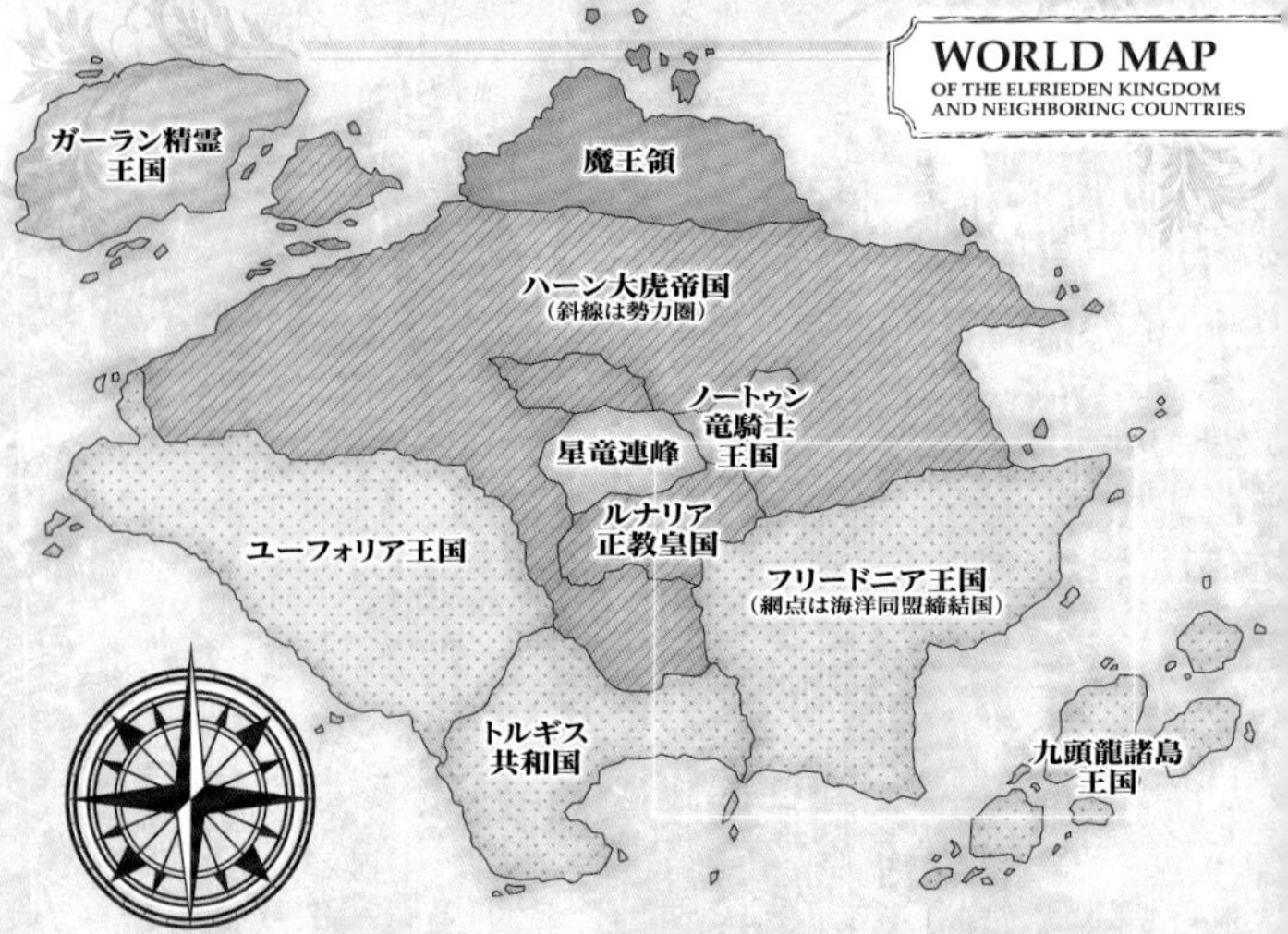
WORLD MAP
OF THE ELFRIEDEN KINGDOM
AND NEIGHBORING COUNTRIES
ガーラン精霊
王国
魔王領
ハーン大虎帝国
（斜線は勢力圏）
ノートゥン
竜騎士
王国
星竜連峰
ルナリア
正教皇国
ユーフォリア王国
フリードニア王国
（網点は海洋同盟締結国）
トルギス
共和国
九頭龍諸島
王国

星竜連峰
ハーン大虎帝国
ルナリア
正教皇国
紅竜城邑
ラグーン
シティ
ランデル
空母『ヒリュウ』
船渠
ヴァン
パルナム
アミドニア
地方
ヴェネティ
ノヴァ
ウルスラ山脈
神護の森
ネルヴァ
アルトムラ
トルギス
共和国
エルフリーデン
地方
九頭龍諸島
王国

現実主義勇者の王国再建記

Re:CONSTRUCTION
THE ELFRIEDEN KINGDOM
TALES OF
REALISTIC BRAVE

XVIII

どぜう丸
イラスト 冬ゆき

Contents

Re:CONSTRUCTION THE ELFRIEDEN KINGDOM TALES OF REALISTIC BRAVE

XVIII

プロローグ ✦ 最終兵器爺さん

魔王領の完全解放宣言。

その報《しら》せは海洋同盟とハーン大虎帝国の共同宣言によって、ランディア大陸中の人々に届けられることになった。その宣言内容はフリードニア王国と大虎帝国とで摺《す》り合わせたものであり、大まかな内容は以下のとおりである。

①【魔王領へと踏み込んだ大虎帝国とフリードニア王国の連合軍は、その最奥で魔族と呼ばれていた存在と遭遇した。小競り合いはあったものの魔王ディバルロイと思われていた魔族たちの代表者であるマオと会見し、停戦に至る】
②【互いの情報を交換した結果、魔族とははるか北の海を越えてきたシーディアンというべつの人類であることが判明。彼らはランディア大陸に住む人類をランディアンと呼んでいる。魔族との戦いは人類同士の戦争だったのだ】
③【シーディアンもまた魔物の被害を受け、このランディア大陸に逃れてきた難民だったということが判明。ここで魔物は脅威であるという点で利害が一致し、連合軍はマオと協力して魔物が溢《あふ》れ出した最初の地点である『異界の門』を封じることに成功する】
④【異界の門が閉じられたことにより、十年に一度の周期で発生していた魔浪《まなみ》は起きなく

なるだろう。魔物はまだ各地に存在しているが、シーディアンとも連携して討伐に当たれることから、駆逐される日もそう遠くないだろう】
⑤【シーディアンたちが居る北の果ての都市ハールガは、大虎帝国と海洋同盟の共同管理下におき、それぞれの庇護《ひご》下に入る形となる】

大虎帝国側としては『ソーマとマオによって異界の門が塞がれた』という事実は伏せておき、自分たちも活躍したことをアピールしたいところだ。

逆にフリードニア王国側からすると、魔王領解放の英雄として人々に祭り上げられると大虎帝国やルナリア正教皇国を過剰に刺激しかねない。またもしこの事実が公になれば、ソーマの出生と血族に与えられている権限についてまで話が及ぶ危険がある。

アピールしたい帝国とアピールしたくない王国の思惑が合致したのだ。

そんな二国の思惑が反映される形の宣言だったが、大陸中の人々は喜びに沸いた。

長年苦しめられてきた魔王領がなくなり、魔族（シーディアンだが）とも停戦したと聞いてようやく安寧の時代が来たのだと思ったのだ。

北から逐《お》われた者たちは、これで故郷へ帰れるのだと期待しただろう。

……しかし、少しでも頭の働く者は不安を抱くことだろう。

魔王領という最大の脅威がなくなったいま、大陸はハーン大虎帝国及びその同盟国の陣営と、海洋同盟の陣営とに二分されたのだ。

共通の敵がいなくなったいま、この二大勢力は友好を結んでいられるのだろうか。

どちらかが覇権を握るべく、早晩激突するのではないか、と。

むしろ大虎帝国の人々はそれこそを望むだろう。

常勝不敗（というには辛勝も多かったのだが）のフウガならば、いまだに誰も成し遂げていない大陸統一という偉業を打ち立てられるのではないか。海洋同盟は勢力こそ大きいが、フリードニア王国、トルギス共和国、九頭龍《くずりゅう》諸島王国、ユーフォリア王国が合わさっているだけであり、一国一国の大きさは大虎帝国に比べれば貧弱に見えるだろう。

戦国の七雄の末期、秦《しん》によって六国が併呑《へいどん》されるとき、強国となった秦ならば戦乱を収めて七国を統一できるのでは、と当時の人々は期待しなかっただろうか？

室町末期の動乱の時代に、日の本の統一を人々は信長《のぶなが》に願い、その信長が半ばで斃《たお》れれば秀吉《ひでよし》に願い、秀吉の死後は家康《いえやす》に願わなかっただろうか？

ましてやフウガの常勝という神話に魅せられている国民たちが、海洋同盟を下して大陸統一を成し遂げることを望まないだろうか？

人々は英雄の出現を期待し、その期待に応える形で英雄になる者がいる。

人々はその英雄にさらなる期待をし、英雄はその期待を集めて躍進する。

しかし、もし英雄が人々の期待に応えられなくなれば、人々は英雄を見限る。

英雄は人々に見限られないために、苛烈なまでに前へと進み続けるしかない。

それが英雄となった者の宿命。大虎帝国の人々が望むのは、英雄フウガ・ハーンと海洋同盟盟主であるソーマ・E・フリードニアとの完全決着であった。

そして大虎帝国の人々がそう考えていることは海洋同盟の人々にも伝わり、避けられぬ戦いの雰囲気に魔王領解放の歓喜は消えていくことになる。

◇◇◇

大陸の北端からパルナム城へと帰還した俺は、すぐに頭脳班を招集した。

集めたのはリーシアと、留守中ユーフォリア王国から来てもらっていた黒衣の宰相ハクヤ、ハクヤの後継者であるイチハ、白の軍師ユリウス、国防軍総大将のエクセルと副将のルドウィン、ルドウィンの参謀のカエデという頼りになるメンバーだった。

このメンバーにはマオと共に異界の門を閉じた経緯、つまりこの世界のざっくりとした歴史と俺（旧人類）の血筋に与えられた権限についても説明している。話を聞いて集まった者たちはみんな頭を抱えるか苦虫を噛《か》み潰したような顔をしていた。

「ソーマだけじゃなく、子供たちにまで背負わせることになるなんて……」

リーシアが歯痒《はがゆ》そうに言った。俺も同じ気持ちだ。

地球の未来人の業を、地球など知らない子供たちにまで負わせる形になるからな。

「……向こうでマオと話し合って、北半球との扉を開く機能や、新たにダンジョンを生み出す機能みたいな危険性の高い機能は停止してきた。すぐに俺の血族が必要になる場面はないだろうけど……」

「しかし、今後北半球に乗り出す際にはお前の血は重要だ」

ユリウスが腕組みをしながら言った。

「私も、ラスタニア王国が健在だったら、お前とロロアの子の一人を養子にくれとお願いしたことだろう。もしものときの備えとして血筋がほしいからな」

「そうですね。ユーフォリア女王の王配としての立場で言えば、ユーフォリア王国も陛下とマリア殿の子を養子にほしいところです」

ハクヤまでそんなことを言っている。気持ちはわかるけど、勘弁してくれ。

「まあ北半球の問題は今後の課題になるとして、まずは南側の問題に備えないと」

俺がそう言うと、カエデが緊張気味に口を開いた。

「ついに、フウガ・ハーンが攻めてくる……ということなのですね」

「まあ、あの国に敵対できる国は、もはや海洋同盟だけでしょうからね」

エクセルが扇子で口元を隠しながら言った。

「あの国は拡大し続けることで人々の支持を集めています。魔王領が解放されたからといってその歩みを止めれば、すぐに内部から不満がでることでしょう。そうなれば内乱が頻発し、早晩国を維持するのが難しくなる。遅くともフウガ・ハーンが寿命を迎えるころには彼の大国は分裂するでしょうし」

「実状として、戦う以外の選択肢が彼の国にはないということですか」

ルドウィンが溜息《ためいき》交じりに言った。まあルミエールなど有能な内政官も手に入れているのだから、本腰を入れて取り組めば国を長続きさせることはできるだろう。

しかしフウガの百か零かを求める性格では、その選択肢を選べないだろう。

「フウガは自分の実力や運命を試したいと思っている。自分がどこまでやれる存在なのかを世界に問うことを第一としている野心家だ。だから絶対に止まらない。必ず海洋同盟に宣戦布告してくるだろうし、そうなったとき真っ先に狙われるのは、ヤツからもっとも脅威だと思われているこのフリードニア王国だろう」

俺の言葉にみんな厳しい顔をしている。楽観論や反対意見などはあがらない。

みんなもフウガをそういう男だと認識しているということだ。

「フウガは歩みを止めることはない。何度か追い払ったとしても、アイツは諦めることなく立ち上がり、再び襲いかかってくるだろう。時代が、人々がそれをアイツに求めるからだ。それがアイツ、フウガ・ハーンの資質だ。この時代が生んだ英雄はこの時代に守られている。だからこそ、アイツを止めるためには時代そのものを変える必要がある」

人々がフウガという存在を求めない時代を導く。

それがアイツに完勝できるたった一つの道だった。

「俺は、シーディアンの長《おさ》マオが治める都市ハールガへ辿《たど》り着いて、その道筋を見出《みいだ》せたと思う。いまから言うことをよく聞いてほしい」

そして俺はハールガで見出したフウガに勝つための道を、その場に居る者たちに説明した。みんな話の途中では首を傾《かし》げることもあったけど、都度ちゃんと説明すればそういうことかと納得してくれた。

「なるほど。そういうことでしたか」

エクセルが満更でもなさそうな顔で微笑《ほほえ》んだ。

「ハールガで戦術や戦略の類いではないとは聞いていましたが……たしかに、それらとは違うものですね。フフッ、これが成せれば大虎帝国の人々は対応できないでしょう」

「たしかに有効な手段だろう。うまくいけばフウガもハシムも苦慮しそうだ」

ユリウスもそう同意したけど、すぐに「しかしだ」と首を捻《ひね》った。

「これを実現させるためには時間が掛かるのではないか？」

「……ああ。おそらく、あと半年くらいはかかるだろうとのことだ」

「フウガも国内世論をまとめきるまでは動けないだろうが、それでも準備が整えばすぐにでも攻めてくるだろう。こちらの準備が整うのを待っていてはくれまい」

「だからできるかぎり、時間を稼ぐ必要がある」

俺がそう言うと、話を聞いていたイチハが恐る恐る手を挙げた。

周りが海千山千の錚々《そうそう》たるメンバーなので、最年少として緊張しているのだろう。俺が「イチハ」と呼び掛けると、イチハは意を決したように前へ出た。

「あの……そうなると、我々は遅滞戦術をとるしかないと思われます。攻め込まれても、そう簡単に決戦に持ち込ませないようにしなければなりません。国境線で防ごうとすればすぐに決戦になってしまいますので、ときに透かし、ときに防いで、ズルズルと奥へと引きずり込むような戦いが必要になるかと」

それはこちらも相応の痛みを伴う戦い方だった。しかし、そうでもしなければ大虎帝国軍相手に時間を稼ぐことなどできないだろう。こういう耳当たりの良くない現実的な意見を提示できるあたり、ハクヤの後継としてしっかり育っているようだ。

「うん。だからここに集まっているみんなには、その方針で戦術や戦略を練ってもらいたいんだ。ここに集まってるのはこの国の頭脳だ。俺なんかよりもよっぽど効果的な作戦を練ってくれるだろうと期待している」

俺がそう言うとみんな一斉に頷《うなず》いた。するとハクヤが手を挙げた。

「そういうことでしたら、二名ほど作戦本部に加えたい人材がおります」

「ん？　構わないけど、誰を呼びたいんだ？」

そう尋ねると、ハクヤはニヤリと笑った。

「陛下もよく知る人物です」

◇◇◇

——数日後。新都市ヴェネティノヴァ。

「というわけですので、貴殿には早速パルナムに向かっていただきます」

この都市の領主ワイスト・ガローの邸宅の執務室で、ワイストから直々に辞令を受け取った者がいた。その者はなんで急に呼び出されたかわからないままここに通され、いままさに国王ソーマからの登城命令が言い渡されたところだった。

「はぁ……はいぃ!? な、なぜ儂《わし》なのですか!?」

その人物は一瞬呆《ほう》けたような顔をしたが、辞令を理解すると同時に驚きの声を上げた。

そんな人物にワイストは辞令の書類を手渡し、肩をポンと叩《たた》きながら言った。

「陛下と黒衣の宰相が貴殿の力を欲しているのです。名誉なことではないですか。それでは我が都市代表として是非とも頑張ってきてくださいね。ウルップ殿」

「………」

アミドニア公王ガイウスさえも油断させた人の好《よ》い笑みを浮かべて言うワイストに、指名された本人であるウルップ爺《じい》さんは口をパクパクとさせるだけだった。

第一章 鶏鳴狗盗はお家芸

大陸暦一五四六年に新都市ヴェネティノヴァを建設する際に、土地にまつわる『海神伝説』を語って津波による被害の懸念を知らせたウルップ爺さんことウルップ。

彼はソーマとの邂逅《かいこう》後、彼の助言によって計画が変更され建設されたヴェネティノヴァへと移り住み、本業であった漁師の傍ら、この地で国公認の語り部《かたべ》としてこの地の人々に伝説と津波が来たときの行動などを語って聞かせていた。

数年が経《た》ち過酷な漁の仕事に体力の限界を感じたウルップは、船仕事を子や孫へと譲り、語り部の仕事に専念するようになる。

パルナム城の保育所を参考にして建設された日中子供を預かる施設を巡り、子供たちに伝説を語って聞かせていたウルップだったのだが、ある日、ふと思った。

(こういった天災への備えを訴えた伝説は各地にあるはずじゃ。津波だけではなく、山や谷では土砂崩れや地滑りが起きるだろうし、平野でも川が近ければ洪水の危険がある。森が近ければ獣の被害もあろう。そういったものの危険性を訴える伝説に……果たして語り部はおるのじゃろうか?)

ソーマはかつて居た世界の災害の記憶から、ウルップの知る海神伝説の価値を理解し重視した。しかし、逆に言えばソーマと出会うまで、ウルップは自分の知る伝説の価値を理解していなかったのだ。もしかしたら、ウルップが生涯を閉じると同時にこの伝説は消えていたのかもしれない。そして……伝説を知らないまま災害の日を迎えたとしたら、どれだけの命が失われることになるだろう。

（考えただけでゾッとするわい。それに……せっかくご先祖様たちが残してくれた伝説が、見向きもされぬまま消えていくのもしのびないのう……よし！）

ここでウルップは一念発起する。

老人である自分はいつポックリ逝ってもおかしくない。だったら残りの人生はそれらの伝説を収集し、まとめる語り部となろうと。腹を決めたらウルップの行動は早かった。早速ソーマに自分の思いを伝えるための手紙（文字の読み書きは漁師引退後に教育所で修得）を書いたのだった。

『拝啓、国王陛下様。寄る年波には勝てず海にこぎ出すことができなくなったこの身ですが、最後にもう一仕事したいと思い筆を執りました』

後日、そんな一文から始まるこの手紙を読んだソーマは人目も憚《はばか》らず大笑いした。

「ウルップ爺さん、民俗学者になるのか！　老いてますます盛んだなぁ」

リーシアたちが呆気《あっけ》にとられる中で笑い涙を拭ったソーマは、その場で許可する旨の返事を書き、調査費用を出すことを約束した。それだけでなく「彼の調査行動は国王が認めたものであるから協力するように」と認めた証明書を用意し、また老人の一人旅は危険だろうからと、ユノやディスなどの信頼の置ける冒険者を護衛に付けたのだった。

尚《なお》、このときのウルップの手紙は後日、王都の博物館へと寄贈されて目玉展示物の一つになるのだが……それはまたべつの話だ。

「おーい、ウルップの爺ちゃん。王様から預かってきた手紙だぞ」

「おお娘っこ！　早く、早く見せるのじゃ！」

派遣されたユノたちから返事を受け取ったウルップは早速旅支度を済ませると、年寄りの冷や水を不安がる家族たちに「しばしのわかれじゃ！」とちょっと格好つけたことを言って旅立ったのだった。

「で、最初はどこから行くんだい？　爺ちゃん」

ユノにそう尋ねられたウルップは鼻の下のヒゲを撫《な》でながら言った。

「水の災害は怖いからのう。まずは海沿い。次は川沿いじゃな。そのあとは山間。そして各地の伝説を集めたら、ヴェネティノヴァに戻ってまとめねばならん」

「……とんでもなく時間がかかりそうだな」

「無論。残りの人生すべてを賭けるつもりじゃよ」

そう言ってウルップは意気揚々と歩いて行った。

護衛は基本、村から村などの道中に行われる。ユノたちが都合が付くときはユノたちが同行するが、ユノたちの都合の付かないときは国からの要請を受けた冒険者ギルドから派遣された信頼できる冒険者が行った。

各地でその土地の伝説を調べるウルップたちのことを不審に思った者がいても、ソーマが渡した国王直筆証明書を見せれば態度を一変させて調査に協力した。

その様子を見ていた者が面白おかしく脚色した噂《うわさ》を流したため、後年『ウルップ翁《おう》漫遊記』という、どこぞの水戸のご老公みたいな内容の劇が作られることになる。

ちなみに助《すけ》さん・格《かく》さんみたいな同行メンバーはユノたちPT《パーティ》メンバーに固定されていた（実際は常にユノたちが同行していたわけではないのだが……）。

閑話休題。こうしてウルップは各地を巡り、その土地に教訓として残っている神話や昔話を調べあげ、ヴェネティノヴァにもどって編纂《へんさん》し、また旅立って調査する……ということを続けていた。編纂された内容は報告書として国にも提出されて、ソーマやハクヤはその仕事ぶりに満足していたのだった。


そんな作業を数年続けていたある日のことだ。

編纂のためヴェネティノヴァに帰っていたときに、領主ワイスト・ガローから呼び出しを受けて、ソーマによるパルナム城への登城命令を伝えられたのだった。

その翌日にはお迎え用の飛竜《ワイバーン》ゴンドラが到着し、あれよあれよという間にウルップは空の人となった。

（わ、儂……なにか失礼なことしてしまったのか？　儂の報告書に陛下や宰相様が不満をおぼえられたのだろうか？）

王家所有のゴンドラなので広い作りになっているにもかかわらず、ウルップはその隅っこで小さくなっていた。自問自答を繰り返している間もゴンドラは移動し続けて、気が付けばパルナム城の中庭へと降り立っていた。

「ウルップ様ですね。ようこそお出《い》でくださいました」

ウルップがおっかなびっくりゴンドラから降りると、侍従長《メイドちょう》のセリィナが丁寧に出迎えた。国王ソーマとのコネクションがあるとはいえ、立場的にはウルップは一市民に過ぎない。それがまるで貴族か大臣でも迎えるかのような対応をされて、ウルップは面食らってなにも言えなくなっていた。

そんな彼にセリィナは右の手のひらで自身の右側を指した。

「さあどうぞ、こちらへ」

ウルップは言われるがまま先導して歩き出したセリィナに付いていった。

ソーマなどはもう慣れたものだが、ウルップには王城の廊下の景色さえも格式高く見えて気後れしてしまう。そうして歩いて行くと一つの部屋へと通された。

「しばしの間、こちらの部屋でお待ち下さい」

セリィナはそう言って頭を下げると、ウルップを残して去って行った。

その部屋の中には絵画などの美術品以外には、大きくて赤いフカフカとしたソファーが二つあるだけだった。どうやら待合室なのだろう。

「す、座っていいんじゃろうか……」

金銭面では小心者のウルップは、そのソファーに腰を下ろすことさえ躊躇《ためら》ってしまう。

そうしてしばし葛藤していたそのときだった。

『しばしの間、こちらの部屋でお待ち下さい。陛下もすぐに参られるでしょう』

扉の向こうから別人の声で、セリィナが言ったような言葉が聞こえた。

扉が開いた際にチラリと見えたのは赤い髪の半竜人《ドラゴニュート》の侍従《メイド》……カルラの姿だった。

すると開けられた扉から大きな影がヌッと室内に入ってきた。

それはウルップ以上に王城が似合わない、むさ苦しいひげ面の大男だった。

（なんじゃこいつは？　野盗の類いにしか見えんぞ）

「ん？　爺さんも王様に呼び出された口ですかい？」

ウルップと目があった大男が口を開いた。

「ヴェネティノヴァから来たウルップじゃ。そういうお前さんは一体誰なんじゃ？」

この部屋の中で暴れられたら、自分の老体など簡単にへし折られてしまうだろう大男に、せめて気概では負けないようにとウルップは身体《からだ》を反らしながら言った。

そんなウルップの様子を見て、どうやら怖がられているのだと察したらしい大男は苦笑いしながら頭を掻《か》いた。

「あっしは山岳救助隊の隊長をしているゴンザレスって者《もん》でさぁ。今日は急に王様から呼び出しを受けたんだが……爺さんもなのかい？」

「う、む。そうじゃな」

どうやら危ないヤツではないらしいと悟り、ウルップも警戒を解いた。

「山岳救助隊の話は山間の村を回ったときに聞いたのう。山での遭難者を捜索し、助け出すために陛下が設立したとか。メンバーは足を洗った山賊などが多いそうだが、山に詳しくありとあらゆる場所へ助けに向かうから、人々に頼りにされているようじゃ」

「へへっ……そう言われると照れちまいますがね」

ゴンザレスは満更でもなさそうな顔をした。笑えば多少愛嬌《あいきょう》も出てくるものである。ただしヒグマが油断しきっているときの顔程度の愛嬌だが。

「そういう爺さんも呼ばれたんだろ？　なにか聞いているかい？」

「いや、儂もまだ詳しい話を聞いてはおらんのじゃが……」

二人がそんなことを話していたそのときだった。

不意に扉が開け放たれて、ソーマがハクヤを連れて入ってきた。

「ウルップ爺さん、ゴンザレス。すまないな、急に呼び出してしまって」

ソーマが軽い口調で言うと、ハクヤも「ご足労、感謝いたします」と頭を下げた。

「へ、陛下！」「王様……おっと、すいやせん」

いきなりの国王と宰相の登場に、ウルップは慌てて平伏し、ゴンザレスも慣れない様子で膝を突いた。そんな二人の様子に苦笑しながら、ソーマは、

「いやいや、そんな畏《かしこ》まらなくて良いから、ほら二人とも立ってくれ」

と言って二人を立たせた。わけがわからないといった顔で立ち上がった二人に、ソーマ

は笑みを浮かべながら告げた。

「二人とも来てくれてありがとう。どうしても二人の力を借りたいことがあるんだ」

そんなソーマの言葉に、ウルップとゴンザレスは顔を見合わせたのだった。


その後、ウルップとゴンザレスが案内されたのはとある部屋だった。

窓がないため薄暗かったその部屋の真ん中には、なにやら大きな物がドデンと置かれている。ウルップたちが部屋の面積の大半を占めるそれを覗《のぞ》き込むと、それはこのフリードニア王国の縮尺模型《ジオラマ》だった。村や町や都市の位置関係、そして山の高さまで再現されている縮尺模型を見て、ウルップもゴンザレスも息を呑《の》んだ。

この国の各地の伝承を調べて回ったウルップと、山々を踏破し救助活動を行ってきたゴンザレスだからこそ、この縮尺模型の正確性を一発で理解した。

地図でさえ精巧なものは機密扱いになるというのだから、この縮尺模型は本来、自分たちのような一般人が見て良い物ではないはずなのだ。

「こ、これは一体……」

「見てのとおり、この国の縮尺模型です」

ウルップの疑問に部屋に居た黒衣の宰相ハクヤが答えた。

よく見れば部屋の中には国防軍総大将のエクセルや白の軍師ユリウスもいる。

ここはパルナム城の第二作戦室だった。

少し前にはグラン・ケイオス帝国救援のための作戦を練った場所である。

我に返ったゴンザレスも冷や汗を垂らしながら言った。

「なぜ……これをあっしらに見せたんです？　これって国の機密なんじゃ？」

「フフッ、そうね。もし持ち出そうとすれば秘密裏に処理されるでしょうね」

エクセルが扇子で口元を隠しながら笑った。エクセルは笑顔だけれど、二人にとってはとても笑っていられる状況ではなかった。冷や汗がとまらない。自分たちはなぜ呼び出されたのか、自分たちは一体全体どうなってしまうのだろうか、と。

「エクセル。二人を怖がらせないでくれ」

ソーマが窘《たしな》めるように言うと、エクセルはペロッと舌を出した。

孫娘であるジュナがたまにお茶目したときにやる仕草ソックリで、ソーマは「ったくもう」と肩を落とした。ソーマは気を取り直すようにパンと手を叩《たた》いた。

「さて、二人に来てもらった理由だけど、ハクヤが二人の知恵を借りたいそうなんだ」

「御意」

するとハクヤが二人の前に進み出た。

「お二人はそれぞれ専門的な知識を有しておられる。ゴンザレス殿はこの国の山という山を知り尽くして居られるし、ウルップ殿は水の災害の伝承を集め、まとめるうちに治水の専門家と呼んで差し支えない知識を会得されています。そのお二人の専門的な知識をどうかこの国のためにお貸しいただきたいのです」

そう言うとハクヤは二人にいまこの国が置かれている状況を説明した。ハーン大虎帝国に対抗できる勢力が海洋同盟だけとなり、北方が安定した以上、フウガは遠くないうちにこの国に攻め込んでくると予測されていることなどをだ。

この国の民衆の大半は魔王領の脅威がなくなり、ようやく平和な時代が来たと安堵《あんど》している状況なので、二人がハクヤに聞かされた話は寝耳に水だった。

「そ、そんなことになってるのかい？」

「それは大変じゃが……なおさら儂《わし》らが呼ばれた理由がわからんのじゃが……」

困惑する二人に、ハクヤは薄《うっす》らと微笑《ほほえ》みながら縮尺模型に手を置いた。

「大虎帝国軍は押し寄せる水のようなものだと思って下さい。高きところから低き場所へ行くときに勢いが増し、その逆になれば勢いが失われる。分かたれれば勢いが弱まり、合流すれば勢いが強まる。それは軍勢も水も変わりません。水が流れやすい場所は人が通りやすい場所でもあるのです」

ハクヤはそう言うとウルップのほうを見た。

「ウルップ殿は報告書で、伝承のない地域でも被害がでる畏れがある地域を指摘してくださっていますよね？　それはそれまで収集した伝承から、水の集まりやすい場所というのを感覚的に理解しているということです。もし攻めてくる大虎帝国軍を水とするならば、この縮尺模型上でどういう動きをするのかわかるのではありませんか？」

「それは……」

ウルップは言い淀《よど》んだが、頭の中ではこの縮尺模型上で水がどう流れるかをシミュレートしていた。北の国境線から水が流れ込んだ場合、どういう動き方をするだろうか。あの山では分かたれて、あの盆地で合流するだろう。あの隘路《あいろ》を進めば行き止まりになるだろうが、あの道を行けば王都までスムーズにたどり着けるだろう。

「……いやいや」

そうやってシミュレートしているうちに、ウルップは首を横に振った。

「たしかにこの縮尺模型上での動きはわかります。しかし実際の山道はこのような単純な物ではないでしょう。模型では表現できない通り道などもあるかと思いますじゃ」

ウルップの言葉に、ハクヤはコクリと頷《うなず》いた。

「ええ。ですから、ゴンザレス殿も一緒にお呼びしたのです」

「あ、あっしですかい？」

ゴンザレスは人差し指で自分を指差した。ハクヤはコクリと頷く。

「ええ。ゴンザレス殿は山岳救助隊の隊長として、この国の数々の山を熟知されています。おそらくその知識量は、その地で暮らす人々にさえ匹敵するほどでしょう」

「う～ん……まあ、この国で一番山に登ってるのは確かだろうけど」

ゴンザレスが頭をガシガシと掻いた。ハクヤは頷くと話を続けた。

「ゴンザレス殿はウルップ殿が指摘した、山の中の隠れた小道、獣道まで熟知しておられます。その知識で縮尺模型の見落としをカバーしていただければ、ウルップ殿が正確な進軍経路を割り出すことができるでしょう」

「なるほど。だからこの二人なのだな」

ユリウスが腕組みをしながら感心したように言った。

「フウガがこの国を攻めるためには、どうしても大軍を用意する必要がある。この国は大虎帝国に比べれば暮らしも豊かだし、常日頃からの放送による情報開示と国民への啓蒙《けいもう》のおかげで、帝国のようにプロパガンダを行うことも容易ではないからな。大軍を率いて正攻法で進軍するしかない以上、その大軍を動かすための道は限られるということか」

「そして、進軍経路を絞れれば対策もしやすいというわけですわね」

エクセルも扇子をパンと閉じながら言った。

「イチハ殿が言っていたとおり、私たちが採るべきは遅滞戦術。水の集まる場所は大軍が展開できる場所なので守りにくく、放棄もやむなし。逆に水が分かたれる守りやすい場所は、大虎帝国軍が展開できないように要所を押さえる、ということね」

「はい。同時に、お二人の知識を活《い》かせば、把握してない小道から裏に回られるなどを防ぐこともできましょう」

ハクヤもそう太鼓判を押した。相変わらず困惑しているウルップとゴンザレスだったが、頭脳班は納得している様子だった。すると話を聞いていたソーマが口を開いた。

「ハクヤの考えはわかった。ウルップ、ゴンザレス」

「は、はいですじゃ！」「なんでございやしょう」

「この国のために、二人の知識を貸してほしい。このとおりだ」

そう言ってソーマは二人に頭を下げた。国王に頭を下げられて、二人はさらに慌てることになる。こうまでされてはもはや断ることはおろか、躊躇《ためら》うことさえできない。

「あ、頭を上げて下され、陛下！　この老骨でお役に立てることがあるのなら、なんでもいたしますじゃ！」

「そうですぜ、陛下！　山賊稼業から引き上げて貰《もら》った恩もあります。あっしの知識が役に立つって言うなら、協力させていただきやすぜ！」

「……ありがとう、二人とも」

二人の協力を得られたことで、頭を上げたソーマは笑顔で言ったのだった。

こうしてフリードニア王国の第二作戦室ではウルップとゴンザレスを加えて、来るべき大虎帝国の侵攻に対する備えを固めるのだった。

「宰相殿、この山には小道がある。馬は通れないが徒歩なら山を越えて裏に出られるぞ」

「ふむ。備えの兵を配置するか、或《ある》いは後方部隊への奇襲に使えそうですね」

「この盆地は拓《ひら》けた土地じゃが西側が南へ上る傾斜になっておる。水が集まる場所だが南には流れづらい。むしろ溜《た》まった水は東側の平地を流れていくはずじゃ」

「なるほど。でしたら、進軍の足並みが乱れる地というわけね。ユリウス殿？」

「そのとおりだろう、エクセル公。この地点は守れぬようなら放棄もやむなしと考えていたが、それならば逆に堅く守って進軍を鈍らせたほうがいいだろう」

「ふふっ、そうね。東の部隊が突出すれば打撃を与えやすいと思うわ」

宰相、軍師、国防軍総大将の作戦会議に、山岳救助隊と伝承の語り部《かたべ》が加わって対等に意見を交わしている。このような議論が日夜交わされて、立案される遅滞戦術の精度を上げることになった。フウガの怖《おそ》れた「大亀《ソーマ》は尻尾に無数の蛇を飼っている。その蛇は亀の意思に関係なくそれぞれの意思で敵を攻撃する」という状況は、まさにこのようなことを言うのだろう。

このような現象はべつの場所でも起こっていた。


場所は王都にある『ジンジャーの専門学校』……いや、すでにかつてよりは規模が拡充され建物も増えたことから『ジンジャー大学』と呼称を変えた場所だった。

その中に建設された講堂に、いま多くの若い女性たちが集結していた。

皆一様に白いローブのようなものを纏《まと》っている。

すると、そんな女性たちの前に立った一人の女性が声を上げた。

「さあ、皆さん。準備はよろしいですか？」

「「「はい。聖女メアリ」」」

女性たちの返事に、当のメアリは少し困ったように笑った。

「ですから、私はもう聖女ではないですし、皆さんだって元聖女候補でしょう？」

彼女たちはルナリア正教皇国から亡命してきた元聖女候補たちで結成された『ルナリア少女合唱団』のメンバーだった。そんな合唱団の少女たちがメアリを見つめる眼差《まなざ》しは、憧れのお姉様を見るようなそれだった。

「いえ、正教皇国から私たちを救い出してくれたのはメアリ様です！」

「貴女様《あなたさま》こそ我らの救い主！」

「誰がなんと言おうと、私たちにとって貴女様は聖女なのです！」

尊敬の眼差しと共に口々にそう言われ、メアリが困惑していると。

「カッカッカ！　良いじゃねぇか、崇《あが》めたいヤツには崇めさせてやれば」

そんな軽い声が聞こえて来た。メアリはその声の主を恨めしそうに睨《にら》んだ。

「随分と簡単に言ってくれますね。ソージ大司教猊下《げいか》？」

するとソージは両手を上げて「おいおい睨まれても困るぜ」と言った。

「まぎれもなくお前さんの決断の成果だ。いま正教皇国内ではフウガ支持派が幅を利かせ、異端狩りという名の政敵潰しが横行して血の雨が降ってるって話だ。あのまま国に残っていたら彼女らは確実に異端として狩られていただろう。フウガの聖女に選ばれた嬢ちゃんの権威を固めるためにも、他の聖女候補なんて邪魔なだけだしな」

「フウガの聖女……アンのことですね」

メアリは表情を曇らせた。正教皇国脱出の際にメアリが手を差し伸べたのに、その手を取らなかった少女。メアリが救い出せなかった少女だ。いや、本人が望んで出した答えならば、救えなかったと思うこともおこがましいのかもしれないが。

（アン……貴女はいま、なにを思っているのですか？　権威付けの道具となってでも、人に必要とされる生き方を求めた貴女は、流れる血を前になにを思うのですか？　心が壊れてしまうのでは……っ!?）

メアリがそんなことを考えていると、不意に自分の顔が両側から挟まれるのを感じた。彼女の両こめかみあたりをソージが両手で掴《つか》んでいたのだ。

ソージはそのままメアリの頭をグラグラと揺らした。

「ちょっ、なにをするんですか。やめてください」

メアリが抗議すると、ソージはククク と笑った。

「いや～しけた顔してたからな。ちょっと揺らしてみようかと」

「思いつきで揺らさないでください。もう、髪の毛がぐちゃぐちゃじゃないですか」

メアリはソージの手を振り払うと、少し膨れっ面になりながら乱れた髪の毛を直した。

そんな彼女の仕草を見て、ソージは「それだよ、それ」と笑った。

「暗い顔をするより、そっちの感情むき出しの顔のほうが良いぞ」

「なにを勝手なことを……」

「お前さんが暗い顔をしてたら、心配するヤツが沢山いるんだ」

そう言うと、ソージはメアリの背後をアゴで指し示した。メアリが振り返るとそこには、心配そうな顔でメアリを見つめる元聖女候補たちがいた。

どうして、と疑問顔のメアリにソージは言う。

「お前さんはもう嬢ちゃんたちにとって立派な聖女様ってことだろう。お前さんが認めようが認めまいが敬愛の対象になってるってことさ。自分が慕い、尊敬してる相手が苦しそうな顔をしてたら心配にもなるだろう？」

「そんな。私はそんな大それた存在では……」

謙遜しようとしたメアリだったが、チラリと元聖女候補たちのほうを見ると、皆一様にメアリのことを気に掛ける目で見つめていた。二十四以上ある瞳。

その瞳の前では過剰な謙遜は見せづらかった。

期待されれば落胆させたくないと考えるのが人の情である。

「いつの間にか……大それた存在になってしまっていたのですね」

「こんな生臭坊主が大司教になってるわけだしな。世の中や環境が変われば求められる人も変わってくるものさ。大事なのはどんな場所に置かれても、自分の頭で考えて、自分の足で立つことだ。乗るにせよ、抗《あらが》うにせよ、自分で決めることに意味がある」

「ソージ猊下……」

自分で考えて……か。メアリが聖女としての鎖から解放されることを選んだように、アンが聖女であることを選んだというのなら、メアリが気を揉《も》んでも仕方ないのかもしれない。彼女の決断を、せめてその過酷さを知るメアリだけでも認めてあげるべきなのかもしれれない。たとえそれが世間や後世からどのように評される道であっても。

メアリはフッと表情を緩めた。

「さすが猊下。迷える子羊に道を指し示すのがお上手ですね」

メアリに素直に誉《ほ》められたソージは、ツルツルな頭を撫《な》でながら笑った。

「カッカッカ！　俺はラムよりマトンのほうが脂がのってて好きなんだがねぇ。どうにも子羊の世話ばっかり頼まれて困っちまうぜ」

「あら、子羊に世話を焼かれているナマケグマが居ますよね。私やメルーラさんが居なければ大司教室はすぐに足の踏み場がなくなり、猊下の威光はとっくに地に落ちてます」

「……嬢ちゃんも言うようになったね」

国王ソーマから直々にソージの世話を頼まれたメアリは、ソージの私生活の管理をしている。ソージは『王国ルナリア正教』の顔なので、彼の権威が失墜すれば国内のルナリア正教徒すべてに悪影響を及ぼすことになる。そのため厳しく監督する内に、居候する代わりに彼の家を掃除していたハイエルフのメルーラと共同戦線を張るようになった。

かつては正教皇国から魔女と命を狙われたメルーラと、彼女を弾劾する立場だったメアリが、目の前の男を更生させるという目的のために手を組み、仲を深めている。

二人のおかげでソージも（本人の意識変化もあるが）最近は健康的な生活が送れるようになっていた。このことについてソーマからも、

『「王国正教」は聖職者の妻帯は禁じてないんだし、二人に娟にもらってもらえよ』

……と言われており、ソージは渋い顔をしていた。

そんなどっちがパワーバランスが上かわからない大司教と聖女のやりとりを、元聖女候補たちは微笑《ほほえ》ましそうに見ていた。すると……。

「あー、オホン。お二人ともそろそろよろしいですかな」

ダンディズム溢《あふ》れる低音ボイスが響いた。

様子を見ていたこの大学の学長であるジンジャーとその妻サンドリアの横に、タキシードに身を包んだセイウチ顔の大男がいた。

共和国では雪原の五種族と言われる海象族《かいしょうぞく》（セイウチの獣人族）であり、『労働歌謡研究会』（通称『労歌研』）の代表のモールスだった。モールスは東西リアル歌合戦の成功を機に音楽街道を突き進み、いまは『ルナリア少女合唱団』の指揮者に就任していた。

そんなモールスは苦笑しながらメアリとソージに言う。

「そろそろ実験を開始しましょう。ジンジャー殿、準備はよろしいでしょうか？」

「はい。いま、陛下からお借りした宝珠は、この講堂の中を映しています」

ジンジャーが講堂の入り口近くに設置してある宝珠を指差した。

「その映像はこの国だけでなく、海洋同盟各国でも見られるようになっています。各国の実験を行う都市は、この映像を……『ルナリア少女合唱団』の皆さんの歌声を聴きながら負傷者の治療を行うことになっています」

ルナリア正教の秘技『範囲回復《エリア・ヒール》』は、教会が抱える光系統魔導士の歌声を聴きながら、いっぺんに大勢の人間の負傷を治療するというものだった。

魔法の効力におけるイメージの重要性と、そのイメージを抱くために『歌』というものが効率的に作用するということは、リアル歌合戦での実験で判明したことだ。

ならば、放送を通して聞こえてくる賛美歌にも、回復魔法にバフを掛ける効果があるのかを探るのが今回の実験だった。このことに関してジーニャやメルーラなど王国が誇る天才たちの予想では『期待できる』だった。直接歌声を聴くよりも効果は減るだろうが、歌のイメージは放送を通しても薄まりはしないだろう、というのが見解だった。

もし、これが立証されれば海洋同盟各国は、回復専用の放送チャンネルを用意して、全世界規模の戦闘が行われた際に負傷者の治療に役立てることができるだろう。

仮に相手側がこの放送に気付いたとしても示し合わせて波長を変えてしまえば、利用されることもなく、海洋同盟側の大きな強みになると期待されていた。

ジンジャーがそんな意図を説明すると、サンドリアがスッと前に出てきた。

「つまり、お二人のやり取りは全世界に筒抜けというわけです。イチャイチャは家に帰ってからにしたほうがよろしいかと」

「いやいやイチャイチャなんてしとらんわ」

「…………」

澄まし顔のサンドリアにソージは抗議したが、メアリは恥ずかしさから顔を真っ赤にして俯《うつむ》いてしまっていた。そんな二人の反応に、お年頃の元聖女候補たちは黄色い声を上げている。するとパン、パンと手を叩《たた》く音が響いた。

「はいはい。そこまでです。他人の恋路に首を突っ込むのは野暮ですよ」

モールスが低音ボイスでそう言うと、元聖女候補たちは「はい！」と良い返事をした。

ソージは何か言いたげだったが、反論してもやぶ蛇になるだけなのがわかっているので
なにも言えず、メアリはもう穴があったら入りたい様子で、顔を手で押さえていた。

そんな二人の様子に苦笑しながらモールスは指揮棒を振り上げた。

「それでは皆さん。まいりましょうか」

「「「はい」」」

こうして放送を通した範囲回復《エリア・ヒール》の実験が行われた。

その結果は、事前の予想どおり『効果アリ』だった。報告を受けたソーマたちは喜び、
ジンジャーたちにさらなる実験の継続を命じたのだった。

第二章　両陣営の年末年始

——大陸暦一五五三年の年末

今年は魔王領が解放された記念すべき年として、各国の国民たちは年末年始の宴《うたげ》で大いに盛り上がっているようだ。十数年抱えていた不安から解放されて、明るい将来を夢見て浮かれているのだろう。うちの国でもジュナさんを中心に歌合戦（これは魔法の研究用ではなく、年末の紅白的なもの）を準備している。

ただ、そんな国民たちの雰囲気とは裏腹に、海洋同盟各国の上層部と軍部はとても浮かれてなどいられない。大虎帝国内の世論が固まり、万全の準備を整えたら、必ずフウガは海洋同盟に攻め込んで来るとフリードニア王国陣営は考えていたし、その懸念を盟友であるトルギス共和国、九頭龍《くずりゅう》諸島王国、ユーフォリア王国の三カ国と、同盟には参加していないが最近では運び屋稼業で交流があるノートゥン竜騎士王国の首脳に伝えていた。

彼ら彼女らには計画に協力してもらう必要があるため、魔王領の最奥で見聞きしたことや、この世界の成り立ち、北半球世界についてなども時間を掛けて説明していた。

そして今日は、放送を通して俺とクーとシャボンとジャンヌによる海洋同盟四カ国首脳会談が行われていた。全員の準備が整ったところで、まず俺が口を開いた。

「さて、それじゃあ会談を始めよう」

『おう』『はい』『わかりました』

三人が頷《うなず》いたのを見て、俺も頷くとクーのほうを見た。

「まず最初に……クー」

『ん？　なんだ兄貴』

「第一子～第四子ができたらしいな。おめでとう」

『ウッキャッキャ。なんか照れるな』

クーが照れくさそうに頬をポリポリと掻《か》くと、シャボンとジャンヌも『おめでとうございます』と祝福していた。先日、タルとレポリナの妊娠が同時に発覚したらしい。

しかもレポリナは三つ子を妊娠しているそうで、もうお腹《なか》もだいぶ大きくなっているそうだ。もともと白兎族《はくとぞく》は多産で知られる種族らしく、クーたちとしては想像の範囲内だったらしいが、いきなり四人の子の父親になるのかと感慨深げに話していた。

するとクーは気を取り直すように首を振るとニカッと笑った。

『まあ、そういうわけだ。四人も子供がいりゃあ兄貴たちの子と仲良くなるヤツもいるだろ。カズハか、エンジュ、カイトの誰かと婚約させようぜ』

「生まれてもないのに気が早いだろ……」

カズハだと六歳差の婚約になってしまうなぁ。

この世界の価値観で言えば十分に許容範囲だけど、本人が嫌がるような婚約ならば避けたいところだ。しかし、クーは『いいや』と首を振った。

『旧人類の……兄貴の持ってる血の重要性について教えてもらった以上、共和国でも血筋は確保しておきたいところだ。九頭龍《くずりゅう》王国はシアンとシャランの婚約があるし、ユーフォリア王国は兄貴と元女皇との間に子供ができればいい。うちだけなにもナシってのは元首として認められないぜ』

まあ……気持ちはわかる。俺もクーの立場ならそうするだろうし。

「……そうだな。お前のとこの子供が生まれて、少し大きくなったら面通しさせよう。その中で気に入った者同士を婚約させればいいと思うし」

『おう！　約束だからな、兄貴』

クーがニカッと笑うと、ジャンヌもコクコクと頷いていた。

『たしかに旧人類の血筋は欲しいですよね。ソーマ殿と姉上との間に子供が生まれたら、是非養子として我が国に欲しいところです』

「そっちも気が早いだろ……ジャンヌ殿」

『あっ、ジャンヌでいいですよ。義兄上様《あにうえさま》』

そういえば義妹《いもうと》になったんだったな。トモエちゃんに次ぐ二人目の義妹《いもうと》だ。

「それじゃあ……ジャンヌもすまない。新婚早々、度々ハクヤを呼び出してしまって」

俺がそう言うと、ジャンヌは苦笑しながら首を横に振った。

『まあ事情が事情ですからね。仕方ありませんよ』

「そう言ってもらえると助かるよ……」

『まあこちらとしては旦那様……ハクヤ殿が国を留守にすることよりも、呼び戻した妹《トリル》がなにかやらかさないかのほうが心配ですね。ジーニャ殿と引き離された鬱憤を晴らすかのように開発に勤《いそ》しんでいるようですし』

穿孔姫《ドリル》は相変わらずなのか。ジャンヌは疲れたように溜息《ためいき》を吐《つ》いた。

『この前も「城も守るばかりでは芸が無いですわ！　敵を徹底的に粉砕する城というものがあってもいいと思いませんこと！」……とか言って、城壁を改造していました』

「お、おう……」

『ハクヤ殿が彼女の発明品を精査して、使えそうなものを引き上げてくれているので、我が国の技術力は大いに底上げされてきてはいるのですがね……』

『ウッキャキャッキャ！　相変わらずトリル嬢は面白いねぇ！　是非うちの国に来て、ゼムから奪った都市の改造を手伝ってほしいぜ！』

好事家のクーが言うと、ジャンヌは『どうぞどうぞ』と手を差し出す仕草をした。トンネル工事などで面識があるとは言え、クーとトリルは混ぜると危険な気がする。

『ソーマ殿……』

「ん？」

すると、それまで穏やかな顔で見守っていたシャボンが不意に居住まいを正し、こちらにむかって頭を下げてきた。

『先の魔王領への遠征での、我が国の艦隊の失態。申し訳ありませんでした』

「……ああ。そのことか」

フウガの要請によって魔王領へ我が国が艦隊を派遣した際、シャボンは護衛として九頭《くず》龍《りゅう》諸島の艦船を付けてくれた。しかし敵の人型兵器ジャンガルと遭遇した際、九頭《くず》龍《りゅう》諸島の艦船の一部が『こちらから仕掛けるな』という指示を聞かずにジャンガルを攻撃して、交戦状態に突入してしまった。その戦闘によって俺たちは島形空母を一隻失い、少なくない死傷者が出ることになってしまった。

シャボンはそのことを謝罪しているのだろう。シャボンからは王国への帰還後に一度謝罪を受けていたが、こういった公の席で改めて謝罪したかったようだ。

『命令違反者は我が国の法に基づき処罰しましたが、配下の不始末をお詫《わ》びいたします』

「頭を上げてくれ、シャボン。想定外のことばかりだったんだ。俺がフウガに流される形で艦隊の派遣を決めてしまったことも失策だったわけだしな。死者は九頭《くず》龍《りゅう》艦隊側に多かったと聞くし、すでに対処したというならこちらから言うことはないよ」

『お心づかい、痛み入ります』

「いまはそれよりも、俺はこれから三人にお願いしなければならないことがある」

『フウガ・ハーンのことだな？』

クーの言葉に俺は頷いた。

「ああ。来年はまず間違いなく、大虎帝国と決戦しなければならないだろう」

『ハクヤ殿もそう言っていますね。間違いなくフリードニア王国に攻め込んで来ると』

ジャンヌがそう言うと、クーが首を傾《かし》げた。

『ウキャ？　そう断言しちまっていいのか？　元傭兵《ようへい》国家ゼムだった地と隣接してるとはいえ本国から遠すぎる共和国と、海を挟んでる九頭龍《くずりゅう》王国はともかく、ユーフォリア王国が攻め込まれる心配はないのか？』

「それだと時間が掛かりすぎる。事前に説明していた『計画』がある以上、時間は俺たちの味方だ。もしフウガが本格的にユーフォリア王国に侵攻するなら、俺たちは全力でそれを妨害する。フウガはそれらに対処しているうちに時間切れとなるだろう。……攻め込まれるジャンヌには申し訳ないけど、全体としてみれば願ったり叶《かな》ったりな展開だ」

そこまで言って俺は溜息を吐いた。

「だけど、あの男はこれまで人並み外れた野性の嗅覚みたいなものでのし上がってきたんだ。俺たちになにか企《たくら》みがありそうだということに気付くだろう。最近ではハシム直属の隠密《おんみつ》部隊の活動も活発になっていると聞くしな」

『あの計画を察知し、それを潰すためにフリードニア王国に攻め込んで来ると？』

シャボンの問いかけに俺は「ああ」と頷いた。

「察知というよりは『なにかありそう』ぐらいの感覚だろうな。速戦即決の戦い……それが現状、俺たちにとって一番やられたくないことだ。であるならば、フウガは迷わずその方針を選ぶだろう。アイツに対して他の方針を選んでくれないかなと期待して、備えを怠ればすべてを食らい尽くされかねないからな」

『ウキキ……厄介な御仁と同じ時代に生まれちまったなぁ』

クーが苦笑交じりに言った。まったくだ。

とある三国志のマンガで、孔明《こうめい》に出し抜かれた周瑜《しゅうゆ》が「なぜ天は周瑜を生まれさせ、同じ時代に孔明まで生まれさせたんだ」と憤死するシーンがあったけど、もし俺が一人の人間としてフウガに挑まねばならなかったら同じ事を思ったかもしれない。

「だけど、俺たちは一人でフウガに挑むわけじゃない」

これまで結んできた人と人との関係性。

それが海洋同盟が培ってきたものだ。俺たちの仲間には最初から友誼《ゆうぎ》を結んでいた者もいれば、カストールやユリウスやメアリのように敵としてやり合った相手もいる。

そういった人々がいつの間にやら緩い連合体を形成して、気が付けば同じ目的のために協力している。それが海洋同盟の強さだ。

俺は三人に向かって意気を示すように拳を上に突き出した。

「協力してこの難局を乗り切り、フウガ一人が輝くいまの時代に幕を引こう。これまで俺たちが築き上げてきたものを、その強靱《きょうじん》さを、あの男に見せてやるんだ」

『おう！　腕が鳴るぜ！』

『『　はい！　』』

クーもシャボンもジャンヌも、エイエイオーと拳を上げたのだった。

◇◇◇

同じ頃。フウガは居城であるハーン城で新年を迎えようとしていた。

魔王領より居城へと帰還したフウガたちは、ここしばらくの間は国内の地固めを行っていた。魔王領は完全に解放され、シーディアンたちのいる北の果ての都市周辺を除けば、その領地はそっくりそのまま大虎帝国のものとなったのだ。

それは物事をキチンと見ることができる者ならば、荒廃した土地を押し付けられただけだと思うことだろう。しかし、多くの国民やようやく故郷へと帰還できる目処《めど》が立った難民たちの目には燦然《さんぜん》と輝く偉業と映っていた。

歓喜に沸く彼らは辛《つら》い復興作業が待っていても、嬉々《きき》として行うことだろう。

不満を抱きそうな者たちから不満が出ない。

これは人を惹《ひ》きつける圧倒的なカリスマを持つ、フウガの強みでもあった。

そしてフウガは新たに国土となった各地に軍を派遣し、ランディア大陸に残った魔物たちの駆除にあたらせたのだった。ダンジョンなどもあるため完全に排除することはできないが、ソーマとマオが異界の門を封じたため、新たに魔物が流入してくることもない。

人の活動領域は確実に広げられるだろう。もっとも権謀術数などは存在しない、ただ一方的に狩るだけの魔物の駆除にはフウガも参謀のハシムも興味は示さず、魔物討伐はシュウキンをはじめとする有能な配下の将軍たちに任せていた。

フウガはここ最近は、妻のムツミと久方ぶりののんびりとした時間を過ごしていたのである。思えば、フウガがこれまで生きてきた中で、この時期が一番平穏だったと言えるだろう。それほどまでに激動の中を生き抜いてきたということでもあるが。

しかし平穏が英雄の心を満たすことはなかった。

夜。寝室に居たフウガは、上半身は裸のまま窓辺の椅子に座って剣を磨いていた。

フウガが愛用しているのは主に斬岩刀《ざんがんとう》という青竜刀のような武器なので、腰に帯びた剣を抜くことなど滅多になかったのだが、それでも長い戦いの中でところどころに刃こぼれがあった。そんな剣を念入りに念入りに磨いている。

「……眠れないのですか？」

不意に声を掛けられてフウガが振り返ると、ベッド上で毛布にくるまれていたムツミが身体《からだ》を起こした。いまの彼女は毛布の下にはなにも身につけていない。

そんなムツミにフウガは苦笑しながら言った。

「悪いな。起こしたか？」

「いえ……ちょうどウトウトしていたとき、旦那様が隣にいなかったので」

「ああ。なんだか目が冴《さ》えてしまってな」

フウガは剣を窓から差し込む月の光に翳《かざ》した。ピカピカに磨かれた刀身に、ムツミの弟ゴーシュに付けられた傷の残る自分の顔が映っている。

　そんな自分の顔を見ながらフウガは溜息を吐いた。

「静かすぎると、どうにも落ち着かなくてな。手持ち無沙汰になるというか」

「『それならば内政を手伝ってください』とルミエール殿なら言いそうです」

　ムツミは拡《ひろ》がった国土をいち早く自国の国力とするため、おそらくいま大虎帝国で一番働いているであろうルミエールを思い出しながら言った。

　フウガもそれはわかっているが、内政業務は不得手ではないもののやり甲斐《がい》は感じられないため、ソーマやマリアのように残業して政務室で寝起きするようなことはない。

　その分、多くの仕事をルミエールと彼女の補佐に付けたカセンが担っている。

「二人には感謝しているよ。俺は戦場を駆けるほうが性に合っている」

「皇帝になっても、根は英雄なのですね。旦那様は」

　ムツミはクスクスと笑うと、一糸まとわぬ身体に毛布を巻いてベッドから下りた。

　そしてフウガに近づくと背後から包み込むように抱きついた。

「いくらここら辺は暖かいとは言え、冬の夜は冷えますすよ」

　そう言って毛布の中にフウガを招き入れた。フウガもとくに抵抗はしない。

「おう。すまないな」

「いえいえ。これからも駆け抜ける旦那様に、風邪など引かせられませんから」

　そんなムツミの言葉に、フウガは少し難しい顔をした。

「駆ける先が……南しか残っていなかったとしてもか？」

「……そうですね」

大虎帝国の南。それはつまり海洋同盟に所属する国々だ。

そこにはフウガの妹のユリガも、ムツミの弟妹であるイチハ、ニケ、サミもいる。

そのことはムツミだって当然理解していた。それでも……ムツミは自分の頬を、ヒゲの生えたフウガの頬にすり寄せた。

「それでも、アナタが立ち止まらないというなら、私はついていくだけです。アナタという名の英雄譚《えいゆうたん》の結末を見届ける、そのときまで」

「……そうか」

フウガはそう答えると、自身の顔の横にあるムツミの頬に触れた。

二人はしばしの間、そうやって寄り添っていたのだった。

——大陸暦一五五四年一月

そして迎えた新年。大虎帝国の人々の浮かれっぷりは凄《すご》かった。

自分たちの皇帝、一代の英傑フウガ・ハーンが昨年成し遂げた魔王領解放という栄誉に浸り、今年一年はどんな素晴らしい年になるのだろうと浮かれていたのだ。

『我らが皇帝の足を止められる者はいるのかい？

我らが皇帝を阻める敵はいるのかい？』

そんな歌を歌いながら、人々は新年の宴《うたげ》で酒を酌み交わしていたのだった。

ハーン城でも新年の宴が行われ、玉座では飲み食いしにくいからと上座に居るフウガやムツミたちの眼下には豪奢《ごうしゃ》で幅広い絨毯《じゅうたん》が敷かれ、その上には豪勢な食事が並んでいる。

そんな食事を囲むように大虎帝国の名だたる将軍たちが左右に分かれて座っていた。その錚々《そうそう》たる様子は曼荼羅《まんだら》のようでもあったが、姿を見せていない者も居た。

「おや、カセンくんの姿が見えないな」

大虎帝国軍一の伊達男《だておとこ》である【虎の旗】ガテンが酒杯を手に持ちながら、キョロキョロと周囲を見回した。ガテンは大虎帝国軍の主要な武将の中で一番歳若《としわか》い【虎の弩《いしゆみ》】カセンをよくからかって遊んでいるので、彼の不在にいち早く気付いたようだ。

そんなガテンにフウガの右腕である【虎の剣】シュウキンが苦笑しながら言った。

「カセンはルミエール殿と仕事をしているよ。『ルミエール殿が年末年始も仕事をしているのに、補佐の自分だけ休むわけにはいきません』と言ってな」

大虎帝国の内政官僚たちには年末年始に休む暇などなかったのだ。

拡がった国土を維持するために奮闘するその姿は、ソーマ召喚一年目のパルナム城の官僚たちに匹敵するくらい鬼気迫るものがあった。ちなみにハシムもまた次なる一手に向かって知略を巡らせているため、この宴には参加していなかった。

ガテンは「それは御精が出ますなぁ」と肩をすくめた。

「知略のハシム殿と、内政のルミエール殿はいまや裏方の両輪ですからな。頭が上がりませんよ。とくに新参でありながら我らの土台を支えてくれるルミエール殿と、その才女を支えているカセンくんにはね」

「ああ。これからの大虎帝国になくてはならない者たちだ。武力に優れただけの者ならば替えも利く。重要性で言えば、我らなどよりもよほど貴重な人材と言えるだろう」

「ふむ。いざというときは身を挺《てい》して守ってあげなければなりませんかね」

危機に陥った際、カセンを庇《かば》って倒れる自分の姿を想像し、ガテンはククと笑った。

浮かんだ想像に、案外悪くないのではないかと思ったからだ。

野郎のために命を張るのは伊達男の流儀には反するが、カセンの驚く顔を見ながら逝くのは悪くないと思えた。すると……。

「シュウキン様！　こっちの料理も美味《おい》しいですよ！」

シュウキンの陰からひょっこり顔を出した少女がそんなことを言った。

ガーラン精霊王国の精霊国王ガルラ・ガーランの娘エルルだった。

取り皿に料理を山盛りにしたエルルが屈託なく笑っているのを見たシュウキンは、微笑《ほほえ》ましく思うと同時にあまりに暢気《のんき》な様子に肩を落としたのだった。むさ苦しい男たちが多いフウガ配下の武将たちの中にいても、エルルは気後れしていなかった。

「ここに並んでるのって各地の名物料理なんですよね。さすがは大虎帝国。拡がった国土にふさわしい多種多彩な料理ですね。どれも美味しいです」

「エルル……少しは落ち着いたらどうだ」

美味しそうに料理を頬張るエルルに、シュウキンは溜息《ためいき》を吐《つ》いた。

「キミが付いてくるって聞かないから連れてきたんだぞ。少しは大人しくしててくれ」

「はーい」

エルルはわかってるんだかわかってないんだかな返事をした。

シュウキンはエルルに慕われていることと、精霊王国の父なる島の独立政権や精霊王国本国にも顔が利くことを買われ、大虎帝国の北西地域の管理を任されていた。

実質的に統治下に入っている父なる島だけでなく、開放路線を歩み始めた精霊王国本国がある母なる島とも交易を行っている。

フウガやハシムにしては生ぬるい統治に思えるが、島国である精霊王国の二つの島が海洋同盟に与《くみ》することになれば、大虎帝国は海岸線すべてを海洋同盟に押さえられることになる。それは大虎帝国軍が二つの島を武力で占領した場合も同じだ。制海権を確保できない以上、海洋同盟に海上を封鎖されれば上陸部隊は簡単に困窮させられるだろう。

そうなるくらいなら彼らと仲の良いシュウキンに任せて繋《つな》ぎ止めておき、海洋同盟も手を出しにくい独立国として仲良くしておくほうが良いという判断だった。その意味でもシュウキンとエルルが仲が良いのは両国にとっては願ったり叶《かな》ったりだと言える。

そんな間柄だからこそ、シュウキンは事前に新年の挨拶のためハーン城へと向かうとエルルに伝えたのだが、エルルは強硬に同行を主張したのだった。

「だって私はもっと外の世界が見たいんですもん。うちが閉鎖的な国になったのは種族間の格差や対立があった頃の名残ですけど、もうそんな時代じゃないですからね」

フリードニア王国のソーマが能力主義で人種や種族に関係なく人を登用するようになり、海洋同盟所属の各国もその影響を受けているため、かつてのような種族間対立などは起きていない。それはフウガという圧倒的なカリスマの下に種族を問わず団結している状態である大虎帝国でも同じだった。国や思想の対立はあったとしても、こと種族間において対立は解消されてきていると言えるだろう。

「魔虫症事件のとき、一国で閉じこもっている場合ではないと、本国でもようやく重い腰を上げたみたいですからね。私はもっとこの世界を見て回りたいと思っています。それがこれからのハイエルフのためになると信じてますから」

真面目に国のことを話すエルル。さすがこれでも一国の姫君だとシュウキンとガテンが感心していると、エルルはヘタ付きの果物をヒョイッと口に放り込んだ。

「それに、外の世界にはこんなに美味しい物があるんです。知らなきゃ損ですよ」

「台無しだぞ。エルル」

普段と変わらぬエルルの様子にシュウキンは頭を抱え、それを見ていたガテンは彼《か》の名高き【虎の剣】が振り回される様子がおかしくて大笑いしたのだった。

一方その頃。

大虎帝国の財務官僚のトップに就任したルミエールは、人々が新年を祝っている間も官僚たちと共に職務に忙殺されていた。

新たに得た魔王領だった土地に人員を配し、道をつなげ、物資を輸送し、魔物を駆逐して安全を確保するよう手配しなくてはならない。

グラン・ケイオス帝国時代にマリアの下で学んだ成果を遺憾なく発揮していた。

そのマリアはソーマの統治に影響を受けた部分があるので、ルミエールはフリードニア王国とグラン・ケイオス帝国の統治法のハイブリッドができる人材と言えるだろう。

（フウガ様は海洋同盟との対決を視野に入れている。動き出す前に、少しでも国を固めておかなければ……そうでなければ私がここに居る意味もなくなってしまう）

マリアの長く時間がかかろうとも穏やかに世界を変化させていくという姿勢に反発し、問題を解決できるならたとえ乱暴なやり方になろうと直ちに実行すべきだと考えたルミエールは、マリアを見限ってフウガに付いた。

その結果として人類が脅かされてきた魔王領の問題が解決されたのだ。

しかし、早期解決を図れたフウガ・ハーンだからこそ、ここで立ち止まることができないのだということもルミエールは理解していた。

急速で造り上げた国だからこそ、脆《もろ》い。常に仮想敵を作って団結でもしないかぎり、すぐにでも瓦解してしまうのではと心配するほどに。

（マリア様は……これを嫌ったのでしょうね。問題解決と同時に立ち止まれる体制を整えるまでは、解決できる力があっても乗り出すわけにはいかなかった……）

かつてだって、その思想をまったく理解できなかったわけではない。

ただ、あまりに消極的な態度にイライラしていたのだ。だがいま、この立場になってマリアの考えにもう少し寄り添えるような気がしていた。

それでも拙速を好むルミエールの出す結論に変わりはなかったかもしれないが。

（……いまさらだな。自分で選んだ道なのだから、あとは全うするのみ）

気持ちを切り替えて、ルミエールが手元の書類に目を落としたそのときだった。

財務部の部屋の扉が大きく開かれると、【虎の弩】カセンが手押し車を引きながら入ってきた。その手押し車に積まれているのはほとんどが書類の束だった。

「ルミエール殿。各部門からの書類を回収してきました」

カセンは「ふう」と額の汗を拭いながら言った。

持ち込まれた新たな仕事の量に、ルミエールは一瞬「うげっ」という顔をしたものの、すぐに平静を装って微笑みかけた。

「ご苦労様です、カセンさん」

「いえ、これくらいなんてことはありませんから」

ルミエールの机に書類束を運びながらカセンは言った。

そんなカセンから書類束を受け取りながら、ルミエールは苦笑気味に笑った。

「手伝っていただけてとても助かっていますが、いま武将の方々は新年の宴に集まっているのでしょう？　貴方《あなた》も、そちらに参加してきたらどうです？」

そう言われたカセンは「いえ、滅相もないです」と首を横に振った。

「ルミエール殿たちばかりに働かせて、宴を楽しむことなんてできませんよ。自分にもお手伝いさせてください」

「そう……ですか」

「はい。それに、ほら」

カセンは一旦部屋から出ると、扉の外に置いてあった給仕用のカートを運び込んだ。

そのカートの上段と下段には、豪華そうな料理が並んでいた。ルミエールが目を丸くしていると、カセンは悪戯《いたずら》が成功した子供のように笑った。

「書類をとってくるついでに、厨房《ちゆうぼう》によっていくつかの料理をかっぱらってきました。コレでも摘《つ》まみながら、もうひと頑張りしましょう」

「……フフッ、そうですね」

カセンの様子に毒気を抜かれたのか、ルミエールも眉間の皺《しわ》がとれて、柔らかく微笑んだのだった。

さらに一方その頃。

同じように新年の宴を返上で、自室にて策謀を巡らせていたハシムのもとに、配下の諜《ちよう》報《ほう》部隊の隊員が報告に訪れていた。ハシムは彼に一瞥《いちべつ》もくれることなく「首尾は？」と尋ねた。諜報部隊員は頭を垂れて報告する。

「国内の世論形成は順調に進んでおります。国民たちの、フウガ様による大陸制覇を望む声は日増しに大きくなっていくことでしょう」

「それは重畳」

「しかし……フリードニア王国内での諜報活動は芳しくありません。国王ソーマが抱える諜報部隊はかなりの腕利き揃《ぞろ》いであり、また王家への忠誠心に厚いようで付けいる隙がありません。グラン・ケイオス帝国のときのような内部工作は不可能かと思われます」

「ふむ……それはまた、意外なことだ」

ハシムはソーマの顔を思い出した。

フウガの持っているような威風も、マリアが持っているような魅力もない、凡庸な風貌をしていたあの王が、強力な諜報部隊を有しているというのが意外だったのだ。

もちろんフリードニアの諜報部隊の存在は知っているが、こちらの工作を完全に潰せるものだとは思わなかったのだ。諜報部隊は暗部の存在。

強力な諜報部隊を抱える者にはそれなりの闇が存在している。

「人は見かけによらぬということか……」

「はっ……？」

「いやいい。フリードニアには深入りせず、国内の世論形成に注力しろ」

「ははーっ」

ハシムは配下に命じると、ソーマへの認識を改めたのだった。

第三章　兄と妹の道

——大陸暦一五五四年一月末・夜・パルナム城

新年のお祝いムードも収まってきたころ。

今日も今日とて、政務室で残業をしていたソーマの背後に忍び寄る影があった。

部屋のソファーに座り、口を半開きにしたちょっと残念な顔で居眠りしていたアイーシャが、パッと飛び起きて剣の柄《つか》に手を掛ける。居眠りしながらもちゃんと護衛ができる彼女の力量を誉《ほ》めるべきか、そもそも護衛してるなら寝ないでくれよと苦言を呈するべきか……そんなことを悩んでいると、アイーシャが眼光鋭く俺の背後に問いかけた。

「何者ですか」

「……拙者にござる。御館《おやかた》様」

背後から黒猫部隊の隊長カゲトラの声が聞こえて来た。

まあパルナム城の警戒網を素通りできて、アイーシャにこんな至近距離まで気配を察知されない存在なんてカゲトラたちくらいだろう。

だからこそアイーシャが飛び起きても落ち着いていられた。

「報告があるのだな。……アイーシャ。扉の横に立って人払いを」

「はっ。承知しました」

アイーシャを政務室の扉の横に立たせて、立ち聞きを防止させる。

もちろんカゲトラ配下の黒猫部隊も監視しているので、念には念を入れるくらいの意味しかないが。準備を整えてから、俺はカゲトラのほうを見た。

「それで？」

「はっ。昨年には活発に国内を嗅ぎ回っていた大虎帝国の諜報部隊が、今年に入り活動を縮小しているようです。我が国への内部工作は諦めたと見られます」

「まあ、うちは煽《あお》れるような不満の種は徹底的に潰してきたからな」

もちろん民がまったく不満を抱かない統治などできるわけがない。

しかし不満を抱いたとしても、それを武力を用いてまで是正したいと思わないくらいには抑え込むことはできる。ハシムなどは民が国に対して反乱を起こすように煽動《せんどう》したいところだろうが、反乱を起こす側は命懸けなのだ。

苛政に苦しみ、どのみち死を待つだけのような〝やけっぱち〟状態にでも追い込まれないかぎり、そう簡単に反乱を起こそうとはしないだろう。また反乱を起こそうと思った者がいたとしても、同じ不満を共有していない身内や知り合いは、自分たちに累が及ぶのを怖《おそ》れて事前に密告してくることが考えられる。

このことについてマキャベッリも『君主論』第十九章「どのようにして軽蔑と憎悪を逃れるべきか」の中で、【陰謀を企《たくら》む者はつねに、君主の死によって、民衆を満足させられると思い込んでいるが、(王の死によって) 民衆を怒らせるのではないかと思ったときには、そのような手段を取る勇気を持たない】【陰謀を企む者は単独ではあり得ないし、不満分子と思い込んだ者たち以外仲間にすることができない】と言っている。

結局、民に不満を抱きにくくさせる統治こそが、その国の王を救うことになるのだ。最近では新たに奥さんになったマリアが慈善活動家として各地を飛び回り、力無き人々の不満を吸い上げては俺たちに報告して是正に当たらせている。

そういった積み重ねが、ハシムにとっては痛い一手になっているようだ。

俺は腕組みをしながら天井を見上げた。

「それ以外で、この国で煽動できるとしたら、国王の座をとって代わろうとする者か、能力主義のいまの傾向に反発する者だろう。だけどエリシャ義母《かあ》さんの時代にエルフリーデン王族は壊滅しているし、アミドニア公王家のロロアもユリウスも信頼できる味方だ」

「反乱の旗頭になるような王族は存在しませんな」

「ああ。それにこういうとき反旗を翻しそうな不正貴族なんかは、王位を預かった一年目に粛清している。……むしろ、こういうときのためだったと思えば、この手を血に染めた意味もあったんだろうな」

視線を落として自分の手を見る。あのときは本当に正しいことなのだろうかと決断の意義を信じられなかったけど、いまこのときになってみれば、あのとき決断していて良かったと思える。もしいまこのときまであの連中が残っていたらと考えると……ゾッとする。

まあ、いまだからこそわかることではあるのだけど。

「……そうですな」

カゲトラも頷《うなず》いていた。二人でしんみりとした雰囲気になってしまった。

そんな気持ちを振り払うように、俺は頭を横に振った。

「まあ、圧力が減ったというなら、それにこしたことはないさ。俺たちは予定どおり、来るべき戦いに備えて万全を期するだけだ。それに……もしかしたら、〝死者〟の手を借りる必要があるかもしれないし？」

俺は冗談半分でカゲトラに意味ありげな視線を送ってみた。

しかしカゲトラは微動だにしなかった。

「心配は無用でござるよ、御館様。この国において、若き力は日に日に育っております。死者は蘇《よみがえ》るなどと、荒唐無稽な世迷《よま》い言《ごと》に縋《すが》る必要などどこにもござらん」

「……そうかい」

どっしりとして重みのある声。その声に『心配無用』と言われると、本当に大丈夫な気がしてくる。すると……。

「陛下！　誰かが来るようです」

扉の前に立ったアイーシャが言った。カゲトラに目配せするよりも早く、彼の姿は掻《か》き消えていた。……本当に忍者っぽさに磨きが掛かっているなぁ。

しばらくして政務室の扉が控えめにノックされた。「どうぞ」と声を掛けると、入ってきたのはユリガだった。部屋に入ってきたユリガは、俺とアイーシャの顔を見て、なにかを言おうとして躊躇《ためら》うような素振りを見せた。

「どうした、ユリガ？」

そう声を掛けると、ユリガは意を決したように顔を上げた。そして、

「ソ、ソーマさん！　私、実家に帰らせて欲しいの！」

口を開くやいなや、そんなことを言いだしたのだった。

◇◇◇

話は二ヶ月ほど前。昨年末に遡る。

パルナムに建造された多目的競技場『パルナム競技場』の控え室にて、ユリガは魔導サッカーのユニホームを着たまま項垂《うなだ》れていた。ついさきほど、今シーズンの魔導サッカーチームの頂点を決めるため、ユリガの所属する『パルナム・ブラックドラゴンズ』と『ラグーンシティ・ドルドンズ』の直接対決が行われたのだ。

これに勝利したチームが優勝するという大事な一戦。その結果は……。

（負けた……もうちょっと、あと一歩だったのに……）

互いに点を取り合い、延長戦でも決着せず、ＰＫ戦にまでもつれ込んだ熱戦の末、惜しくもパルナム・ブラックドラゴンズは優勝を逃したのだった。

するとと、そんなユリガの頭にバサッとタオルが掛けられた。

「お疲れ様です。王妃様」

そう声を掛けられて、ユリガは頭のタオルを払うと声の主に冷たい視線を送った。

「その呼び方、やめてくれませんか。先輩」

「ありゃま。お気に召さなかったかい？」

彼女はこのチームのキャプテンであり、ユリガの王立アカデミー時代からの先輩でもある半竜人《ドラゴニュート》の女性だった。彼女は気にした様子もなく、ユリガの横に座った。

「いやぁ〜、惜しかったよね。あともうちょっとだったのに」

「……先輩は悔しくないんですか？」

「悔しいよ。さっきまでトイレの個室から出てこられなかったくらいだ」

先輩がそんな風に冗談めかして言うものだから、ユリガも一瞬、いつもの軽口かと思ったけど、よくよく見れば笑う彼女の目元にはわずかに涙のあとがあった。悔しいのは同じでも、キャプテンだからと表に出さないようにしていたのだろう。

ユリガは自分の手をグッと握りしめた。

「私たちのチームは、優勝したっておかしくないくらい地力のあるチームだから……あのときああすればとか、もっとこうすればとか、そんなことを考えちゃうんです」

「そうだねぇ。今日の戦いはドルドンズの奇抜な作戦に振り回された形だし。噂《うわさ》によると、ドルドンズの作戦会議にはエクセル公が戯れに口を挟んだりするんだとか」

「くっ、あのバ「うわああ！　ダメだって！」モガモガ」

思わず出そうになるユリガの悪口を先輩が手で塞いだ。

エクセル相手にはいくつかの禁止ワードがあり、それを言うといつの間にやら背後にエクセルが立っている……という噂があったからだ。

ちなみにこの噂の出所は旧海軍基地であり、そのときはエクセルの耳に届きやすかったというのがあるのだが、どうもその噂が一人歩きしているようだ。

すると先輩はユリガの口から手を離し、ニッコリと笑いかけた。

「まあ来年頑張れば良いさ。来年こそ私らで優勝カップを掲げようよ」

「来年……そうですね」

来年と聞いて、一瞬、ユリガの表情が陰った。

来年は彼女の兄であるフウガ・ハーンがこの国に攻めてくる。彼女の夫となったソーマをはじめ、王国上層部はそう考えて準備を始めている。

果たして来年は魔導サッカーの試合は行われるのだろうか？

フウガ・ハーンの妹であるユリガが選手であることを、国民はどう見るだろうか。

そう考えると気が重くなる。

しかしそれと同時に、この国での日々を守りたいと思っていた。

そのために、自分だからこそできることがあるということもユリガは理解していた。

ソーマたちの方針は理解している。その上で、決定的な一手をユリガは考えていた。

（明るい来年を迎えるために……私はお兄様のところに帰る！　〃いったん〃！）

ユリガは大虎帝国へ〃一時〃帰郷する覚悟を決めたのだった。

◇◇◇

「私、実家に帰らせて欲しいの！」

そんな突然のユリガの申し出に、俺もアイーシャも自分の耳を疑った。

リーシアたちと喧嘩《けんか》をして多少険悪になる日はあっても、他の誰かが間に入って宥《なだ》めてくれる。大体は家族の潤滑油であるジュナさんが取り持ってくれるし、ごく稀《まれ》に、そのジュナさんがむくれることがあったら家族の危機だと全員でご機嫌を取る。

そうやって家族仲を円満に保っていたため、ついぞ聞いたことのない台詞《せりふ》だった。

もっとも、このパルナム城がリーシアの実家ということもあるのだけど。

しかし「……実際に言われると結構ダメージのくる台詞だったんだなぁ」と呆然《ぼうぜん》としていたら、先に我に返ったアイーシャがユリガに詰め寄り、彼女の肩を摑《つか》んだ。

「は、早まっちゃダメです、ユリガさん！　王家で離婚沙汰なんてシャレにならないですから！　陛下に至らないところがあったら直させますので、どうか再考を！」

俺がなにかしたこと前提なの!?　あ……いや、やっぱり俺がなにかしてしまったのだろうか。そう考え込んでいる間、アイーシャはユリガの肩を揺すった。

「考え直してください！　ユリガさん！」

「えっ、アイーシャさん？　離婚？　なんのこと？」

グラグラと揺すられていたユリガが目を白黒させていた。

キョトンとしている様子から、どうやら俺たちはお互いに行き違いがあるようだ。一旦落ち着こうということで一息吐《つ》いたあと、ユリガがコホンと咳払《せきばら》いをした。

「……すみません。気が逸《はや》るあまりに言葉足らずでした。実家に帰るというのは離婚したいってことじゃなくて、大虎帝国へ一時帰国してお兄様に会って来たいという意味です。今日はその許可をもらいたいなと思って」

「一時帰国？……この時期にか？」

自分の眉根が寄るのを感じた。今年中にフウガはこの国に攻めてくるだろうという予測と危機感は、家族やこの国の上層部と軍部首脳の間で共有している。

だからユリガのこの提案は、そのことを踏まえての決断なのだろう。

その証拠に俺たちの険しい表情を見ても、ユリガは動じていなかった。

「この時期だからこそ、私だからこそできることがあると判断しました」

「……わかった。話を聞こう」

「えっ、良いのですか？」

アイーシャに聞かれたけど、俺は頷いた。

「なにか考えがあってのことなのだろう？　なら、まずはそれを聞かせてくれ」

「ありがとうございます」

ユリガは軽く頭を下げた。そして顔を上げると真《ま》っ直《す》ぐに俺の目を見て言った。

「私なりに考えたんです。お兄様との戦いが避けられないのなら、その戦いの期間を短くすることはできないかなって。戦いが長くズルズル続いてしまえば、双方共に被害が大きくなって疲弊することになりますから。長期化を避けるために、私にもなにかできないかと考えたとき、ふと思いついたことがあるんです」

「思いついたこと？」

尋ね返すと、ユリガはコクリと頷いた。

「お兄様の野望に時間制限を付けてしまうことです。魔導サッカーの試合のように戦える時間に制限を付けてしまえば、この国の被害を抑えることができますから」

「ん～、わかるようなわからないような……冬季は休戦期間とか、そういう話？」

「いえ、そんな次の年に暖かくなったら攻めてくるようなものではなく、今年中に攻めてくるというなら、お兄様を〝今年中に勝たなければもう二度と勝つチャンスはない〟という状況に追い込もうということです」

なるほど。それは確かに野望の時間制限と言えるものだろう。だけど……。

「一回の戦いで二度と再起できないように痛撃を与えよう、というのならわかる。実際、俺たちはそういうことを目指して備えているわけだしな。だけど、ユリガの言い方からすると、それとも違うのだろう？」

「はい。もし仮に、お兄様が今年中に攻めてこなかったとしても、来年以降も大陸制覇という野望を抱かせない状況に追い込むためのものです。〝戦争になろうと、なるまいと、お兄様の野望を今年中に終わらせる〟ために」

「……そんなことが可能なのか？」

「もちろん、絶対とは言えません。ですがやる価値があるくらいには有効な方法だと思っています。そしてそれはお兄様の妹である私にしかできません」

そしてユリガは俺たちに自分の計画を打ち明けた。

話を聞き始めてすぐのころは「そんなに旨《うま》くいくだろうか？」という気持ちが強かったが……聞いているうちに、案外、良い一手なのではないかと思えてきた。

とくにこの計画が〝ユリガがシーディアンたちの都市ハールガで調べてきたこと〟に根付いているという点は素直に評価できる。仮に徒労に終わったとして、フウガの野望にわずかな楔《くさび》を打ち込むことはできるだろう。

「う～ん……有効性は、あると思う」

俺は腕組みをしながら唸《うな》った。

「ただ、やはりハクヤとかの意見も聞いてみたいな」

「あっ、ハクヤ先生には先に相談しています。いくつかの条件を出されましたが、試してみる価値はあるだろうとのことです。最終判断は陛下が下すべきと仰《おつしや》ってました」

ああ、すでにお墨付きをもらってるのか。さすがトモエちゃんとイチハと共に学んできただけあって、ここら辺の頭のキレとフットワークはさすがだな。

「じゃあ、その条件ってのは？」

「〈必ず、この国に戻って来られるように手筈《てはず》を整えておくこと〉と〈この計画はお兄様と会って話ができれば良いので、ハーン城での面会にこだわらないこと〉です」

「うん。まあ気になるのはそこだよな」

うちの国に嫁いだユリガがノコノコとハーン城に行ったりすれば、うちの国に難癖を付ける上で格好の材料となるだろう。

王家の男女間の諍《いさか》いが戦争の大義名分として使われるのは、それこそトロイア戦争の頃からあるわけだし。俺がユリガを粗略に扱ったために、ユリガが逃げ出してきた……とか、吹聴《ふいちょう》のしようはいくらでもある。当のユリガが弁明したとしても、結局は事実は塗り潰され、ユリガもこの国に戻っては来られないだろう。

「そこらへんはどう考えているんだ？」

「帰国が外聞が悪いことだということは理解しています。だから帰国とは言っても、お兄様とは国境線近くで会う機会を設けたいと思っています」

「国境線？　うちの国との国境線までフウガを呼び出すのか？」

これから攻めるつもりの国にわざわざ来るだろうか？

「……応じるとは思えないんだけど」

「そうですね。だから、もう一つの国境線の近くで会おうかと思います」

そう言ってユリガは、卓上に置いてあった世界地図を指差した。

その指が置かれていたのは、ランディア大陸の最北の土地だった。

「っ！　ハールガの近くか」

「はい。いまは事実上、海洋同盟と大虎帝国が共同で監視している場所です。この砂漠地帯にお兄様を呼び出して会おうと考えています。私の計画的にも、ハールガの近くであることは都合が良いですから」

「そうかも知れないが、だいぶ遠いぞ。条件にあった〈確実に帰国する手段〉は？」

「魔王……いえマオ殿は聖母竜《マザードラゴン》ティアマトさまと同じく、人や物を転移させる魔法が使えましたよね？　協力してもらえるなら、私の安全は確保できるはずです」

マオのオーバースペックな能力まで織り込み済みの計画か。

するとユリガは少し悩むような顔をした。

「ただ……これはマオ殿が協力してくれることが前提です。中立を保つということですから、もし協力していただけないならこの計画は諦めるしかありません」

だよなぁ。ユリガの安全な帰国が約束されないなら許可は出せない。

「……でもまあ、一応聞いてみるか」

「えっ？」

キョトンとするユリガを尻目に、俺はアイーシャに言った。

「アイーシャ、神棚を開けてくれ」

「はっ。承知しました」

アイーシャはいつの頃からか政務室の高い位置に取り付けられていた、和風の神棚に向かって背伸びをすると、その小さな社（日曜大工感覚で自主製作）の扉を開けた。

そこにはあの日、マオからもらった赤い勾玉《まがたま》が飾られている。

その間に俺は簡易受信装置を起動させる。なにがなにやらわからず目を丸くしているユリガを横目に、俺は神棚の前に立つと、勾玉に向かってパンパンと手を叩《たた》いた。

「マオ。聞こえてたら出てきてもらえるだろうか」

『お呼びでしょうか？　ソーマ様』

すぐに声がして振り返ると、そこには簡易受信装置によって映し出されたＤＩＶＡロイド『マオ』の姿があった。この勾玉は、前の世界から隔絶されて家族の繋《つな》がりを示すような物をなにも持ってこられなかった俺のために、マオが位牌《いはい》代わりにとくれたものだ。この勾玉の中には俺の生体データが入っているという。

ただし、データの保存機能以外にもわずかな機能が付けられていた。

それがマオとの連絡手段だった。

マオは人工知能だ。起動させれば即座に応答が可能であり、睡眠時間やプライベートな時間などはなく、各国の首脳と放送会談を行うときにスケジュールを調整するようなことも必要ない。もちろん実体もないのだけど、こうして映像を映す機器と勾玉さえあればいつでも会話が可能だった。

これはマオのほうで再びなにか不具合が起き、俺の（血筋の）承認が必要な事態が発生した場合、すぐに対処できるようにというマオ側の希望で付けられた機能だった。

マオは人工知能なので実体はなく、いまこの部屋に現れたマオは、ある意味ここに居るとも言えるだろう。俺は急に呼び出されてキョトンとしているマオに言った。

「マオ。可能かどうか判断してほしいことがあるんだ」

『？　なんでしょうか？』

俺はユリガの計画をマオに話して聞かせたのだった。

「……ということなんだけど、協力してもらえるだろうか？」

『良いですよ』

事情を話したところ、マオはあっさりと了承した。あまりにも呆気《あっけ》なく請け負ってもらえたことで、俺とユリガのほうが面食らってしまった。

「いいのか？　この世界の戦いには不干渉なのだろう？　いやまあ、今回の件は干渉になるかどうか怪しい部分があると思ったのだけど」

『そうですね。新人類同士の戦争には、私やティアマトのような存在には関与する権利は与えられていません。……たとえ、その結果としてソーマ様の命が脅かされることになったとしても、それが新人類の選択であるというなら、我々は手出しできないようプログラムされていますから。新人類同士の戦争への援軍派遣や、戦争に関わる人や物資の輸送を行うなどの協力はできないのです』

申し訳なさそうにマオはそう言ったが、すぐに顔を上げた。

『ですが、今回の依頼された内容はそれらに抵触しないでしょう。実行時に戦争に突入していない状態で、依頼されたのはユリガさんの身の安全の保障と会談場所の提供のみ。ユリガさんの計画も戦争に直接関わるような内容ではありませんよね？』

「……ええ。そうです」

マオに問いかけられて、ユリガはしっかりと頷《うなず》いた。

「私のしたいことは、これから起きるかも知れない海洋同盟と大虎帝国との戦争の勝敗には影響しないでしょう。『お兄様が行動を起こす前に、一度帰郷して、お兄様と話したい』……言ってしまえばタダそれだけのことです。誰にも邪魔されずに兄妹水入らずで話したいから、その場所をマオ殿に提供してほしい。それだけのことです」

『その言葉に嘘《うそ》はありませんね？』

「ハーン家の名にかけて」

念を押すマオにユリガは言い切った。マオはコクリと頷いた。

『でしたら問題ありません。いますぐにハールガに転送しましょうか？』

ああ、もう運ぶことができるのか。ティアマト殿といい転移術を持っている存在は規格外すぎるな。するとユリガは首を横に振った。

「いえ、準備がありますので、それが済み次第そちらに向かいます」

『そうですか……ただ、戦争が始まるか、開戦直前になると協力できなくなる可能性があることはご理解下さい』

「わかっています。それまでには、必ず」

『わかりました。それでは失礼しますね』

そう言うと受信装置が止まりマオの姿は掻《か》き消えた。勾玉の反応も消えたので、アイーシャに頼んで神棚の扉を閉じてもらう。さてと、と俺はユリガと向き直った。

「マオの協力は得られるとして、さっき言ってた準備っていうのは？」

「あっ、お兄様に会うに当たって用意してもらいたいものがあるんです」

「用意？」

そしてユリガは〝あるもの〟を貸してほしいのだと言った。

ユリガが欲しがる物を聞いて、俺は目を丸くすることになる。

「アレをか!?　いや、アレを持っていくって、とんでもない労力が必要になるぞ？」

「もちろん全部じゃなくて良いんです。ほんの一部だけでも貸してもらえて、お兄様に実際に見せることができれば、私の話にも説得力が出ると思いますから」

ああ一部で良いのか。それならまぁ可能ではある。

「でも、いまアレはうちの国にはないぞ。シャボンに承諾を取らないと」

「そこは……海洋同盟盟主のお力で、なんとか」

「簡単に言ってくれるなぁ……まあ、いいか」

俺はガシガシと頭を掻きながら頷いた。

ちゃんと話して、あとでちゃんと返却すると約束すれば、シャボンも了承してくれるだろう。俺は溜息《ためいき》を一つ吐《つ》いてからユリガを見た。

俺に期待するような、縋《すが》るような目をしている。

それでいて自分の意志を貫き通すという、決意を秘めた力強さも感じられた。

「ユリガの計画は面白いと思う。きっとフウガは焦るだろうし、たしかにアイツの野望に時間制限を設けることはできるだろう。……だけど、それ以上の成果はほぼ期待できないだろう。たとえば〝フウガが大陸統一という野望を捨てる〟とかな」

「っ!?」

ユリガが驚いた顔をしていた。……やっぱりか。

ユリガが俺たちに語ったことに嘘はないだろう。だけど計画の後ろに、ユリガの微《かす》かな希望があるように感じられたのだ。もしかしたら、大虎帝国の侵攻を止められるかもしれない……そんな思いが見え隠れしていた。たとえそれが、ほぼほぼ不可能な微かなものだったとしても、追い求めずにはいられないという思いが。

「これでフウガの生き様が変わることなど、万に一つもないだろう」

「………………」

「それでも、やりたいのか？　ユリガ？」

「……はい」

ユリガはしっかりと頷いた。

「私も、お兄様がいまさら自分を曲げるとは思いません。ですが……私はお兄様に見せたいのです。べつの道の可能性を。戦って白黒つける以外の未来を。たとえ、お兄様が絶対に選ばないだろう未来であったとしても、こういうものがあるということを見せたいのです。それでも万が一……いえ、億が一にでも、お兄様が違う道を選んでくれる可能性が塵《ちり》の一粒ほどにでもあるなら、見せてあげたい。そう思うから！」

涙を堪《こら》えたような瞳。力強い言葉。そこにユリガの決意の強さが滲《にじ》み出ていた。

「その期待は、多分裏切られることになるぞ」

「それでもです！」

「……そうか」

そこまでの決意があるなら最早《もはや》なにも言うまい。

俺は大きく深呼吸すると、なるべく穏やかな声でユリガに言った。

「なら、やるだけやってみるといい。ユリガの信じるようにな」

「っ！　ありがとうございます！」

喜色を浮かべるユリガ。そんなユリガに俺は真面目な顔で言った。

「だけど、一つだけ約束してくれ」

「っ……なんでしょうか？」

「たとえ望むような結果が得られなかったとしても、絶対に帰って来い。ユリガはもう俺たちの家族で、ここがキミの家なんだからな。それだけは約束してくれ」

「そうですよ！　そのまま帰って来ないとかなしですからね！」

俺だけでなく、アイーシャもそう言った。

もちろんユリガの意思に関係なく、用事が済んだら強制帰国させるようマオに頼んでおくつもりではいる。だからこの口約束に意味なんてないだろうけど、本人にはちゃんと伝えておきたかったのだ。ユリガは一瞬キョトンとしたあと「はい！」と返事をした。

「もしダメだったら、ソーマさんの胸で泣かせてください」

そう言ってユリガは眦《まなじり》に涙をにじませながらニコッと笑ったのだった。

◇◇◇

それから一月《ひとつき》ほどが経過したころ。

「「…………」」

大陸の北端にあるシーディアンたちの都市ハールガの城門前で、フウガとユリガの兄妹が対峙《たいじ》していた。フウガはムツミのみを連れているが少し離れた位置に軍勢を控えさせている。対するユリガの後方にはカゲトラが立っていた。今回のことはユリガの意思であることを示すためにも、ソーマは黒猫部隊に陰からの護衛を任せていた。

カゲトラのみ姿を晒《さら》すことで暗に護衛はいると牽制《けんせい》しているのだ。

「まさかお前のほうから呼び出しをかけてくるとは思わなかったぞ」

「お久しぶりです。ユリガさん」

そう言うフウガとムツミにユリガは頭を下げた。

「お久しぶりです。お兄様、ムツミお義姉様《ねえさま》。ご足労いただき感謝いたします」

「ああ、堅っ苦しいのはいいさ。それより話があるんだって？」

「はい。お兄様にどうしても聞いてほしいことがあるのです」

ユリガはフウガの目を真っ直《ます》ぐに見た。見る者を怯《ひる》ませるようなフウガの眼光だが、妹だから、家族だったからこそ受け止められた。世界を呑《の》み込まんとしているフウガを前にしても、ユリガは真っ直ぐに二本の足で立っている。

フウガはそこにユリガの覚悟を見た気がした。

「いま、か？　ソーマの妻となったお前が、俺たちの前に立つリスクを承知で？」

覚悟を試すように言うフウガに、ユリガは臆することなく頷いた。

「はい。いまこのときでしか、お兄様と話すことはできないと思いましたから」

「その言い方……俺たちのところに帰ってくるって話じゃなさそうだ」

「私はもうソーマさんに嫁いだ身ですから。帰るとすればパルナム城です」

「言うねぇ。ハシムはお前の身柄を押さえたいと思ってるだろうが……」

「ハシム兄上なら絶対にそうしたいでしょうね。大丈夫なのですか？」

ムツミが心配そうに尋ねると、ユリガはコクリと頷いた。

「大丈夫です。もしものときは逃げる算段はつけてありますから」

「くっ、本当に強くなったよなぁ。あの小さかったユリガがこうも成長するとは」

フウガが愉快そうに笑った。三人とも表情は穏やかで、後ろに立っている不気味な黒虎マスクの大男を除けば、兄妹仲良く談笑しているようにしか見えなかっただろう。

フウガは腰に手を当てながら「それで？」と言った。

「俺になにを聞かせる気なんだ？」

「……お兄様の興味を引けるだろうことについてです」

そう言うとユリガは右手を高く掲げた。

するとハールガの門が開き、ゴロゴロという音がなり、砂の地面がグラグラと揺れだした。やがてハールガの門をくぐり抜けるようにして、巨大なものがユリガの背後まで運ばれてきた。目を丸くするフウガとムツミに、ユリガは真剣な眼差《まなざ》しで言った。

「これが、お二人に見せたかったものです。お二人も、コレの存在は知っているはずです。……まあ、私が報告しましたから」

ユリガは背後の物体を指差しながら言った。

「そして話したいのは、コレの生まれた世界の話です」

◇　◇　◇

ユリガが北へと向かうのを見送った数日後。

ユリガはちゃんとフリードニア王国へと帰って来た。それなりに準備を整えていたとはいえ、本当に連休中に実家に帰っていただけといった感じの呆気《あっけ》ない帰還だった。

ただし、いまのユリガの内心までが平穏かどうかはわからない。

もうすぐパルナム城に到着するという報告を聞いた俺は、政務室で一人残った仕事を片付けながら彼女が来るのを待った。いまのユリガの心情を考えると、過剰に心配した様子で出迎えるのも、逆に放っておくのも良くない気がしたので、できるかぎり日常の姿で出迎えようとリーシアやトモエちゃんたちとも話し合っていた。

……まあ、俺の日常が政務室で残業なのもどうかと思うけど。

コンッ、コンッ、コンッと部屋の扉が叩《たた》かれた。

俺が「どうぞ」と声を掛けると、ユリガが「失礼します」と言いながら俯《うつむ》きがちに入ってきた。ユリガが部屋に入ったことを確認すると、扉の向こうに立っていたアイーシャがソッと扉を閉めた。部屋の中に、俺とユリガの二人っきりになる。

「おかえり、ユリガ」

俺がそう声を掛けると、ユリガは俯いたままペコッと頭を下げた。

「ただいま、帰りました」

普通の声色。だけど表情は見えない。心配になった俺は椅子から立ち上がると、彼女にゆっくりと歩み寄った。ユリガは続ける。

「お兄様の心に、楔《くさび》を打ち込むことには成功できたと思います」

「そうか」

「お兄様はもう逃げられません。もともと逃げる気なんてないでしょうが、それでも負ければ次はない、乾坤一擲《けんこんいってき》の戦いを挑まなければならなくなったでしょう」

「……そうか」

「でも！」

俺が傍《そば》まで近づいたとき、ユリガは顔を上げた。

その目から大粒の涙がこぼれ落ちていた。

ボロボロと涙を流しながら、口の端を噛《か》むようにしてユリガは言った。

「お兄様に、戦う以外の、選択を……させること……できなかった……私は、できるなら、止めたかったのに……やっぱり無理だった……予想どおり、ダメだった」

「…………」

俺はユリガをソッと抱き寄せた。ユリガは俺の胸の中で大声で泣きじゃくった。

『もしダメだったら、ソーマさんの胸で泣かせてください』

奇《く》しくもあの日の約束を守った形になったが、切なさしか無かった。ユリガはフウガに止まってほしかったのだろう。それが万に一つも起こりえないことだとわかりながらも、ほんのわずかにでも希望があるなら縋りたかった。そして案の定、その望みが叶《かな》わなかったとしても「まあそうだよね」とは思えないだろう。悔しいだろう。

俺はユリガの頭を子供をあやすように撫《な》でた。すると……。

「……子供扱いしないで！」

ユリガにドンと胸を押されて一瞬たじろいだ。ユリガは俺を睨《にら》んでいた。

「私は貴方《あなた》の妻なんだから！……やさしくするなら夫らしくしてよ！」

その顔は一人の自立した女性のものだった。出会ったころは精々中学生くらいにしか見えなかった彼女だけど、もうそんな顔もできるくらい成長していたんだな。

「……了解」

俺はユリガの背後に回って後ろから抱きしめた。

ユリガはそのままクスンクスンと泣いていた。

きっといまの顔を見られたくないのだろう。

誰の邪魔も入らない部屋の中で、俺たちはしばらくの間そうしていた。

◇◇◇

時間はフウガとユリガが会談した直後に遡る。

会談を終えたフウガとムツミが自軍へと戻ると、参謀ハシムが出迎えた。

ユリガがフウガに害を為《な》すとは考えにくかったが、彼女はだいぶフリードニア王国の人々に傾倒している節がある。今回のユリガの行動にはソーマたちの思惑が潜んでいるのでは、と参謀として警戒していたのだ。

「フウガ様。ユリガ様はなんと？　なにか企《たくら》みがあったのでしょうか？」

「ん？　とくになにか裏がある感じでもなかったぞ」

ドゥルガの背から飛び降りたフウガは、訝《いぶか》しむハシムに答えた。そしてムツミが馬から下りるのを手伝いながら、なんてこともなさそうに話を続ける。

「内容も……簡単に言えば、シーディアンたちの世界の話をされただけだしな」

「シーディアンたちの世界？」

シーディアンたちがこの世界に転移してくるまで住んでいたという北の世界のことだろうか？　しかしなぜ、それをユリガがわざわざ出向いてフウガに伝えた？

ハシムが回転の速い頭脳でいくつもの可能性を模索したが、しかし、これといった解答は思いつかなかった。それがハシムにはなんとも気持ち悪く感じられた。

そんなハシムに、フウガは肩をすくめながら言った。

「考えるだけ無駄だろう。おそらく、ユリガの言葉にはなんの裏もあるまい」

「本当にそうなのでしょうか？」

「ああ。まあ……しっかりと〝毒〟は盛られたがね」

「はっ？　毒ですと？」

いきなり出てきた不穏な言葉にハシムが目を丸くすると、フウガは笑い飛ばした。

「もちろん、本物の毒じゃない。ユリガが持って来たのは……そうだな、心に効く毒だ。ジワジワと俺の熱情に影響を与えるような、遅効性の毒のような情報だな。俺という人間をよく知っているユリガだから作れる、俺にしか効果のない毒だ。ったく、ソーマのヤツはなんだかんだ、ユリガに気に入られてるみたいだなぁ」

カラカラと笑うフウガに、ハシムは眉根を寄せた。

「毒のような情報？……それは大丈夫なものなのですか？」

「いや、これが案外効いてるんだわ」

フウガは頭をガシガシと掻《か》くと「やれやれ困ったね」といった軽い調子で言った。そんなフウガの様子に、冷静冷血なハシムでさえも困惑の表情をしていた。

「私には、なにがなにやらわからないのですが……。遠めに見ていただけですが、ユリガ様が持ち出してきたアレも関係しているのでしょうか？」

「いや、アレ自体は関係ない。説明のために持ち出したってだけだろう」

「……一体、どういうことなのですか？」

フウガの要領を得ない説明に業を煮やしたハシムは、ムツミのほうを見た。するとムツミはなにやら淋《さび》しげな表情でフウガを見つめながら答えた。

「おそらく……ユリガさんは、フウガ様とソーマ殿が戦うのを止めたかったのでしょう。本人も、大虎帝国とフリードニア王国の激突は避けられないと思いつつも、一縷《いちる》の望みを託してフウガ様にべつの未来を提示した。そして……そんなユリガさんの思いは受け入れられませんでしたが、フウガ様の心に爪痕は残した……というところでしょうか」

「ああ。そのとおりだ」

　ムツミの言葉にフウガが頷《うなず》いた。

「それにユリガの言葉で、ソーマの考えが朧気《おぼろげ》ながら見えてきた。アイツはどうやら、俺たちとではなく〝もっとべつの大きなもの〟と戦って勝利するつもりのようだ」

「？　それは一体……」

「すまん、いまはうまく伝えられる気がしないからあとで説明する。ともかく、このままなにもしなければ、俺はソーマに挑むことすらできなくなるだろう。それに加えてユリガに盛られた毒もある。俺がソーマたち相手に本気で戦えるのは、おそらく一度だけだろう。そのときに勝ちきらなければ、俺は二度とソーマたちに勝つことはできないだろうな」

「次の戦いで、すべてが決まってしまうということですか？」

　表情を険しくするハシムに、フウガはコクリと頷いた。

「そのとおりだ。……まあ、ユリガの毒は俺を狙い撃ちにしたものだし、俺以外の者がこの地位にとって代わるなら、再びソーマたちに挑むこともできるだろうがな」

「……ご冗談を。フウガ様の威光なしに、この大国を経営などできませんよ」

「ああ。だから次の戦が、一世一代の大勝負となるだろう」

　フウガは獰猛《どうもう》な目をしながら愉快そうに笑った。

　敵が大きいほど、手強《てごわ》いほど、戦い甲斐《がい》を感じて生を実感できる。それがフウガの性質であり、英雄としての資質だった。フウガがこの顔をしているうちは、何人《なんぴと》たりとも彼の歩みを阻むことなどできないだろうと、配下に信頼されているようなカリスマ性が。

するとフウガは気合いを入れるように、自分の手に拳を打ち付けた。

「さあ、時間は待っちゃくれないぞ。こっちも万全とは言えないが、向こうが準備万端になるほうがもっとヤバそうだしな。この世界の明日を作るのは俺か、ソーマか。アイツの居城があるパルナムまで、この時代の答えを訊《き》きに行こうじゃねぇか！」

「はい！」「御意」

フウガの声に、ムツミとハシムが拝礼した。ハーン城へと急ぎ帰還する自軍の中で、フウガはチラリとユリガの居たハールガの方向を見た。

（悪いな、ユリガ。俺は俺の道を行かせてもらう。もっとも、お前もお前の道を決めてるみたいだからな。お互い、後悔しないように選んだ道を突き進もうぜ）

第四章　ワールド・ウォーへ

魔王領の脅威という人類全体に覆い被《かぶ》さっていた問題が解消され、もう魔浪《まなみ》が発生することもないと発表されたことから、人々はすでに新しい時代の到来を予感していた。

多くの才能を発掘し、多様化した価値観の中で、技術・芸術など様々な文化を発展させてきたフリードニア王国と、その盟友である海洋同盟に住む人々は、魔王領の脅威が無くなったことでこれからどんな面白いものが生み出されるのだろうと期待に胸を膨らませていた。これから自分たちはどれだけ豊かになれるのだろうかと。

その一方で、戦い続けることで国を拡張し、奪われた土地を取り返し、称賛と喝采を浴びて存在感を示してきた大虎帝国の人々は違った。

彼らはもともと持たざる者たちの集合体だ。豊かになるということよりも、他国の顔色をうかがう弱小国だった立場、貧困、奴隷、難民状態から解放されたという現状を重視し、救い主であるフウガ・ハーンを支持していた。

フウガという絶対的な指導者のもとで苦しみから解放された者たちは、フウガが絶対的な指導者でなくなることを怖《おそ》れている。救い主であるフウガの権威が失墜すれば、自分たちはもとの苦しかった時代に逆戻りさせられるのではないかと怖れているのだ。

未来を思い描く海洋同盟諸国の民とは逆に、彼らは過去に戻るのを怖れていた。

人をより強く突き動かすのは期待よりも、不安なのだろう。

だからこそ、彼らにとって次の時代のリーダーはソーマではなく、フウガでなければならなかったのだ。海洋同盟の盟主であるソーマと、自分たちの指導者であるフウガ。どちらが次の時代を担う者なのかをハッキリさせないうちは、彼らは枕を高くして寝られないのだ。そんな国内世論をフウガとハシムは急速にまとめ上げ、フリードニア王国に対して戦争すべしという空気を作り上げていった。

国民の支持さえ得られるならば、宣戦の大義名分など簡単に作れてしまえるということは歴史が証明している。ありもしない敵国からの攻撃をでっち上げたり、政敵を匿《かくま》ったと因縁を付けたり、トロイア戦争のように女性を奪われたことへの報復など、本当の理由はどうであったとしてもこじつける方法はいくらでもあるのだ。

シーディアンたちの王マオと勝手に交渉したことを抜け駆けだと非難してもいいし、政敵であったサミ・チマやニケ・チマ、ルナリア王国正教のソージやメアリや聖女候補たちなどを匿っていることを非難してもいい。

ユリガがソーマに嫁いだのに不当に扱われていると因縁をつけることも、やろうと思えばできるだろう（これはフウガの性格上やらないだろうが）。

大虎帝国の国内世論が戦争へと傾いていることは、各国を渡り歩く行商人や冒険者たちによって海洋同盟諸国の国民たちにも伝わることになる。そうなると海洋同盟諸国の国民たちも浮かれてはいられず、避けられぬ戦いの空気を感じはじめていた。

大陸全土が戦争を覚悟するのももう間もなくのことである。

そんなある日。フウガは配下の主立った将たちをハーン城に集めた。

新年の祝いの時のように玉座の前の大広間に集められた将たちだったが、彼らの中央に置かれたのは料理ではなくこの大陸の地図だった。

おそらくこれから行われるのは軍議なのだろう。それも対海洋同盟を想定した戦争の軍議だと、将たちは国内の空気からも察していた。

そして案の定、進行役であるハシムの指示棒はフリードニア王国を指し示した。

「フリードニア王国との戦いは速戦即決が求められます」

居並ぶ大虎帝国軍の錚々《そうそう》たる顔ぶれの前でハシムはそう言った。

「我ら大虎帝国の国力や動員できる兵数はフリードニア王国の二倍以上あります。しかし海洋同盟加盟国すべてを相手取るとなると、盟友である正教皇国やハイエルフの父なる島を加えても劣勢となります。盟友が多いだけの国ならば、連携を崩しての各個撃破を狙うのが定石ですが、彼《か》の国々の結びつきは強固です。一国に手を出すには、すべての国を相手にする覚悟が必要となります」

「おっしゃあ！　世界の半分相手に戦争ってわけだな！」

戦闘狂のナタが嬉《うれ》しそうに言ったが、誰も相手にしなかった。

すると地図を見ていた【虎の剣】シュウキンが躊躇《ためら》いがちに口を開いた。

「フリードニア王国はユリガ様が嫁ぐことで友誼《ゆうぎ》を図ったほどの国。難敵なのは自明の理でしょう。国内世論は決戦に傾いていますが、無理にことを構える必要はないのではありませんか？」

その国内の世論もハシムが煽《あお》ってのことだと、知勇兼備の勇将シュウキンは察していたがそこには触れずに苦言を呈した。

「フウガ様はソーマ王を『巨大な亀である』と仰《おっしゃ》った。こちらから仕掛けないかぎり動くこともないでしょう。向こうから攻め込んで来ることなど考えられないのですから、我らは悠々と力を蓄えられるのでは？」

「シュウキン殿の言うとおりです」

内政官の長であるルミエールも同意を示した。

「この国は広大で強力ですが、生まれてまだ間もない国です。人々に熱情があり勢いはありますが、まだまだ全力を出し切れているとは言いがたいでしょう。あと数年もいただければ、フリードニア王国など海洋同盟ごと圧殺できる国家にしてみせます。それまでお待ちいただけないでしょうか？」

「……それはできない相談だ」

二人の意見を、玉座に居るフウガが退けた。

「どうやらソーマたちになにやら企みがあるようなのだ。その企みが成功すると、俺たちに勝ちの目がなくなるらしい。……ルミエールは数年欲しいと言ったが、その数年を待つ余裕が俺たちにはないのだ」

「っ⁉　その企《たくら》みとは⁉」

シュウキンが尋ねたが、フウガは首を横に振った。

「予想はできているが……いまは言えん」

「なぜ、ですか？」

「この場で言えば動揺する者も出るだろう。ただ、あのユリガも俺が負ける方に相場を張っているようだ。それだけで、俺たちにとってその企みが致命的なものか察せることだろう。それをなんとしても防がなければならない」

「はい。そのための速戦即決です」

ハシムが話を引き取り、地図の上を指した。

「グラン・ケイオス帝国を攻めたときのように、フリードニア王国に攻め込めば海洋同盟の加盟国が連携して行動し、我らの領土に逆侵攻をかけて揺さぶってくるでしょう。それを防ぐためにはむしろ、我らのほうから各国へと軍を派遣して牽制《けんせい》する必要があります。無論、本命はフリードニア王国であり、ここに戦力を集中させますが、各国に対しても都市をいくつか奪うくらいの意気込みを見せる必要があるでしょう」

そう言うと、ハシムは最初にトルギス共和国を指し示した。

「まずはトルギス共和国です。さきのグラン・ケイオス帝国との戦いでも積極的に侵攻し、旧傭兵《ようへい》国家ゼムの都市を三つ陥落させています。うち一つは返還されましたが、いまだに二都市を保有しています。海洋同盟の中で最も好戦的な国家と言えるでしょう」

ハシムがそう説明すると、フウガがニヤリと笑った。

「いまの元首はクー・タイセーと言ったか。魔浪《まなみ》のときや、魔虫症のときの会談で顔を見たが、もっと若い頃の俺に似てギラギラしてるヤツだったな。才気も向上心もある。共和国なんて辺鄙《へんぴ》なところの生まれじゃなくて、もっと大陸の中央に生まれてたら、俺やソーマと鎬《しのぎ》を削っていたかもしれん。凍った湖の下に潜む大魚のようなヤツだ」

「はい。油断ならない相手です」

ハシムは頷くと、居並ぶ将のうち【虎の槌《つち》】モウメイを見た。

「モウメイ殿。貴殿には我らに降《くだ》った元ゼムの将兵たちを率いて共和国に攻め込み、牽制すると同時に奪われた二都市を奪還していただきたい。我らがゼムを併呑《へいどん》したことに不満を持つ者であっても、煮え湯を飲まされた共和国相手にならば戦意も高いでしょう」

「……承知した」

モウメイは手を前で組んで言葉少なく頷いた。

大槌を振るう大男という野蛮そうな見た目だが、ゼムでは国王代理を任せられるほど知にも厚い良将であるモウメイは、浮き足立つことなく真《ま》っ直《す》ぐにハシムを見た。

「ゼム兵の話によれば、攻め込んできた共和国の兵士たちは意気軒昂《いきけんこう》だったと聞きもうした。率いるクー・タイセーの人となりによるものと思われ、おそらく難敵であると思われます。それでももし、首尾良く二都市を奪還したあとはどう動くべきでしょうか？」

「共和国は攻め込んでもうま味のない土地です。二都市の奪還後はその地を堅守し、いつでも共和国へと攻め込めるという姿勢を見せて牽制をお願いします。モウメイ殿ならばわかっているとは思いますが、その二都市にしても、無理攻めして牽制すら行えないほどの被害は出さないようお願いします」

「委細承知」

モウメイが再度手を前に組んで頷《うなず》いた。次にハシムは地図上のユーフォリア王国を指し示しつつ、フウガの友にして最側近であるシュウキンを見た。

「シュウキン殿は旧帝国から我らに鞍替《くらが》えした者たち、そして父なる島のハイエルフ義勇軍を率いてユーフォリア王国への牽制任務に当たってください」

「っ！　また自分を大事な戦から外すのですか！」

シュウキンが目を怒《いか》らせた。

シュウキンは魔虫症事件の件で、フリードニア王国や旧グラン・ケイオス帝国に恩義があったために、先のグラン・ケイオス帝国との戦いでは後方の輸送部隊の守備を命じられていた。しかし今回の戦いは、フウガとこの国の命運が掛かった戦いだ。

それから外されるのは、さすがのシュウキンも納得いかなかった。

しかし、ハシムは眉一つ動かすことなく冷静に言った。

「貴殿以外に適任が居ないからお願いしているのです。牽制とはいえ、フリードニア王国の目をユーフォリア王国側にも向けるため、こちらもまた主攻であると見せなければなりません。あくまでも目標がパルナムだと向こうが察していたとしても、もしもできて間もないユーフォリア王国に攻め込まれたら……と、不安を抱かせる必要があるのです。加えて、貴殿は父なる島の代表であるエルル姫とも親しく、援軍として派遣されるだろう義勇軍もうまく扱えるでしょう。貴方《あなた》以上の適任者がいますか？」

「それは……そうだが」

ハシムの言葉は正論であり、知勇兼備のシュウキンもその主張の正しさを頭では理解していた。しかし心情はまたべつである。大虎帝国軍随一の武将として、フウガと共に大一番に挑みたいという気持ちは確かにあった。

すると話を聞いていたフウガが口を開いた。

「俺は以前に、女皇だったマリアを『火の鳥』だと評した。眩《まぶ》しい輝きで人を惹《ひ》きつけるが、自分を燃やして輝くため、やがて燃え尽きると……そう思っていたんだがなぁ」

「フウガ様？」

「だが、その灰の中からジャンヌという新たな鳥が再生した。こっちはまだ雛《ひな》ではあるが、やがて同じように輝く存在となるだろう。ユーフォリア家はそうやって終わりと新たな始まりを繰り返していく家系のようだ。とてもじゃないが油断できる相手じゃない。ましてやいまは新女王の王配に、あの黒衣の宰相もいるようだしな」

そう言うとフウガは真っ直ぐにシュウキンを見た。

「場合によっては、俺が指揮をとったとしても苦戦しかねない相手だ。そんなヤツらの相手となると、お前以外に任せられる者などいないだろう。頼む……友よ」

「フウガ……様。承知しました」

フウガにここまで言われては、シュウキンとしても引き受けないわけにはいかなかった。一番の側近として。また草原で共に育った友として。話がまとまったところで、ハシムはルナリア正教皇国を指し示し、【虎の聖女】アンを見た。

「アン殿とルナリア正教の方々には、正教皇国側からアミドニア地方へと攻め込んでいただきたい。今度は〝流血公子《ユリウス》〟が出てきても、怖《おそ》れることのないようお願いします」

「聖王フウガ様の御心《みこころ》のままに」

アンはあっさりと頷いた。さきのグラン・ケイオス帝国での戦いのとき正教皇国は、いまはソーマの軍師となっているユリウス・ラスタニアが国境近くに軍を率いて現れただけで狼狽《ろうばい》し、フウガの足を引っ張ることになった。

ユリウス・アミドニアだったころの弾圧の記憶が残っていたためだった。

今度は同じ轍《てつ》を踏まないようアンに手綱を握らせようというのだ。

聖女であるアンが督戦すれば、ユリウスに対する恐怖を怨念に変えて王国にぶつけることもできるだろう。さながら戦国時代の一向一揆《いっこういっき》のようにだ。すると若き俊英である【虎の弩《いしゆみ》】カセンが躊躇いがちに手を挙げた。

「あの……九頭龍《くずりゅう》諸島王国はどうしますか？　我らはまともな海軍戦力を持たないため、牽制しようがないと思うのですが……」

「ええ。そのとおりです」

カセンの指摘にハシムは頷いた。

「遺憾ながら、彼の国は放っておくよりないでしょう。沿岸都市は防衛するのみに止《とど》めて、仮に上陸して攻め込んできたとしても内陸側に退避して、各地の守備兵には陸上にて迎え撃つよう命じます」

「好きなようにさせておく、ということですか？」

「はい。フリードニア王国との戦いは内陸部での戦い。輸送はルミエール殿が旧帝国のやり方で整えてくれたライノサウルス陸上輸送と、空軍による航空輸送があるので大軍を展開したとしても維持はできます。もちろんこれはフリードニア王国側も同じです。だから、今回の戦いにおいて制海権は重要ではありません」

フリードニア王国は大雑把に言えば直角三角形のような形をしていて、海岸線はその一片にしかない。制海権は大虎帝国を海上から強襲するためには役に立つが、もし大虎帝国軍が自国をいくら殴られても構わないという覚悟で、遮二無二《しゃにむに》突っ込んでくる場合には利用しづらい。ノーガード戦法で来る相手には、フリードニア王国側も戦力を分散するのはリスクでしかないからだ。

「フウガ様は、シャボン女王をどう見ますか？」

ムツミがそう尋ねると、フウガは「ふむ」と顎を撫《な》でた。

「そうだな……クラゲ、といったところか」

「クラゲ？　あの海を漂うアレですか」

「ああ。フワフワとして一見淡い存在に見えるが、アレで厄介な毒をもってたりするだろう。そういう摑《つか》み所《どころ》がない感じがして、相手するのが面倒そうだ」

「御意。そのような相手は、構うことで相手の術中にはまります」

ハシムも同意した。カセンも納得したように頷いた。

「放っておくのが吉ということですね」

「はい。そして……あとは全力でフリードニア王国を叩《たた》くのみ」

ハシムは指示棒でピシッとフリードニア王国を叩いた。

「この戦いですべてが決まります。この世界の未来を決めるのはフウガ様か、ソーマなのか。フリードニア王国さえ陥落させれば、海洋同盟も瓦解するでしょう。逆にここで挫《くじ》ければ、我らは二度と大陸制覇の機会を失い、それを望む人々の支持を失うことになる。まさにすべてを得るか、すべてを失うかの大一番です」

ハシムの言葉に皆一様に息を吞《の》んだ。

中小国家がひしめく東方諸国連合内の小国だったマルムキタンが、あの魔王領さえも解放し、世界のすべてに手が届くところまで大きくなったのだ。

これはすでに十分に偉業であり、栄光であり、伝説となっている。

すべてを得るか、すべてを失うかと聞いたとき、武将たちは皆、緊張もしたが不思議な高揚感もあった。人々はこの壮大なフウガの物語の結末を求めている。

時代に突き動かされてきたフウガの情動の、その一端を感じられた気がしたのだ。するとフウガがククと笑い出した。

「思えば、よくぞここまで来られたものだなぁ、俺たちは。夢半ば、道半ばで倒れようと悔いは無いと走り抜けてきた結果として、この場所に立っている。ならばもう、後は走り抜けるのみだ。時代が答えを望むなら、その目に焼き付けてやろうじゃないか」

フウガは立ち上がると、衛士《えじ》たちに斬岩刀《ざんがんとう》を持ってこさせて天に掲げた。

「ソーマたちがなにを企んでいようが関係ない！　俺たちはこれまでどおり、俺たちの道を突き進むだけだ！　俺たちの駆け抜けた軌跡が、そっくりそのままこの時代の歴史として刻まれることだろう！　さあ、俺たちの大望の総仕上げといこうぜ！」

「「「オオオオオ!!」」」

フウガの声に、武将たちも立ち上がって応じた。いままさに、この世界では初めての『世界大戦』、あるいは『大陸南北戦争』と呼ばれる戦いが幕を開けようとしていた。

◇◇◇

ハーン大虎帝国内に大規模な軍事行動の兆候がある。もはや戦争をするということを隠す気もないのだろう。海洋同盟との頂上決戦を大虎帝国の国民も望んでいる。

たとえ本心がどうであるにせよ、両隣の家の人が開戦を主張していれば、感化されるから爪弾《つまはじ》きにされたくないからか、自《おの》ずと開戦を主張するようになる。

そしていつしか総意になる。悲しいかな、人とはそういうものなのだろう。

フウガは我がフリードニア王国やユーフォリア王国との国境線や、ルナリア正教皇国、そして旧ゼム領に大軍を準備していた。大虎帝国本国から我が国の首都パルナムへ、旧グラン・ケイオス帝国領からユーフォリア王国へ、正教皇国からうちのアミドニア地方へ、旧ゼム領からトルギス共和国へと同時に攻め寄せる算段のようだ。

うちの首脳部は俺も含めて、フウガたちはまず間違いなく速戦即決を狙って、真っ直ぐパルナムを目指すルートに主要な戦力を投入してくると考えている。

しかし、こちらの同盟国であるユーフォリア王国やトルギス共和国、そしてアミドニア地方のどこか一つでも劣勢を強いられることになれば、ハシムは俺の頼りなさと海洋同盟の脆弱性《ぜいじゃくせい》を喧伝《けんでん》し、こちらを揺さぶってくることだろう。

各方面にもキチンとした対処をしなければならなかった。共和国元首クーは、

『自分のとこは自分でなんとかするから、兄貴は自分のとこに専念してくれ！』

……と言ってくれてるが、まだ分裂して間もないユーフォリア王国と、アミドニア地方には備えを置かなくてはならない。

九頭龍《くずりゅう》諸島王国のシャボン女王も援軍協力を約束してくれているが、いざ内陸での戦になったとき、九頭龍《くずりゅう》王国だけでできることは海岸線の港町を荒らすくらいで、フウガたちに完全無視を決め込まれると揺さぶることもできないだろう。

もちろん様々な手を打つ予定ではあるが……。

戦力の分散はお互いに下策とわかっていながら、相手に振り回されないためには各地に備えの軍を派遣する必要がある。某アニメに出てくる宇宙世紀の将軍の言葉を借りるなら『こちらも苦しいが、相手も苦しい』というヤツだ。

ただ、アミドニア公国戦のときとは違い、こちらの備えを相手に隠す必要がないというのが多少楽ではある。クリス・タキオンのニュース番組では連日大虎帝国軍の動向をつぶさに伝えて、国民が疑心暗鬼に陥らないように情報を提供し続けているし、戦火が及びそうな街や村からはあらかじめ人々を避難させている。

ユノたち冒険者を使って土壇場で避難させたり、架空の魔物『火炎道化師《フレイムピエロ》』で村を焼いて強制疎開させせなくて済むというのは助かる。

……まあ、いまはとある依頼を出しているため、ユノたちは王国にいないんだけどな。

そんなわけで、ここしばらくはすべての勢力が来るべき戦いに備えていた。

そしてこの日。俺は放送越しにフウガと向かい合っていた。すでにお互いの言いたいことはわかっていた。だから単刀直入に聞く。

「どうしても、止まれないのか。フウガ」

『ああ』

フウガは真《ま》っ直《す》ぐに俺の目を見ながら頷いた。その、これまでと変わらず一切ブレないフウガの姿勢に、俺は奥歯を噛《か》み締めた。

「ユリガが、別の未来を提示しただろう！　それでもダメか！」

『ああ。アレには心を動かされたな』

「だったら……」

『だが、時代も人々も答えを出すことを求めている。俺の英雄譚《えいゆうたん》と、この時代の結末をな。中途半端に投げ出すようなことなどできんよ』

平然とした顔で言うフウガ。妹の説得を受けてもなお自分を貫き通すのか。

「そんな風に、世間の目を気にするタイプじゃないだろうに」

『カッカッカ！　そうだな。だから俺自身も答えを知りたいのさ』

そう言うとフウガはギラついた目を俺に向けた。

『だからこそ、俺は海洋同盟に宣戦布告する』

ごく自然に放たれた宣戦布告。わかりきってたことだからか重みも感じない。

「……いくらお前でも、うちには勝てないぞ」

『言うねぇ。お前らしくなく好戦的じゃないか』

「決断を他人に委ねると被害を拡大させると学んだばかりなんでな。避けられない戦いなら、むしろ積極的に主導権をとりにいったほうが被害を少なくできるだろう」

俺の言葉にフウガは愉快そうに笑った。

『腹が決まってるってことか。どうやらすでに鈍亀の尾を踏んでいたらしいな』

「ん？　どんがめ？」

『こっちの話だ。……ならばもう、言葉を重ねることもあるまい』

フウガは放送越しに俺に向かって拳を突き出した。

『未来を築くのは俺たちか、お前たちか、ハッキリさせようじゃないか！』

「俺たちは負けない！　絶対にな！」

睨《にら》み合う俺とフウガ。やがてフウガはフッと口元を緩めた。

『それじゃあな、ソーマ。次は戦場で会おう』

放送が切られて、フウガの姿が掻《か》き消えた。最後まで……最後までアイツらしい宣戦布告だったな。戦争を引き起こす者として後ろ暗いものはないが、闇を背負っているようにも、眩《まぶ》しく輝いているようにも見えた。あれが英雄の資質なのだろう。

「ソーマ……」「ソーマさん……」

立ち尽くしていると、放送に映らない位置で見守っていたリーシアとユリガが近づいてきた。するとリーシアが控えめに尋ねた。

「いまのが宣戦布告でいいのよね？」

「……ああ、そうだな」

フウガからの宣戦。立ち尽くしている暇などない。俺はユリガを見た。

「ユリガは、フウガと話さなくて良かったのか？」

「……もう、話してもお兄様を止められないってことはわかっていたから。それでも、お兄様を見ておきたくて、この場に居させてもらったけどね。おそらく、最後の戦いに挑むことになるだろうお兄様の姿を」

複雑な内心を押し殺すように、毅然《きぜん》とした態度で言うユリガ。

彼女は彼女で覚悟を決めているのだろう。さすがは兄妹というか、根っこの部分は似ているようだ。俺はそんなユリガを見ながら「ふう……」と息を吐いた。

「リーシア。ユリガ」

「なに？」「なんですか？」

「俺は……事ここに至っても、フウガのことをどこかカッコイイと思ってしまう自分がいる。ああいう自分を貫く生き方って、男の理想みたいなところがあるからさ」

俺の言葉にリーシアとユリガは顔を見合わせると、フッと表情を緩めた。

「女の私だって気持ちはわかるわよ。勝気《かちき》って言われてたしね」

「お兄様の格好良さなら私のほうが知ってるわ」

するとリーシアは俺の腕にギュッと抱きついて来た。

「でも、一緒に居て安心するのはソーマだから。私はあの日、カーマイン公の前で宣言したとおり、アナタと一緒に歩み続けるわ」

「ちょっと悔しいけど、リーシア様に同意です」

そう言うとユリガが逆側の腕にそっと腕を絡めてきた。

「次の時代を担えるのは、この国だと思ったから……だから私はここにいるんです。お兄様ほど格好良くはないけど、貴方《あなた》は私の大事な旦那様なんだから胸を張ってよね」

ユリガにまでそんなことを言われた。

ただ、俺の腕に回したユリガの細い腕は少しだけ震えていた。気を張っているのだろう。

それでも俺を支えてくれようとしている。そんな彼女の気遣いに応えるように、俺は気付かないふりをして茶化すように言った。

「いや、さすがに二人に抱きつかれると動けないんだけど？」

「ソーマも両手に花で嬉《うれ》しいでしょ？」

「そりゃあもちろん」

「役得ですね。こんな可愛《かわい》い奥さんのためなんだから、頑張ってソーマさん」

「はいよ」

がんばるさ。みんなで生きる未来のためにもな。

——そして数日後。世界大戦の火蓋が切られた。

第五章　南は激しく、西は静かに

まず大虎帝国軍はユーフォリア王国の国境沿いに配置していた軍勢を進軍させた。

シュウキン率いる大虎帝国軍と父なる島のハイエルフ義勇軍の連合軍だ。

この大虎帝国軍の主力となっているのは、グラン・ケイオス帝国から大虎帝国に寝返った武将・貴族の兵たちだった。謂《い》わば外様《とざま》の勢力である。

この方面にフウガの姿は確認されず、明らかに陽動であると思われたが、一番先に動かれたためにフリードニア王国としてもユーフォリア王国を守る動きをして見せなければならなくなった。ユーフォリア王国民のフリードニア王国への心証が悪化し、海洋同盟の盟主としての面目を失って、二国の連携に亀裂が生じるおそれがあったからだ。

この動きに対してソーマは、ただちに島形空母二隻をユーフォリア王国へと派遣したことを放送を通じて公表した。実際に空母の出航も確認されている。

その報告をハーン城の作戦室で聞いたフウガはハシムを見た。

「この動きをどう見る？」

「まず間違いなく、空母とやらは空っぽでしょうな」

ハシムは冷静な顔で言った。

「海上でも空軍を用いることができるというのは、海上戦では有利を取れますが、内陸での戦には効果を発揮できません。我らとの戦いに直接影響のない空母を派遣して、ユーフォリア王国を支援した風を装ったのでしょう。もちろん、国内の防備を固めるために飛竜騎兵《ワイバーン》はフリードニア王国に残したままで」

「陽動は上手《うま》くかわされたってわけか。やっぱり一筋縄じゃいかないな」

「無論。最初からわかっていたことです。だからこそ、ユーフォリア王国方面には見せかけの軍を送って牽制《けんせい》するに止《とど》めているのですから」

そしてハシムは大陸の南のほうを指差した。

「本格的に軍が激突するのは、共和国からになるでしょう」

◇◇◇

海洋同盟と大虎帝国との戦いは、まずは南の共和国方面から始まった。

共和国が旧ゼムから奪った二つの都市は、クーによって『タルス』『レポルス』と改名されていた。共和国首都サプールへの道を繋《つな》げているトンネルを守る位置にあるのがレポルスで、そんなレポルスを守る位置にあるのがタルスだった。

新たな都市に自分の愛する奥さんたちの名前を付けるあたりがクーらしかった。

そしていま、共和国最前線の都市となったタルスに、旧ゼム兵を中心とする五万人の兵が攻め寄せていた。傭兵《ようへい》国家ゼムはもとは最大十万人の兵を擁する国だったが、大虎帝国に併合されるときの争乱で大きく数を減らしており、大虎帝国軍からの援軍を加えてもこの数に止まっていた。

ただし戦略目標は二都市のみのため、この数でも十分なように思われた。

一方で、共和国軍はタルスに二万、レポルスに一万の守備兵を配置している。

共和国軍の最大動員兵力は七万だが、後背を気にしなくていい大虎帝国軍とは違い、素通りされて本国を狙われないともかぎらないため、この数に止まっている。

いざとなれば援軍を送ってもらえるような態勢は整えているが、クーはあくまでもこの三万だけで二都市を守り抜く覚悟だった。

「おうおう眼下にゃ敵さんばっかりだ。この感じは魔浪《まなみ》のとき以来だなぁ」

タルスの高い城壁から敵軍の陣容を見下ろしたクーが不敵に笑っていた。そんな主君の様子に、そばにいた第二夫人レポリナと腹心のニケが溜息《ためいき》を吐《つ》いた。

「クー様ったらなにを暢気《のんき》なこと言ってるんですか。私たち、アレと戦うんですよ?」

「ハシム兄上も本気で世界を相手取るつもりのようです。……ああ面倒くさい」

言葉では気乗りしなそうな二人だったが、レポリナはかつて護衛だったころのような弓兵スタイルで、ニケは愛用の槍《やり》を肩に担いでいる。

いざとなれば戦う覚悟はとっくにしている上での愚痴だった。

そんな二人のしけた顔を見て、クーはニヤリと笑った。

「ウッキャキャッキャ！　心配すんな。こんときのために、タルにこの都市を魔改造させてきたんじゃねぇか。ユーフォリア王国からゲストまで呼んでな。フウガ・ハーンが率いてないような木っ端な軍勢に攻め落とせるものかよ」

「当然ですわ！」

元気な声に三人が振り向くと、ユーフォリア王国から技術協力のために呼んでいた、マリアとジャンヌの妹であるユーフォリア家の三女トリルが歩いてきた。

「この都市はクーさんの馬鹿げた発想を、タルさんと私が全力で形にしたものです。変わりゆく共和国の象徴である都市。凝り固まった価値観の国には落とせませんわ」

トリルは自信満々にそう言った。

彼女は開戦前に帰国する話もあったが、自分が製作した仕掛けがちゃんと機能するかを見たいという本人の希望と、本国もまた戦火が及ぶ可能性もあることからジャンヌはトリルの好きにさせることにしたのだ。

トリルは特徴的なサイドテールを揺らしながらケラケラと笑った。

「ふふふ、私の仕掛けで大虎帝国の方々をギャフンと言わせてやりますわ」

自信満々な様子のトリルだったが、そんな彼女のもとに伝令兵が駆け込んできた。

「トリル様！　仕掛けの試運転をしたところ、不具合が発見されたそうです！　技術班が至急来てほしいとのこと！」

「ギャフン!?」

敵より先に自分自身にギャフンと言わされていた。

トリルは「ちょっと失礼しますわ！」と言うと、伝令兵に先導されて走って行った。なんともしまらないお姫様である。

「……大丈夫なのか？　アレは」

クーがそう言うと、レポリナが呆《あき》れたように肩をすくめた。

「クー様が無茶ばかり言うからです。トリル様を責めるのは酷でしょう」

「いや、べつに責めちゃいないけどよ。……ニケ。悪いけど、トリル嬢の護衛を頼むわ」

「……はいはい、了解ですよ、っと」

ニケは軽い感じで請け負うと、槍を担いでトリルのあとを追った。城壁に残ったクーとレポリナは敵軍のほうを見た。クーは指をポキポキと鳴らす。

「さあてと、共和国を侮ってる敵さんには痛い目を見てもらうとしますかね」

クーの言葉にレポリナも頷《うなず》く。

「そうですね。育児に専念したいのに、あの人たちのせいで戦場に駆り出されたんですから。ムカつきますし、子供たちのためにも頑張りましょう！　クー様！」

タルが第一子を、レポリナが第一子〜第三子を産んでからまだそんなに時間は経《た》っていない。クーとしてはタルだけでなくレポリナも本国に残そうかと考えていたが、レポリナも国で待つよりクーと共に戦うことを選んだ。タルからも、

『子供たちのことは私が守るから。レポリナはクー様のこと、お願いね』

……と、そう頼まれていた。子供たちはタルとレポリナの家族たちに見てもらっている。

レポリナの言葉にクーは棍《こん》を構えて不敵に笑った。

「おうともよ！　さあ、ガキんちょどもに、おめえらの父ちゃん母ちゃんは強いってとこを見せてやろうぜ！」

「はい！」

◇　◇　◇

一方、大虎帝国陣地では【虎の槌《つち》】モウメイが兵士たちを督戦していた。モウメイは言葉少ない武将だが、重厚感のある声は静かでも兵の腹の中に響くものがあった。

「共和国は我らがグラン・ケイオス帝国と戦っていた際《かん》に、空き巣同然にあの二つの都市を盗み取ったのだ。ゼムの勇者たちよ！　卑劣なる彼の者の手から、あの都市を奪い返すときはいまぞ！」

「「「オオオオ!!」」」

兵士たちが気勢を上げる。大半は元ゼムの兵士たちだが、煮え湯を飲まされた相手である共和国相手とあって士気は高かった。

そんな兵士たちの中で、一際大きな声を上げる者がいた。

「よっしゃあああ！　やっと戦えるぜ！」

吼《ほ》えたのは【虎の戦斧《せんぷ》】の異名を持つ戦闘狂のナタ・チマだった。

「ったく、フリードニアとの決戦から外されたときは腹が立ったが、ここなら思う存分、暴れられるってもんよ！　帝国のときには堅いばっかりで歯ごたえのねぇ相手ばかりだったが、ここには俺を楽しませてくれるヤツはいるのかねぇ！」

そう言ってナタは豪快に笑った。フウガとハシムの対フリードニア戦の構想は速戦即決であり、そのために必要なのは機動力とそれを維持するための規律だった。

大虎帝国軍はもともと機動力は高いが、それでも手強《てごわ》い相手と無理に戦ったり、略奪品に目を奪われるなどすれば時間を取られてしまう。

手強い都市は押さえの兵を置いて素通りし、都市を陥落させたら物資だけ集めてすぐに次の都市へ向かうという状況を維持できなければ、万全な機動力を発揮し続けられないだろう。そんな状況の中で、強いヤツと戦いたいだけのナタは邪魔だったのだ。

勝手に防御の堅いところに突っかかって、意地になって突破しようとするナタに全軍が引き摺《ず》られては時間を無駄に消費してしまう。

だからこそ、彼は好き勝手に暴れても問題ない共和国戦線に配置されたのだ。

いまのナタは戦意で目をギラギラと輝かせていた。

「とっとと共和国のヤツらをぶちのめせば、本隊に合流できるだろうしな！　ぶちのめした後ならモウメイ一人でも守れるだろうし、ハシムの兄貴も文句は言わねぇだろ！」

狂戦士らしい短絡的な発想でナタは気を吐いていた。

一方で、モウメイは努めて冷静に、慎重に共和国軍の様子をうかがっていた。

（敵の元首クー・タイセーは、あのソーマを兄と慕っていると聞く。あの国の薫陶を受けた相手となれば一筋縄ではいかないことは必定。まずは出方を探る必要があるか）

国が豊かでなかった旧ゼムの元傭兵が中心のこの軍は、空軍や火薬兵器などのお金の掛かる兵科は少なかった。ただしそれは共和国側も同じで、自前の空軍がないため、大虎帝国軍の飛竜騎兵《ワイバーン》への対処は砦《とりで》に籠もって対空連弩砲《れんどほう》に頼ることになる。

つまりこの戦いは空軍が勝敗の決定打とはならないのだ。

（だからこそ、時代遅れの兵器も役に立つというものだ）

モウメイは大槌を振り上げると、タルスのほうに向かってドカンッと振り下ろした。

「全軍、彼の都市に向かって一気呵成《いっきかせい》に攻め寄せよ！　同時に攻城兵器群も進発！　歩兵たちは兵器と牽引《けんいん》するライノサウルスを護衛しつつ進軍するのだ！」

モウメイの号令と共に、大虎帝国軍のタルスに対する攻撃が開始された。

本陣からはトレビュシェットや攻城塔などの大型攻城兵器がライノサウルスに牽《ひ》かれて進発する。これらの兵器は空軍が主体の戦場では役に立たないが、空軍が出てこないことがわかっている戦場でならば利用価値があると、ゼムシティの倉庫で眠っていたものをモウメイが持って来たのだ。

そんな時代遅れの兵器が進む様をモウメイはジッと見つめていた。

（我が殿……フウガ様は此度《こたび》の戦いを、覇業の最後として挑まれている節がある。まるであれらの攻城兵器のように、最後に一花咲かせんとしているかのように……）

厳《いか》つい風貌に見合わず繊細な心を持つモウメイは、遠く離れた主を思った。

（たとえそうであったとしても、我らはどこまでも付き従う所存！　我が殿よ、どうか本懐を果たされませ！）

◇　◇　◇

「ウッキャッキャ！　敵さん、面白いものをだしてきたな！」

「クー様！　顔を出しちゃ危ないですって」

すでに攻城戦が始まり、下からは大虎帝国軍の矢や魔法が打ち込まれている中で、城壁の縁の隙間から眼下を見ていたクーが愉快そうに言った。

一方レポリナは生きた心地がしなかった。

「っ！　いま！」

それでもレポリナは一瞬の隙を衝《つ》いて立ち上がると、城壁に群がる敵に向かって弓矢を放った。彼女の放った矢は真《ま》っ直《す》ぐに飛んでいき、馬に乗って兵を督戦していた将の首を射貫《いぬ》いた。射貫かれた将は馬から落ちて動かなくなる。

その様子を見たクーが感嘆の声を漏らした。

「おー、相変わらず良い腕だな」

「当然です。妊娠中は弓を引けなかった分、出産後には感覚を取り戻すため練習しましたから。……あっ、でも……」

敵を警戒していたレポリナだったが、その頬が赤くなっていた。

「ん？　どうかしたのか？」

「その……出産してちょっと体形が変わったみたいで、胸当てのサイズが……」

「お、おう……なんか、大変だな……」

妙に生々しいやら、恥じらうレポリナが可愛《かわい》いやらで、クーの顔も赤くなった。

「っ！　危ねぇ！」

と、次の瞬間、クーはレポリナに飛びかかると覆い被《かぶ》さるようにして城壁の石畳に倒れた。驚き目を瞠《みは》るレポリナの頭上を敵の放った火炎の魔法が飛んで行く。

お互いの無事を確認した後で、クーは「ふう〜」と息を吐いた。

「……戦場で話す内容じゃなかったな」

「……そうですね」

「それに、アレを止めないと面倒なことになりそうだ」

二人がこうして話している間にも、兵士たちに守られた攻城塔が近づいてきていた。

「よし、レポリナ！　トリルに合図を送れ！」

「はい！」

レポリナは背負っていた矢筒の中から、他とは矢尻部分の形状が違う矢を取りだした。

それを弓に番《つが》えると、敵軍のいる方角、さらに上方向に角度を付けて放った。放たれた矢はピューッという音を鳴らしながら落ちていった。

「……来ましたね」

レポリナの矢の合図を聞き、トリルは身構えた。

「方角は？」

「……いま伝書クイが来ました！　北側からです！」

「クーさんたちのいるあたり……それでは北側の兵器を起動させます。待機させている人たちに連絡をお願い。一回で全部を起動させるのではなく、観測者の指示に従って、適切に装置を起動させるようにって」

「はっ！」

駆け出して行く伝令兵を見て、トリルはクーたちの無事を祈りつつ、ぐずっている目の前の仕掛けの調整を急ぐのだった。

ガラガラと音を立てて攻城塔が近づいてくる。

塔を押している兵やライノサウルスを攻撃させまいと、塔の上に配置された弓兵部隊がタルスの城壁に矢を打ち込んでくる。クーやレポリナたちはその攻撃を盾や、城壁の縁の陰に隠れてやり過ごす。攻城塔の兵たちは前進を阻もうとする共和国軍の猛攻を掻《か》い潜《くぐ》って、なんとか城壁に辿《たど》り着こうと奮闘していた。しかし……。

「いいか！　接近を阻む必要はない！　引きつけられるだけ引きつけろ！」

クーが出していた指示は、攻城塔の兵たちの想像とは真逆だった。絶対に近づけさせるな、ではなく、もっと近づけさせろ、と言っているのだ。そのため攻城塔は散発的な攻撃しか飛んでこなかったため、どんどんと城壁へと近づいてくる。やがて守備兵と攻城塔の上の弓兵が、お互いの顔をハッキリ確認できるくらいまで接近した。

「よし！　接岸したら城壁に乗り込み、味方の橋頭堡《きょうとうほ》を確保す……」

攻城塔の兵を指揮する将がそう命じようとした、そのときだった。

クーは城壁の縁から飛び出し、縁に跳び乗った。その一瞬、クーと攻城塔にいる将の目が合う。クーが浮かべている不敵な笑みを見て、攻城塔の将はなにやらゾワッとした悪寒を感じ、指示を出すのを忘れていた。そんな攻城塔の兵たちにクーは言った。

「ここまでお疲れさん。よく来たなって言いてぇところだけど、ココまでだぜ」

そう言うとクーは棍を掲げた、次の瞬間。


――――ドガンッ!!　バキッ!!

城壁から飛び出した極太の四角い柱が、接近しようとしていた攻城塔の中心を貫いていた。タルスの城壁は四角い石が積まれているのだが、そのうちの大きな石が急に飛び出して攻城塔を貫いたのだ。

「うわああぁ！」「落ちる！　落ちるぞおお！」

支柱を砕かれて、攻城塔はバラバラと崩れ落ち、下にいる兵士たちを襲った。見れば同じように接近しようとしていた他の攻城塔も、城壁から飛び出した石柱によって砕かれ、崩れ去っていた。その光景を見て、クーは不敵に笑った。

「ウッキャッキャ！　見たか！　うちの城壁は守るだけじゃないんだぜ！」

クーはタルスとレポルスを改造する際に、自分の思いつきをタルやトリルの技術班の力を借りて形にしていた。その一つが、城壁から飛び出す『巨大杭打ち機《パイルドライバー》』だった。

杭打ち機の仕組み自体はメカドラの対オオヤミズチ戦用装備の一つとして、技術は確立されている。それを城壁に付けてしまおうというのがクーの発想だった。

「……なんで役に立ってるんでしょうね」

戦果を上げる杭打ち機を見て、レポリナが呆《あき》れたように溜息《ためいき》を吐《つ》いた。

戦う城壁という発想は面白いが、杭打ち機は巨大な相手が接近してくれるような状況でもないかぎり意味を成さない。今回のように攻城塔か、あるいは巨大な魔物が相手でもないかぎり無用の長物となるだろう。

しかも一回見せたら次は相手にも対策をされてしまう、初見殺し的な兵器であるため、作ったタルでさえも「こんなの役に立つの？」と疑問顔だったほどだ。

そんな珍兵器で戦果を出しているのがクーの凄《すご》いところなのかもしれないが。

「でも、クー様？　次は効かないと思いますよ？」

レポリナの言葉を、クーはウッキャッキャと笑い飛ばした。

「まあ手品みたいなもんだ。一回種がわかれば同じことをしても観客も飽きちまうだろうぜ。だから都度手を替え品を替えるんだ。杭打ち機が来るぞ、来るぞ……と思わせといて、来ないんかーい！……みたいなのも笑えそうじゃねぇか？」

「クー様は一体なにと戦ってるんですか……」

レポリナはやれやれといった感じで肩をすくめたが、大虎帝国という超大国相手に戦をしているのに軽口を叩《たた》いてみせるクーの姿は安心感があった。彼女よりは低い身長でありながらも、その背中はとても頼もしくて、さすがは私たちの元首、私たちの旦那様だとレポリナは思ったのだった。

するとクーは腕を伸ばすと、パンッと手を叩いた。

「さあ、大虎帝国の皆さんにゃあ、まだまだ楽しんでってもらおうか！」

◇◇◇

一方、別方面では大虎帝国軍のトレビュシェットによる攻撃が打ち込まれていた。

大砲よりは飛距離で劣る兵器ではあるが、弾丸、大岩、炸裂《さくれつ》する火薬樽《かやくだる》、石礫《いしつぶて》等を散弾のように、どんなものでもある程度の威力で撃ち出せるという利点がある。なによりコストが安いため、傭兵《ようへい》国家ゼムでも数を揃《そろ》えられたというのが大きい。

猛攻を受けている城壁部で、トリルたち技術班は最終調整を行っていた。

「トリル様！　敵の猛攻が激しく、城壁の損傷が大きくなっています！」

技術班の一人の悲鳴に、トリルは「わかっていますわ！」と叫んだ。

「あともうちょっとなのです……ここを……こうですわ！」

作業を終えたトリルがスイッチを入れると、ススムくん・マークVの中にも搭載されている呪鉱石《カースこうせき》のバッテリーから、城壁に向かってエネルギーが供給され始めた。

きちんと動いたことが確認できて、トリルはホッと胸を撫《な》で下ろした。

「しかし、クーさんの発想には驚くものがありますね。まさか『城壁って攻城兵器に狙われるだろ？　なら〝狙われないように動かす〟ってのはどうかな』なんて」

トリルがそう呟《つぶや》くと、ゴゴゴという音が鳴り、目の前にあった城壁が動き出した。

「な、なんだ!?　なんで壁が動いてるんだ!?」

「城壁が！　城壁が迫ってくるぞ！」

動かないはずの城壁が目の前に迫ってくる。

そんな悪夢のような光景に攻め寄せていた大虎帝国軍は大いに混乱することになる。

さらにその城壁の上からは拳大の鉛弾が降ってきて、兵士たちを鎧《よろい》ごと打ち抜き、混乱を加速させていく。敵の猛攻に耐え、兵士たちの行き来も活発に行えるように、このタルスの城壁はかなり分厚くできている。

そのうちの半分くらいの厚さを城壁から切り離し、穿孔機《ドリル》の回転機構を利用した自走で

きる攻城塔として攻撃手段に回せないかと考えたのだ。そして城壁形攻城塔の上には九頭《くず》龍《りゅう》諸島から仕入れた狛砲《はくほう》（小型大砲）を配備して、眼下の敵を撃たせる。

共和国も旧ゼムと同じく豊かな国ではなかったが、医療道具や海産物などを海洋同盟諸国と交易できるようになったことで、資金力は旧ゼムとは比べものにならないほど大きくなっているため、これくらいの火薬兵器なら十分に運用可能だった。

城壁形攻城塔は、混乱して逃げ惑う大虎帝国軍の中を進み、設置されたトレビュシェットの目前にまで迫った。トレビュシェットやカノン砲は強力な兵器ではあるが、目標を変更するのにはかなりの時間を要する。

ましてや常に動き続ける目標を狙うことは不可能だった。

トレビュシェットを守備していた兵たちは逃げ去り、攻城塔の上から油壺《あぶらつぼ》と火種が投げ込まれると、トレビュシェットは全基炎上して崩れ去ったのだった。

「よかった。旨《うま》くいったようですわ」

そんな城壁形攻城塔の活躍を、トリルたち技術班は城壁の合間から見ていた。

攻城塔が切り離されたあとの城壁は枡形《ますがた》に凹《くぼ》む形になるが、完全に穴が空くわけではない。トリルたちが居るのはこの凹んでいる部分だった。

「って、いつまでも見てる場合じゃありませんわ。早く戻りませんと！」

さっきまでは城壁の内部だったこの場所は、攻城塔が切り離されたいまは城壁の外になってしまっている。現状大虎帝国軍は混乱しているが、いま襲われたら非戦闘員の技術者たちは為《な》す術《すべ》がない。

トリルは設置されている小さな扉から、技術者たちに退避を急がせた。しかし……。

ブンッ……ズチャッ!!

なにかが風を切る音と共に、逃げようとしていた技術班の一人が袈裟《けさ》斬りに真っ二つにされた。不意に上がった血しぶきにトリルが驚愕《きょうがく》していると、崩れ落ちる技術班の身体《からだ》の向こうに、大斧《おおおの》を担いだ狂戦士の姿が見えた。

「てめぇらか！　さっきから小細工ばっか弄してるヤツらは！」

大虎帝国軍の戦闘狂ナタ・チマだった。

飢えた獣のような目。溢《あふ》れ出る殺意。流された血の臭い。

初めて戦場というものを見たばかりのトリルは腰が抜けてしまった。

(これはヤバい！　ヤバヤバですわ！　ジーニャお姉様……)

涙目になり、お尻を地面に付けたままトリルは後ろに下がろうとしたが、身が竦《すく》んでしまったため身体が言うことを聞いてくれなかった。

トリルがそんな状態であっても、ナタは大股でどんどん近づいてくる。

「海洋同盟の連中は揃いも揃って小賢《こざか》しいことばっかしやがる！　もっと純粋に戦いを楽しませろや！」

そう吼《ほ》えたナタが、トリルに向かって大斧を振り上げた。

殺される。そう思ったトリルは叫んだ。

「助けて、お姉様ぁ！」

この場にはいないマリアやジャンヌ、そして姉と慕うジーニャの顔が思い浮かぶ。これが死ぬ間際の光景なのかと、トリルがギュッと目をつぶったそのとき……。

「せめて助けに来られる人の名前を呼んでください！」

そんな声が上の方から降ってきた。

トリルがパッと目を開けると、いまにも斧を振り下ろそうとしていたナタが後方へと飛び退《の》いた。するとそこに一人の青年が槍《やり》を構えて降り立った。

そしてその槍先は先程までナタがいた地面に突き刺さっている。もしナタの反応がもう少し遅れていたら、脳天から串刺しにされていたことだろう。

降り立ったその人物を見て、ナタの目が怒りに燃えた。

「てめぇ！　ニケじゃねぇか！」

「ニケさん！」

トリルも気付いたようで縋《すが》るような目を向ける。

ニケは兄であるナタは無視し、トリルのほうを見て頷《うなず》いた。

「あんまり無茶しないでくださいよ。ただでさえクー様っていう破天荒な人物に仕えているんですから。これ以上気苦労が増えるとお腹《なか》が痛くなりそうです」

「め、めんぼくねーですわ」

そんなことを話している二人に、無視されたと感じたナタは怒りを向けた。

「おいニケ！　てめぇ弟の分際で兄貴の俺に逆らおうってのか？　ああん？」

「……やあ、ナタ兄上。相変わらずむさ苦しいですね」

そう言うとナタは地面に刺さった槍を抜き、その槍先をナタに向けた。

「安心してください。僕も、サミ姉さんも、イチハも（あとムツミ姉さんやヨミ姉さんも）アナタのことは嫌いですから。ここで討つことになんの躊躇《ためら》いもありませんよ」

途中で小声になったのはムツミたちへの配慮だった。

「ぬかせ！」

ナタは怒りにまかせた大斧の一撃をニケに叩き込もうとした。

大岩さえ両断できるだろうその一撃を、ニケはさながら牛を避けるマタドールのように回避すると、ナタを側面から貫こうとする。

ナタはその素早い一撃を拳だけで払いのけた。そして片手で持った大斧を水平に動かして、ニケを胴から真っ二つにしようとする。

ニケはそれをジャンプで回避し、振り上げた槍をナタの肩に叩き付ける。

「ぐっ……」（バキッ）

鎧の肩の部分を砕かれ、ナタは一瞬苦悶《くもん》の表情を浮かべたが、すぐに足を蹴り上げて、着地前のニケの腹を蹴り飛ばした。

「うぎっ」（ドゴッ）

さすがに力自慢なだけあって、蹴りだけでニケの身体は大きく飛ばされた。ニケは空中で体勢を立て直すと、なんとかトリルの傍《そば》に着地した。

「だ、大丈夫なんですの、ニケさん!?」

トリルが心配そうに尋ねると……。

「ちっ……いやあ、さすが力だけが自慢の兄上だ」

……と、お腹のあたりをさすりながら軽い口調で言った。

当たり所が悪いと一撃で戦闘不能になるような蹴りだったので、もちろんこの軽口には
ブラフが含まれている。それでもニケはナタと一進一退の攻防をくりひろげた。

「お前が、俺に勝てると思ってんのか！」

「負けるとは思ってませんよ。なにせ」（ドカッ）

今度はニケがナタを蹴った。しかし大岩のようなナタは動かず、蹴ったニケが大きく後
方へと弾《はじ》かれることになった。だがこれはニケの思惑通りであり、彼はナタを蹴ったとい
うよりも踏み台にして跳んだのだ。ニケは再びトリルの傍に降り立った。

「……よし、準備はできたようですね」

「えっ？　なにがですの？」

トリルが目を白黒させていると、ニケはナタに向かって笑みを見せた。

「なにせ、兄上とは頭のできが違うんでね！」

「はあ？　なにを言って……」

「兄上。攻城塔が抜けたいま、この部分は枡形（コの字形）になってますよね。こういう

部分は攻めないほうがいいですよ！」

　そう言うとニケは腰が抜けたままのトリルを抱え上げて、風の魔法を纏《まと》った足で大地を蹴り、大きくジャンプすると、城壁の丁度中間ぐらいの位置に槍を突き刺してぶら下がった。ナタが一瞬唖然《あぜん》としていると、正面と左右から風斬り音が聞こえて来た。

　そして見上げると無数の矢がナタへ向かって降り注ごうとしていた。ナタの遥《はる》か上空からニケは告げる。

「そういう枡形の場所は遠距離武器の集中攻撃を受けやすい！　軍略と政略で名を馳《は》せたチマ家の男なら、それくらい理解できなきゃね！」

「ニケえええ！　てめえええええ！」

　ニケに煽《あお》られて怒り心頭のナタだったが、さすがにこの矢の雨の前では分が悪く、何本かの矢が身に刺さりながらも大斧をふるって致命傷は防ぎきり、その場を離脱した。

　そんな兄の姿を見送り、ニケがホッと胸を撫で下ろしていると……。

「ありがとう。助かりましたわ」

　一緒に宙ぶらりんになっていたトリルが言った。

「でも、できれば次はもうちょっとスマートに助けてほしいですわ。私、高所恐怖症になりそうです」

「注文の多いお姫様ですね」

「そうは言っても、この状況は結構揺れが酷《ひど》くて……うぷっ」

トリルは吐き気を我慢するように口を押さえた。これにはニケも焦った。

「うわあああ！　いますぐ助けるんでもうちょっと我慢してください！」

ニケは慌てて風の魔法で城壁を駆け上るのだった。

この攻防戦の被害により、この軍だけで共和国から二つの都市を奪還するのは困難だと判断したモウメイは、方針を包囲に切り替えた。せめてソーマとフウガの戦いに、共和国が介入する事態だけは防がんとしたのだ。

クーも防衛の準備はしてきたが攻めかかるのはリスクが高すぎるため、両者はにらみ合いを続けることになる。以後、この戦線は膠着《こうちゃく》状態となる。

◇◇◇

共和国戦線で派手な攻防戦が繰り広げられていた一方で、それとは真逆にまったく動きのない戦場もあった。ユーフォリア王国戦線である。

先の戦いでグラン・ケイオス帝国から大虎帝国へと鞍替《くらが》えした武将・貴族を中心としている大虎帝国軍を率いるのは【虎の剣】シュウキン・タンであり、内政官筆頭のルミエールが彼の補佐をしていた。また盟友である精霊王国の父なる島から、シュウキンを慕うエルル姫がハイエルフ義勇軍を率いてこの軍に加わっていた。

対するユーフォリア王国はジャンヌ女王が直々に兵を率いて出陣し、王配であり宰相のハクヤと将軍のギュンターが彼女を支えていた。またこの軍の中にはヴァロア城大書庫の司書に就任したサミ・チマも「これ以上、大虎帝国軍に自分の安息の場所を……大切な人たちを奪わせない」と言って参陣しているし、現在は駐ユーフォリア王国大使と肩書きが変わったピルトリーも客将として参陣している。

両軍が展開しているのは、左右を山と森に囲まれているが、中央は農耕地帯にぽつんと一軒の小さな家が建っている拓《ひら》けた地形になっている場所だった。

互いに五万人ほどの兵を従えて農耕地帯を挟んで睨《にら》み合う両軍だが、睨み合うだけで戦闘はいまだ行われていなかった。どちらも相手が動くなら即座に対応できるように備えてはいるものの、どちらも動く気配を見せていない。

それどころか先に名前が挙がった両軍の指揮官全員が、中央にある農家のものと思われる西洋風の民家に集まっていた。両軍合わせて十万近くになる兵たちが睨み合う戦場予定地のど真ん中に、両軍の女王や指揮官が集まってなにをしているかと言えば……。

「シュウキン様。お茶のお代わりはいかがでしょうか？」

「ああ、これはどうも。アンズ殿」

「ジャンヌ様は紅茶と珈琲《コーヒー》、どちらになさいますか？」

「ありがとう、シホ殿。珈琲をもらおうかな」

小川の畔《ほとり》に建てられて水車が付いている小屋の前。

大きなテーブルで、ピルトリーの妻であるアンズとシホの姉妹に給仕されながら、ジャンヌとハクヤ、シュウキンとルミエールとエルルは向き合ってお茶をしていた。

双方とも護衛は連れてきている（ギュンター、サミ、ピルトリーはここに加わってい る）が彼らは立っているだけだし、毒味もそこそこしかせず雰囲気は落ち着いていた。

この戦線に配置されたのは頭のキレる者ばかりなため、全員が理解していたのだ。

この戦線での勝敗は大局に影響するものではないということを。

シュウキンの役割はユーフォリア王国に大陸の西側から攻め込まれないように防ぐことだった。もっとも危惧するシナリオは、ユーフォリア王国に攻め込まれて、フリードニア王国を攻めるフウガ率いる大虎帝国軍の本隊が動揺することだったからだ。

一方、ジャンヌにとってもっとも危惧するシナリオは、シュウキンたちの軍に押し込まれて「海洋同盟不甲斐《ふがい》なし」と喧伝《けんでん》されて、同盟諸国との連携にヒビを入れられることだった。そうなったら東で戦うソーマたちにとって不利に働くことだろう。だからなんとしてもシュウキンたちの侵攻をこの地で阻止しなければならなかった。

つまるところ両軍は『防衛が第一』『負けが許されない戦い』『勝敗の結果はソーマとフウガの直接対決次第』という、この三点で一致していたのだ。

シュウキンはたとえ攻め込んでもジャンヌ女王と黒衣の宰相ハクヤ相手に楽な戦はできない、油断すれば足を掬《すく》われるだろうと考えていたし、ジャンヌとハクヤも再編したばかりの軍では守るのが精一杯で逆侵攻などはできないだろうと考えていた。

どちらも戦えば余計な血が流れるだけだと理解しており、話し合いの結果、東側の決着が付くまで大人しくしていようということになったのだ。

「ジャンヌ。条件はこれでいいのだろうか？」

「ああ。構わないよ、ルミ」

ジャンヌはルミエールから書類を受け取りながら言った。

それはジャンヌとシュウキンの署名が入った誓約書だった。

要点だけをまとめると『もしフリードニア王国軍が大虎帝国軍に敗れたら、ユーフォリア王国は即座に大虎帝国に対して降伏する』『もし大虎帝国軍がフリードニア王国軍に敗れたら、シュウキンたちは大人しく撤退する』『その間は双方共に軍は動かさず、略奪行為なども行わない』……といったものだった。

ジャンヌは書類に目を通すと、隣にいるハクヤに渡した。

ハクヤが目を通しているうちにジャンヌはシュウキンに語りかけた。

「大虎帝国軍は血の気の多い武人が多いと聞きます。貴殿やルミのような合理的な考え方ができる人物が来てくれたのは、こちらとしてもありがたい」

「まあ、うちは刹那的な考えで生きてる者も多いですからね。この戦線を維持することの重要性の高さと、この戦線での勝利の重要性の低さを理解できない者に任せれば、貴女方《あなたがた》に手玉に取られるだけでしょう」

シュウキンは苦笑しながら言った。

「それよりも、条件はよろしかったのですか？　こちらが敗北すれば『撤退』、そちらが敗北すれば『降伏』と釣り合っていないように思われますが」

「それは仕方ありません」

　そう答えたのはハクヤだった。

「シュウキン殿に確約できることはこれくらいでしょう。海洋同盟が勝利した際の見返りは戦後に交渉すれば良い。逆にソーマ陛下が敗れることになれば、ユーフォリア王国は大虎帝国に太刀打ちできません。降伏するよりないでしょうな」

「……簡単に言うのですね。まるで負ける気などないかのようだ」

「私も、ジャンヌ陛下も、ソーマ陛下も、勝てない戦などはしませんから」

　涼しい顔で言うハクヤ。その不敵な態度にシュウキンの目が若干鋭《おい》くなったが……。

「ねぇねぇシュウキン様！　このシュークリーム、すっごく美味しいです！」

　横で暢気《のんき》にシュークリームを頬張っていたエルルの言葉に、場を支配していた緊張感が一気に崩れ去った。シュウキンはこめかみを押さえながら溜息《ためいき》を吐《つ》いた。

「エルル……頼むからもうちょっと緊張感をもってくれ」

「そうは言ってもシュウキン様。美味しい物があるなら堪能しなきゃ損ですわ。このクリームには精霊王国産の豆茶（珈琲）が使用されているそうですし」

「海洋同盟は母なる島と特産品の交易をしていますからね」

　そんなエルルをジャンヌは微笑《ほほえ》みながら見ていた。

　するとジャンヌは視線をルミエールのほうに向けた。ルミエールもジャンヌを見て、視線がぶつかる。すると二人とも、なんとも緊張したような顔になっていた。

かつては親友と言っていい関係だったが、ルミエールはマリアやジャンヌを裏切る形で大虎帝国についた。彼女や大虎帝国に鞍替えした武将・貴族たちを嫌うユーフォリア王国民もいるだろうが、ジャンヌはかつての友をそこまで嫌いにはなれなかった。

彼女たちの離脱にはマリアの思惑が絡んでいたことを知ったら尚《なお》のこと。

ルミエールもたとえなんと罵られようが自分の信念を貫いた結果であるため、二人と袂《たもと》をわかったことに後悔はない。しかし、マリアの背負っていた重責の一端に触れ、いまなおリスペクトする気持ちはあった。

つまり二人とも、置かれている立場ほどは相手を嫌いになれていないのだ。

そんな気まずい空気の中で、ジャンヌが怖《お》ず怖《お》ずと口を開いた。

「ルミ……その……ちゃんとご飯は食べてるか？」

「なに、その思春期の娘にどう声を掛けて良いかわからない父親みたいな台詞《せりふ》」

「だって、貴女、ちょっと痩せたように見えるから」

「……帝国にいたころより仕事量は増えてるわね。いまさらながらマリア様の凄《すご》さを理解したわ。あの人は一人で背負っていたのだから、とても凄いし……疲れるわよね」

「ああ。それは私も最近思い知ったところだ」

溜息を吐き合う二人。ルミエールはジャンヌをまっすぐに見た。

「私は、選んだ道に後悔はないわ。実際に魔王領は解放されたんだもの」

「だが……無理に攻め入ったために相当な被害が出たと聞く。魔族……シーディアンたちの実状を正しく理解できていれば、血を流すこともなかったはずなのではないか？」

「マリア様がそれを目指していたことは理解したわ。だけどそれは結果論でしかない。いつ来るかわからない血の流れない未来と、血を流してでもすぐに引き寄せる未来……そのどちらを選ぶかという話でしかないわ」

「……そうだな。そのことは理解している。結局、考え方が違っていたというだけだ。私はただ……貴女が無理をしていないか心配しているだけだ」

「無理くらいするわ。そうでなければ貴女たち姉妹に胸を張れないもの」

そう言うとルミエールは小さく笑みを浮かべた。

「いまさらだけど、結婚おめでとう。ジャンヌ」

「あ、ありがとう。……あらためて言われると照れるな」

「やっぱり年上と結婚したわね。ジャンヌって昔から大人の包容力に憧れてたし」

「そ、そういうルミは年下のほうが好みだったろ？　誰か良い人はいないのか？」

「うっ……ま、まあ居ないこともないわね」

「ほう。是非とも詳しく聞きたいものだ」

「「　オホン　」」「「　っ!?　」」

二人の会話が段々と女子トークに傾いてきたところで、ハクヤとシュウキンが咳払《せきばら》いをした。二人はバツが悪そうに押し黙った。

　エルルなどはそんな二人の仕草を楽しそうに見ながら、新しいシュークリームに手を伸ばしている。シュウキンは空気を変えるようにハクヤに話しかけた。

「しかし、王国の【黒衣の宰相】たるハクヤ殿がこちらに居るとは意外でした。てっきり、ソーマ王の傍《そば》にいるものだと思っていましたから」

「全体への指示はすでに出してありますし、個別の事案に関しては私よりもウォルター公や【白の軍師】ユリウス殿のほうが適切に対処できるでしょう。それに私の後継者であるイチハ殿もいますし、私が居なくても向こうは問題ないでしょう」

「……あらためてフリードニア王国の層の厚さを思い知りますね。それに、ムツミ様の弟君であるイチハ殿が後継者ですか」

「ええ。次代を担う若者です」

「次代、ですか……羨ましい限りですね」

　シュウキンは少し淋《さび》しそうな顔で言った。

「私たちにとって、我が主であり友であるフウガ・ハーンという男は眩《まぶ》しすぎます。小国から短期間で大帝国を打ち立てた大英雄。誰もが、フウガ様の代わりを担える者など存在しないことを理解しています」

「……マリア様を見てきた、ジャンヌならわかるんじゃない？」

　ルミエールにそう尋ねられて、ジャンヌは「……そうだな」と頷《うなず》いた。

「女皇時代の姉上はたしかに眩しかった。あのときの姉上の威光を継げと言われたら困ったことだろう。国が小さくなったいまでも苦慮しているのだからな」

「そう……だから私は、マリア様が輝いているうちにできるだけのことをしたいと考えていた。だけど、それはマリア様が望むことではなかった……」

「……いま、貴女の気持ちを理解できた気がするよ。ルミ」

眩《まばゆ》い君主をいただくと、その輝きが失われることを怖《おそ》れて視野がせまくなるようだ。輝いているうちになんとかしようとして、次に繋《つな》ぐということを考えない。

マリアやフウガの持っているカリスマは、そうやって人々を駆り立て続けたのだ。

それが悪いことだとは誰も言えないだろうが。

「ただ一つ言えることがあるとするなら……」

ハクヤが口を開き、みんなが彼に注目した。彼は言う。

「うちのソーマ陛下が地味で良かったです。あれで換えが利かない人ではあるのですが、少なくとも国民は『まあ王様より目立って有能そうなのは沢山いるし、誰かが後を継ぐだろう』って気楽に思うでしょうから」

肩をすくめながら自分の主君の地味さを語るハクヤに、その場に居た者たちは揃《そろ》って苦笑していた。案外、そういう主君もアリなのだろう、と。

——西部戦線、まったくもって異状なし。

第六章 誰がために戦う

ユーフォリア戦線で血の流れないにらみ合いが行われていたころ。

激しく血を流している戦線がある。

ルナリア・アミドニア戦線だ。【虎の聖女】アン率いるルナリア正教皇国軍が、フリードニア王国のアミドニア地方へと攻め込んだのだ。

この戦線はあくまでもフリードニア王国に対する陽動の一つであったが、敬虔《けいけん》なルナリア正教徒で構成されている正教皇国軍は血を流すことを厭《いと》わなかった。

「勝利を聖女アン様に！　栄光を聖王フウガ様に！」

「命を惜しむな！　我らの働きをルナリア様が見ておられるぞ！」

「異端者どもと異教徒どもの血が、ルナリア様の御許《みもと》へ至る導きとなる！」

「命を惜しむな！　殉教者として楽土へ向かおう！」

そんな狂信的な叫び声を上げながら正教皇国軍の兵士たちはフリードニア王国国防軍へと突撃していく。王国国防軍はこの暴徒のような集団を国内に引き込んで分散されることを嫌い、侵攻ルートを塞ぐように布陣して野戦にて迎え撃っていた。

正教皇国の国力と資金力はアミドニア地方にすら劣っているため、装備の質は王国国防軍に比べてかなり粗末だ。加えて先の政変の傷が癒えきってはおらず、本来ならば正規兵五万人と同数以上の義勇兵を動員できる正教皇国軍が、正規兵と義勇兵含めて凡《およ》そ五万人（割合も義勇兵が七割以上を占めている）しか動員できていない。

そんな正教皇国軍が防衛戦の準備を万端に整えた、王国国防軍のアミドニア方面軍凡そ四万に突撃していくのだ。それは分厚い鋼鉄の扉を素手で殴り続けるようなもので、正教皇国軍は大量の血を流すことになった。それでも彼らは突き進むのをやめない。

たとえ矢が降り注ぎ胸を槍《やり》で突かれながらも前進し、目の前で戦友が敵兵に殺されても、その死体を踏み台にしてでも敵兵に襲いかかる。

信仰心に厚い彼らにとって、戦死することが楽土へ至る道だったからだ。

「殺せ！　不敬の民を一人でも多く殺すことこそ、我らの正道……」

「そんな道などあるものか！」

馬に乗って信徒を先導していた将を、宙から飛来した二本の長剣が『×』の字に切りさいた。その将を飛び越えるようにしてヒラリと着地したのは、獅子《ライオン》の耳と尻尾を生やした威風のある女騎士だった。

元陸軍大将ゲオルグ・カーマインの娘であるミオ・C《コルベール》・カーマインだ。

このアミドニア方面軍を率いているのはハルバートの父グレイヴ・マグナであり、彼の下に集められた武将たちはカーマイン家に縁のある旧陸軍出身者や、アミドニア地方の出身者が多かった。早い話が攻め込まれるこの土地に近い者たちを集めたのだ。そのためこの軍の将兵たちは自領や故郷を守ろうという意識が強く、戦意も高かった。

ミオもまた復興したカーマイン家の当主としてこの戦いに加わっていた。

「勝利を聖女様に！」「異教徒どもに鉄槌《てっつい》を！」

「ちっ！」ズバッ!!

ミオは襲いかかってきた兵士たちを、二人まとめて切り伏せた。

見るからに貧相な装備しかしていないにもかかわらず、見ただけで強者とわかる佇《たたず》まいのミオに無謀にも挑みかかってきては、案の定アッサリと返り討ちにされる正教皇国軍の兵士たち。血を流して倒れるとき、彼らはまるで満足したかのような顔をしていた。

そんな敵兵たちの顔を見て、ミオは犬歯を剝《む》き出しにして目を怒《いか》らせた。

「こんなの、無駄死にではないか！　命を惜しまぬ姿勢が美徳となるのは、譲れぬ何かを守るために戦うときだけだ！　そっちから突っかかってきて死んでいくなど、無駄に命を捨てているだけ！　そんなこともわからないか!?」

そんなミオの叫びなど、信仰心だけで戦っている正教皇国の兵士たちには届くはずもなかった。聞く耳を持たない相手に届く言葉などない。ミオは内心で舌打ちをした。

（今回は、ユリウス殿の悪名をもっても退《ひ》いてくれそうにはないな……）

以前、グラン・ケイオス帝国と大虎王国（当時）の戦争に介入したときは、ルナリア正教徒から【流血公子】と怖れられたユリウスに正教皇国本国へと攻め込む素振りをさせることで、正教皇国の兵士たちを大いに動揺させることができた。

しかし、今回は相手も対策を練ってくるだろうと黒衣の宰相ハクヤと白の軍師ユリウスで考えを一致させており、ユリウスはこの方面軍に参加していない。

実際、今回の正教皇国軍は狂信的な者たちが集められているため、ユリウスが現れれば憎き仇敵《きゆうてき》として遮二無二《しやにむに》攻めかかってきただろう。

そうなれば王国国防軍にもかなりの被害が出ることになる。もっともユリウスが居なくても、敵の捨て身の突撃を受けて現在王国国防軍は防戦一方になっている。

こんな攻勢など長くは続かないことは理解しているが、かといって死を恐れない正教皇国軍の兵士たちと違い、王国国防軍の将兵たちには家族や帰りたい家があるのだ。

戦力で相手に勝《まさ》っているからこそ、命を惜しんで二の足を踏んでしまう。

そこを正教皇国軍に押し込まれて、崩れかかっている場所もあった。

ミオはそんな場所に一軍を率いて救援に赴いたのだが、彼女自身も同じだった。

ミオもまたこんな一方的な戦など早く終わらせて、愛する夫コルベールのもとへと帰りたい、そして存分に甘えたいと思ってしまうからだ。

「我らは、死して楽土に……」

「ああもう、うるさい！」

この一方的な戦いに嫌気がさし、迫ってくる敵兵をミオが斬ろうとしたそのとき。

(なっ!?　子供だと!?)

斬ろうとした相手は、十五歳に達しているかどうかもあやしい少年だった。

正教皇国軍はよほど無理をして義勇軍を募ったのだろう。全体から見ればわずかではあるものの、熱心な信仰心を持った少年兵も交ざっていたのだ。

咄嗟《とっさ》に剣を止めたミオに、その少年兵と、さらにその後ろから大人の兵士二名が襲いかかる。少年兵が繰り出した槍をミオは咄嗟にかわしたが、体勢を崩したミオに剣を振り上げた男たちの攻撃が迫る。

「ルナリア様のために！」「死ねや異教徒！」

（しまっ）「油断をするな」

焦るミオだったが、突如横から現れた大柄の人物がミオに迫る二人の兵士をまとめて斬り捨てた。そして次の瞬間には少年兵の鳩尾《みぞおち》に蹴りを叩《たた》き込む。

その人物は、あまりの衝撃に苦悶《くもん》の表情を浮かべながら手を突いた少年兵から武器を取り上げると、首根っこを摑《つか》んで後方へと投げ捨てた。

するとそこには黒ずくめの男たちが居て、投げ込まれた少年に猿ぐつわを噛《か》ませてグルグルに縛り上げると後方へと運んでいったのだった。

黒鎧《くろよろい》に身を固めたその人物は、ソーマより賜った愛用の九頭龍刀《くずりゅうとう》についた血糊《ちのり》を払うと、納刀しながらミオを見た。ミオはその人物を見ながら目を潤ませた。

「ち、ちt……（ゴチンッ）ぐべっ」

「未熟者め」

そんなミオにその人物は割と重めの拳骨《げんこつ》を落としたのだった。

そして頭を抱えて蹲《うずくま》るミオを庇《かば》う位置に立ちながら、その人物……黒猫部隊の隊長カゲトラは背中で語って聞かせた。

「戦場で相手に情けをかけることができるとすれば、それは相手よりも圧倒的な強勢な場合のみである。其方《そなた》にそのような余裕があるはずがなかろう。敵も盲信とはいえ、信念を抱いて襲ってくるのだからな」

「うぅ……はい！」

痛む頭を押さえながら、ミオは背筋を伸ばして返事をした。

さながら師匠に活を入れられて気合いを入れ直す弟子のような姿である。ミオが立ち直ったことを確認したカゲトラは認識阻害の魔法が掛かっているマントを翻すと、

「崩れそうな場所は、我が部隊が助けに入る。いま我が配下が敵の陣容を探っているので、其方は大虎帝国軍の正規兵の位置がわかり次第、攻勢に出られるよう備えておくのだ」

と、そう言い残してその場を去って行った。

ミオは目に溜《た》まった涙を拭うと、真《ま》っ直《す》ぐ前を向いて「はい！」と返事をした。

するとそこに援軍を率いて元アミドニア公国の将軍であったマルガリタ・ワンダーが部隊を率いて駆けつけた。彼女は歌手《シンガー》として活躍していたが、故郷の危機に際して現場復帰を果たしていた。

「ミオ殿！　ご無事ですか！」

馬から下りながら駆け寄ってきたマルガリタに、ミオは頷いた。

「はい！　私は無事です、マルガリタ殿！」

ミオの元気な返事にマルガリタもほっとした表情を見せた。

「良かった。崩れそうになった地点に少数で向かわれたときには肝を冷やしましたよ。グレイヴ殿も心配しているでしょう」

「……ごめんなさい。お叱りはあとで受けます。でも、いまは……」

「そうですね。まずは彼奴《あやつ》らを跳ね返しましょう」

ミオとマルガリタが並んで立った。かつてアミドニア公国からエルフリーデン王国を守る盾として存在したのがカーマイン公領だった。そのためアミドニア軍人と旧カーマイン公旗下の軍人たちは鎬《しのぎ》を削る関係にあった。そんな二軍にそれぞれ所属していて、女性であり武人であるミオとマルガリタが、いまは戦友として立っている。

それはこの嫌気が差すような戦に萎えかけた心を奮い立たせるのに十分だった。

「行きましょう、ミオ殿！　我らの故郷を守るために！」

「はい！　絶対に守りぬきます！」

二人は揃って剣を構えたのだった。


信心深き者は異教徒よりも異端者に対して、より攻撃的になるという。

これは異教徒はまだ自分たちが信じる正しき教えに触れる機会がなかっただけで、改宗するなどすれば救われる余地があるが、異端者は同じ主の名を騙《かた》る間違った教えを信奉している者たちであり、救われる余地などないという考えからだ。

　地球の歴史と照らし合わせると、カトリックとプロテスタントの対立がわかりやすいだろう。宗教戦争から国際紛争へと変化していった三十年戦争中にはカトリックがプロテスタントの都市で大虐殺を行い、怒ったプロテスタントは命乞いをするカトリックの捕虜を殺したという。同じキリスト教徒であるにもかかわらずだ。

　これは宗教の権威を指導者が利用しているということも関係している。自分が民を統治するのに利用している教えと、よく似た教えを広める指導者が近くにいると都合が悪いのだ。教えが混同されるだけでなく、なまじ似ているせいで自分のところの民が相手の指導者の教えに簡単に引き込まれるのではないかという不安を抱くからだ。

　早い話が同族嫌悪である。だからこそ、ハーン大虎帝国に与《くみ》したルナリア正教皇国の指導者たちは、ソージ大司教とメアリを中心にして『王国ルナリア正教』という異端の宗派を立ち上げたことに対して憎悪していた。

　ルナリア正教皇国軍の七割以上は【聖戦】のために駆り出された義勇兵……信徒兵とでも呼ぶべき一般市民の軍団である。そんな急拵《きゅうごしら》えの軍団であるにもかかわらずフリードニア王国の正規兵に果敢に挑むのは、焚《た》きつけている聖職者たちが存在しているからだ。

『戦いなさい！　異端者どもに神の鉄槌を喰《く》らわすのです！』

『悪《あ》しき教えを広めるフリードニアの者どもを根絶やしにするのです！』

『ルナリア様が見ています！　神の戦士として勇敢に果てなさい！』

信徒兵に対して強い言葉で檄《げき》を飛ばす武闘派の聖職者たち。

彼らに聖職者とは思えない暴力的で好戦的な言葉を吐かせているのは、彼らを蝕《むしば》む不安だった。この数年の間、ルナリア正教皇国は粛清の嵐だった。

フウガ・ハーンが台頭してきたころ。

フウガを支持するグループと危険視するグループが争い、亡命したメアリや聖女候補たち以外の危険視していたグループは異端として弾圧された。

そして大虎王国（当時）とグラン・ケイオス帝国との戦いのあとは、フウガの権威を利用しようとしていた者たちとフウガを信奉するグループが争い、聖女アンを始めとするフウガを信奉するグループが勝利し、フウガを利用しようとしていたグループは異端者として火刑に処された。

つまり正教皇国の聖職者たちは政争に敗れた者の末路を見せつけられてきたのだ。

そんな彼らにとって王国正教の存在は危険極まりないものだった。

もし、ソーマがフウガに勝利して王国正教が台頭すれば、次に異端として断罪されるのは自分たちかもしれない。その恐怖と不安が聖職者たちを突き動かし、彼らによって信徒兵たちは突き動かされていた。

そんな正教皇国軍の戦いようを大虎帝国軍の武将ロンバルトは本陣から見ていた。

ロンバルトとその妻ヨミが率いる大虎帝国からの援軍部隊は、本陣に居て実質的なこの軍の指揮官になっているアンを守るように布陣していた。

あくまで正教皇国軍のお目付役という立場であり、兵も数百しか連れてきてはおらず、この軍の要であるアンを守ることを任務としていて前線には出ない。

「あれだけ血を流しているのに……正教皇国軍はまったく士気が落ちてない」

隣に立って戦況を眺めているヨミの呟《つぶや》きを聞き、ロンバルトも頷《うなず》いた。

「信仰心だけで歴戦の兵にも挑めるというのは恐ろしいな。敵として戦いたくもないし、味方として率いたいとも思えない」

「味方としても、ですか？」

「彼らは常に荒ぶっている。統率など取れようはずがない。攻め落とした地に殺戮《さつりく》の嵐を撒《ま》き散らされては、安定した統治もできないだろう。もっともハシム殿の狙いは攻め落とすよりも派手に暴れ回って敵を引きつけるということなのだろうが……」

「捨て石……ってことですね」

ハシムの思惑でも、正教皇国の兵がアミドニア地方の奥深くまで攻め込めるとは思っていないのだろう。信徒兵は死を恐れぬ集団ではあるが、練度の高い動きなどできようはずもない。敵の強固な部分にも関係なく突っ込んで損害を出すだろうし奥深くに攻め入ったとしても補給が続かないだろう。精々派手に散って敵の戦力の一部でも引きつければ良いと、ハシムは思っていることだろう。

その証拠に、ロンバルトたちはお目付役として派遣されてはいるものの、決して無理はせずに総崩れにならないようにだけ注意するようにとの命を受けていた。

するとヨミは正教皇国軍の本陣のあるほうを見た。

「アン殿は……そのことがわかっているのでしょうか？」

「わかっているだろう。わかっていてなお、信徒を焚きつけている」

ロンバルトがそう言うと、ヨミは表情を曇らせた。

「……いまアン殿の顔を見ていると、胸が痛いです。あの日のサミと重なって」

双子の片割れを思い出し、ヨミは胸元を押さえた。

いまは心を持たぬ人形であるかのように聖女として振る舞うアンの姿は、大事な義父を失い自暴自棄になっていたときのサミの姿と重なって見えていた。

そんなヨミをロンバルトはやさしく気遣った。


一方そのころ、正教皇国軍本陣ではアンが無感動な顔で戦場を見つめていた。

神を信じ、聖女である自分を信じて信徒たちは戦い、傷つき、倒れていく。

それでもアンは眉一つ動かさなかった。

心を持たない人形になりきることが、唯一心を守る術《すべ》だったからだ。アンは実際に兵の指揮を執るわけではない。指揮を執るのは武闘派の聖職者たちの仕事だ。

アンはただ聖女として立ち、戦えと声を出せば良い。それだけが彼女の天より与えられた使命なのだと信じて。そうして見つめる先の戦場に変化が起こった。遮二無二構わず突っ込んでいた信徒兵たちの動きがにわかにおかしくなったのだ。

「……………」

戦場でなにかが起きている。アンがそう感じた、そのときだった。

「……歌？」

風に乗って、かすかな歌声が届いた。

その歌声は最初は戦場の騒音にかき消されるようなものだったが、段々と大きくなり、やがてハッキリと耳に届くようになった。

流れてきた歌は、ルナリア正教会の聖歌だった。

それがフリードニア王国軍の陣地から響いてきている。

戦場での信徒兵たちの動きが鈍ったのは、この歌が原因なのだろうか？

すると、フリードニア王国軍の向こうに大きな水球が作られているのが見えた。

あれは宝珠による放送を映し出すためのもの。アンがそう気付いたとき、その水球にフリードニア王国へと亡命していったメアリの姿が映し出された。

『皆様。この声が聞こえていますでしょうか』

映像のメアリが真っ直ぐ前を向きながら言った。

『戦場で戦うルナリア正教徒の皆様。そして……ルナリア正教の聖女アン』

自分の名前を呼ばれて、アンはビクッとした。映像としてもはるか遠くにあるにもかかわらず、まるで目の前にメアリが居て、呼び掛けられたかのように感じたからだ。

『この歌声は届いているでしょうか？』

戦場よりやや南側にある砦《とりで》の中にある一室。

メアリは放送用の宝珠の前に立ち、ハッキリと前を見据えながら告げる。

「信徒の皆様方はきっと、フリードニア王国の庇護《ひご》を受けた私たちのことを異端として見ているのことでしょう。皆様方の信じる聖職に就く人々がそう言っているから。ですが、この歌を聴いてもそう思えますか？」

メアリがそう言って黙ると、ルナリア正教の聖歌が聞こえてくる。

この歌声はメアリと共に亡命した聖女候補たちで結成された『ルナリア少女合唱団』のものだった。歌に魔法のイメージを具現化し、威力を高める効果があることが判明してから、フリードニア王国では歌と魔法の関係性の研究が行われてきた。

その中でルナリア正教には『範囲回復《エリア・ヒール》』という秘技があり、その際には治療される側も歌を歌うことで回復魔法による治療効果が高まることが明らかになっている。

そのためフリードニア王国では『ルナリア少女合唱団』による歌声を、メンバーを入れ替えたり、休憩を入れたりしながら絶えず放送する番組を用意した。

各地の戦地の医療施設ではこの歌声が絶えず流れていて、負傷兵の回復に利用されている。メアリが流しているのはこの番組だった。そしてメアリは再び口を開く。

「ご存じのとおり、この歌はルナリア正教の聖歌です。それは正教皇国の正教も、王国正教も変わりません。ならば異端とされた私たちとの違いはなんなのでしょうか？　信じるのは同じルナリア様です。もともとルナリア正教の教義は『弱者救済』と『相互扶助』というだけのことでしたから、教義にも変化はありません。ただ保護されているのがフリードニア王国か大虎帝国かという違いだけです」

そう言うとメアリは厳しい目を向けた。

「これをご覧の方々は、私たちと皆様方の違いがわかるでしょうか？　皆様方の信じている司教や司祭がそうだと言っていたから……そんな理由ではないのでしょうか？」

信心深き者は異教徒よりも異端者に対して、より攻撃的になる……とは言ったが、それは人々を煽動《せんどう》する指導者層においての話だ。

一般の信徒はそこまで考えていないだろう。

ただ上が異端だから殺せと言ったから殺す。

きっとそうなんだろうと信じて。上が異端だからなにをしても構わないと言ったから、どんな残虐非道な行いもできる。だって上が許したのだから。

しかし自分自身で迫害の理由を説明しろと言われると、途端に自信がなくなる。

ネストリウス派とアリウス派とアタナシウス派の違いを説明しろ、上座部《じょうざぶ》仏教と大乗仏教の違いを説明しろと言われたところで、勉強してなければ無理だろう。その違いにこだわるのは、自分の権威が失われることを怖《おそ》れる指導者層だけだ。

メアリは聖歌という演出によって、信徒兵たちの心理を狙い撃ちしたのだ。

説得には耳を傾けないだろう暴徒であろうと、慣れ親しんだ歌は自然と耳に馴染《なじ》んでしまう。一度傾聴モードに入ってしまえば、メアリの声も届く余地が生まれる。

『ルナリア正教皇国の軍に彼らの聖歌を聞かせましょう』

これが人の心の機微に付け込むのが上手《うま》い、黒衣の宰相ハクヤの献策だった。

歌はフリードニア王国のほうから流れてくる。

相手は異端の者たちだからと遮二無二《しゃにむに》命を投げ出せたものたちも、一度、相手も同じルナリア正教徒なのではないかと疑念を持てば、矛先は鈍ってしまうものだ。

興奮状態の中で忘れていた、人を殺すという実感が生まれてくる。ましてや信徒兵の大半は徴集されただけの一般人なのだ。その心理的ストレスは相当なものだろう。

実際に、信徒兵たちの動きは大きく鈍ることになる。その姿を戦場から離れた砦に居るメアリは見ることができないが、まるで確信を持っているかのように言った。

「私は、この国で信仰は死者ではなく、いまを生きる人々に寄り添うものだと学びました。苦しい人々の心に寄り添い支えるものであり、決して、人々を狂気に駆り立てるための道具ではありません。……ねぇ、聖女アン」

メアリはまるでそこにアンが居るかのように語りかけた。

「貴女《あなた》の信仰は、誰《た》がためにあるのですか？」

「………」

メアリの問いかけに、アンは言葉が出てこなかった。

彼女は元々孤児であった。この世に居場所のない孤独な存在であり、誰からも必要とされたことがなかった。しかし、聖女に選ばれたことでようやく他人から必要とされる存在になることができ、それがアイデンティティーの確立にも繋《つな》がった。聖女に選ばれたことが、アンがこの世に存在していいのだという天からの祝福だったのだ。

だからアンは聖女という役割を、他人から求められるままに演じ続けてきた。

たとえ人形のようだと言われても、それが自分の存在理由だと思っていたから。聖女であるかぎり、人々は自分を必要としてくれる。だから『誰がために』と尋ねられたら、人々のためだと答えられる……そのはずだった。

しかし、そう答えるには彼女は血を見すぎていた。

異端として焼かれた者たち。アンを聖女だと信じ、この戦いがルナリア様のためのものと信じて戦い、倒れていった信徒兵。あの日、担架で運ばれてきて血に染まった手でアンに縋《すが》った男性の顔。それが脳裏にこびりついて離れない。

（違う……私は……ルナリア様のために……聖王様のために……）

自分より高位に居る存在を思い浮かべる。

彼らの意思に添うた結果であると、自分の意思を殺したことを正当化しようとする。しかし、ルナリア様には会ったこともなく、天啓を直接聞いたわけでもない。

　聖王フウガはアンを邪険には扱わなかったが、アンの生き様を憐《あわ》れむような目を度々見せていた。その目は奇《く》しくも「一緒に来なさい」と誘ったときのメアリの目に似ていた気がする。アンはこのとき思い知る。

『貴女の信仰は、誰がためにあるのですか？』

　メアリの問いに対する答えが、アンの中にはなにもなかったのだ。

　すると、メアリの横から大柄の男性が現れた。坊主頭にヒゲを生やした男は、普段の着古し着崩した法衣ではなく、大司教が着るような立派な法衣に身を包んでいた。

　男はメアリの隣に立って口を開く。

『あー……オホン。ルナリア正教徒の諸君。聞こえているだろうか。私はフリードニア王国のルナリア正教をとり仕切っているソージだ。貴殿らは戦っている最中だと思うが、少しだけ私の話に耳を傾けてほしい』

　現れたのは王国正教の大司教ソージ・レスターだった。とり仕切っているのを『王国ルナリア正教』ではなく『フリードニア王国のルナリア正教』としたのは、違いなどほとんどないというメアリの言葉を受けてのことなのだろう。

『さて、私が正教皇国に居たころから、私の師となった方や、同門の聖職者たちは口を揃《そろ》えてこう言っていた。【ルナリア様は慈悲深い御方《おかた》である】【あの方はどんなに罪深い者であっても救いの手を差し伸べてくださる】【ルナリア正教はその手をとる教えであり、すべての信者は死後、ルナリア様の御許《みもと》に招かれる】……と。貴殿らもそのような教えを受けてきたのではないだろうか？』

……そのとおりだ、とアンは思った。実際そうやって教えられてきたからこそ、アンは自分が聖女として存在することがルナリア様のためになると信じて行動してきたのだ。

しかし、そこで映像のソージは首を捻《ひね》って見せた。

『少しおかしくないか？【どんなに罪深い者でも許してくれる慈悲深いルナリア様】がいて【ルナリア正教を信仰していれば死後救われる】なら、それは【現世をどう生きようが、正教徒は死後勝手に救われる】ということではないか。それはつまり【信仰さえしていれば、信仰のために〝なにか〟をする必要などない】ということだろう』

（えっ……）

その言葉はアンの心を抉《えぐ》った。そんなのは暴論だ。

所詮はソージ個人の解釈ではないか、と。

しかし、すべての教義は誰かの解釈の上に成り立っているのもまた事実だった。

神と直接相まみえることなどできないのだから、誰かが神の御心《みこころ》を解釈して伝えなければ信仰は成り立たない。だから咄嗟《とっさ》に否定しきることができなかった。

『そう思い至ったとき、なぜ教義の中に【弱者救済】と【相互扶助】……つまり【弱い者同士で助け合え】という教えがあるのかがわかった気がした。

ルナリア様を信じることで皆が救われるなら、助け合う必要もないはずだろう。しかし現世では助け合わなければならないほど、苦しむ人たちで溢《あふ》れている。

つまり【死後は慈悲深いルナリア様によって皆救われるのだから、現世では信者同士助け合って死ぬまで生きよう】ということだったのだ。

いま、貴殿らは聖職者たちによって「戦って死ぬことがルナリア様のもとへ行く道である」と教えられて戦っているのかも知れないが、真に慈悲深いルナリア様がここで戦う者、戦わないものの差別などされるはずもない。戦うことで、人を殺して、人に殺されてもルナリア様は救ってくださるだろうが、べつになにもしなくても、ここで逃げて家族のもとに帰ったとしてもルナリア様は救ってくださるだろう』

巧妙な言い回しだった。ここで「戦ったところでルナリア様は救ってはくれないぞ」と言ったならば、信徒兵たちは戦いたくない敵の戯《ざ》れ言《ごと》だと聞き流せただろう。

しかし「戦っても救われる、戦わなくても救われる」と言われてしまうと、信徒兵たちも「そうなのだろうか？」と考えてしまう。自分たちの行動を否定されれば耳を塞ぎたくなるが、肯定された上にべつの選択肢を提示されると目移りしてしまうものだ。

ここらへんは屁理屈《へりくつ》が得意なソージの手腕によるものだろう。

『ルナリア様は信じる者を救ってくださる。ルナリア様を信じ、立場の弱い人を助け、互いに助け合いさえすれば……あとはもう〝好きにするといい〟』

ソージのこの言葉に、信徒兵は崩れた。

戦ってもいいけど、戦わずに家族のもとに帰ってもいい。どっちにしてもルナリア様は救ってくれる。そう言われて戦い続けるのは難しい。

　ここで死んで今すぐ救われたいと思っている者がいたとしても、それが全体の意思ではない。家族のもとに帰りたいと逃げ出す者がいれば、それに続く者も現れる。

　戦列はガタガタになり、負けを悟った者たちは続々と敗走する。

　こうして正教皇国軍は総崩れを起こして敗走した。

　フリードニア王国軍が敗走する信徒兵は追わず、あくまで向かって来る兵の撃破に徹したことも、より多くの信徒兵たちに逃亡という選択肢を採らせることになった。

　そんな崩壊する自軍の様子を、アンはただ黙って見つめていた。

「アン様！　この戦はもうダメです！」

「ここも危険です！　我々も早く撤退いたしませんと！」

　傍付《そばづ》きの将たちがそう進言した、そのときだった。正教皇国の本陣を守備していた兵たちが突如乱入してきた騎兵たちに弾《はじ》き飛ばされるのが見えた。

「聖女アンの身柄を押さえます！　さすればこの戦場での勝利を決定づけられる！」

　ミオ・カーマイン率いるフリードニア王国軍の一部隊が混乱する戦場を駆け抜け、正教皇国の本陣へと突貫したのだ。ミオは馬を駆り、二本の長剣を振り回して敵を切り伏せながら、いまだ立ち尽くしているアンの下へと迫った。

　あと少しでアンに手が届く距離まで近づいたとき、

「させません！」「くっ」

突如横から割って入った鎧《よろい》の騎士がミオに馬上《ばじょう》槍《やり》の一撃を繰り出した。ミオはそれを受け止めたが、進撃は阻まれてしまった。その鎧の騎士ロンバルトは叫んだ。

「この場は我々が引き受ける！　正教皇国軍は早々に退《ひ》かれよ！」

「させるものか！」

ミオは二本の長剣でロンバルトに襲いかかった。王国随一の戦士であるアイーシャとも渡り合ったミオの猛攻にロンバルトは防戦一方になるが、それでも馬上槍と盾を駆使してなんとかその攻撃に耐えていた。そして耐えながら叫ぶ。

「聖女アンが健在なら、正教皇国はフリードニア王国にとって放置できない相手であり続ける。この地の部隊をフウガ様のところに行かせないためにも、いまは退かれよ！」

ロンバルトの叫びを聞き、アンの傍に居た将たちが強引に彼女を連れ出す。ミオたちの部隊はそれを追おうとするが、ロンバルトの部隊が必死にそれを押しとどめた。

「くっ！　いい加減にどけえ！」

「断る！」

ロンバルトは総合的な能力は高いものの、他の武将のようにとくに秀でた能力は持ち合わせていない。それでも温厚な人柄と誠実さから大虎帝国軍の中でも頼りにされていた。その彼はミオの猛攻で傷だらけになりながらも、役目を果たすべく必死に耐えていた。

すると、バキンッ、とロンバルトの馬上槍が砕けた。

ロンバルトは腰の剣を抜こうとするが、ミオの長剣が迫る。

「ロン様！」

しかし、そこに地を這《は》うようにして氷が飛んできたので、ミオはさっと馬を退かせて距離を取った。ロンバルトの妻であるヨミが魔導士隊を率いて間に合ったのだ。

ヨミは魔導士隊に命じてミオを攻撃しようとするが、今度はマルガリタ率いるフリードニア王国軍の陸軍部隊が間に合い、彼女の前に防壁を展開する。そこからは部隊同士の攻防戦となったが、フリードニア王国軍がどんどん集結するのに対し、正教皇国軍が撤退したいま、踏ん張っているのはロンバルトの軍だけとなっていた。

正教皇国軍が撤退しきったのを見届けると、ロンバルトは、

「我が軍の将兵たち、そしてフリードニアの方々よ、聞かれよ！」

そう叫び、ミオたちに見えるように剣を地面に突き刺した。

「正教皇国軍が撤退したいま、我らは役目を終えた！　これ以上の戦いは無意味である！　皆、武器を捨てよ！　そしてフリードニアの方々！　我らは降伏いたす故、どうか戦闘を停止していただきたい！」

ロンバルトの言葉を聞き、両軍の兵士たちは次第に戦うのをやめていった。

ロンバルトの将兵たちはこれまでかと剣を手放す。

しばらくは武器が地面に落ちる音が響いていたが……やがて静かになった戦場で、ロンバルトはミオたちに向かって膝を突き、頭を下げた。

「我らは武器を捨てます。フリードニアの方々、この敗戦の責は私がとります故、どうか

我が兵士たちの身の安全を保障していただきたい！　このとおりです！」

「ロンバルト様……」

ヨミもそんな彼に寄り添って頭を下げた。そんな二人を見て、ミオとマルガリタは顔を見合わせたあとで頷《うなず》いた。代表してミオが言った。

「一先《ひとま》ず、残った者たちは武装を解除したのちに捕縛させていただく。貴殿らの処遇は陛下のご意向次第であろうが、沙汰があるまでの身の安全は保障しよう」

「ありがとうございます」「……はい」

ロンバルトとヨミは頭を下げた。

生き残った将兵たちは縄目にあって連行され、負傷者は運び出された。最後に縛られたロンバルトとヨミが捕虜収監用の馬車で運び出されるとき、ミオは二人に声を掛けた。

「えっと……いま、このようなことを言うのもなんですが、ヨミ殿はイチハ殿の姉君ですよね？　決して粗略には扱わないよう、グレイヴ殿にもお願いしておきます」

ミオの言葉を聞き、二人はそっと頭を下げた。

「……かたじけない」「ありがとうございます」

そして二人を乗せた馬車が出発していった。

ミオがその馬車を見送っていると、いつの間にか隣にカゲトラが立っていた。

ミオはそちらを振り向くことなく言った。

「本来なら……敗軍の将にあのような言葉を掛けるべきではないのでしょう。私を……お叱りになりますか？」

　まるで叱責を期待しているかのような言葉だ。

　しかし、カゲトラは首を縦にも横にも振らなかった。

「其方《そなた》はすでにカーマイン家の当主であろう。決断の正否は己自身で決めるべきだ」

　肯定も否定もしない。だけど気遣いだけは感じられる声に、ミオは苦笑した。

「……アハハ、相変わらず厳しいですね」


　一方、そのころ。放送を通じて演説を終えたメアリは、放送をとり仕切るジュニーロ家（『超人シルバン』ことイワン・ジュニーロの実家）の人々によって宝珠や受信装置などの道具が運び出される様を黙って見つめていた。すでにアミドニア方面での戦いは勝利に終わったという報告は伝書クイによって届いている。

　正教皇国軍は総崩れとなり、有力武将の捕虜もできたという。

　再び正教皇国軍が国境を越えてくることはないだろう。

　そのため利用価値が高いながらも数が少ない宝珠を、いつまでもこの場所に留《とど》めておくのももったいないとのことから、早々に撤収準備がされていたのだ。それはつまり、メアリやソージのここでの役割も終了したということだった。

「メアリ嬢ちゃん」

「っ……ソージ猊下《げいか》」

ソージに声を掛けられ、我に返ったメアリは振り返った。

ソージはどう声を掛けるか迷っている様子で、ガシガシと頭を搔《か》いていた。

「その……なんだ……大丈夫か？　なんか思い詰めてるような顔をしてたが」

「私……そんな顔をしていましたでしょうか？」

「ああ。なにか悩みがあるなら話を聞くぞ？　それも教会の仕事だからな」

「……そういえば、そうですね」

メアリは小さく笑いながら言った。

「アンのことを考えていました」

「大虎帝国の聖女のことか？」

「はい。彼女は……私が辿《たど》るはずだったもう一つの未来ですから」

メアリは心痛そうな顔で目を伏せた。

「彼女には善意も悪意もありません。ただ居場所を求めて、ここに居て良いのだと誰かに言ってもらうために、自分の意思を殺して聖女であり続けています。それが正教皇国で聖女候補に選ばれた、天涯孤独な少女の宿命ですから」

「………」

ソージはなんと声を掛けていいかわからなかった。

メアリもかつてはそれと同じものだったからだ。ソーマ王用の聖女として正教皇国から出て、この国の人々や文化に触れる機会があったからこそ、彼女はその歪《いびつ》さに気付くことができた。しかし、アンにはその機会さえなかった。メアリはアンを、あの頃の自分が他の生き方を知らないまま聖女となった姿だと思えてならなかったのだ。

「たとえ敬虔《けいけん》な信徒を幾人も戦場に送り出して殺そうと……たとえ幾人の政敵が焼かれるのを目の当たりにしたとしても……彼女の本質は、いまだ純粋無垢《じゅんすいむく》なままなのです。ただ純粋に、人に求められたかっただけの少女なのです」

メアリの瞳からは涙が零《こぼ》れていた。アンを思って流れた涙だ。

嗚咽《おえつ》が混ざりだしたメアリの言葉を、ソージはただ黙って聞いていた。

「私は……さきほどの私の言葉は……彼女を追い詰めるでしょう。これまで自分の意思を他者のために殺し続けた少女に、自分のしてきたことに目を向けるように言ったのです。それは、彼女が心を守るために目を背けてきた事柄と向き合わせるということ。もしいま、彼女が振り返り、自分が歩んできた道に流れた血を自覚してしまったら、彼女の心を壊しかねないというのに」

「……………」

「多分、世界で一番、私が……あの子のことを理解してあげられるはずなのに……その私が、あの子の居場所を壊そうとしている……ぐすんっ……それが、より多くの人を助けるためだとわかっていても……悔しさを、消せないんです……」

アンと正教皇国軍をあのままにしていたら、流れるこの国の人々の血はさらに多くなったことだろう。だから彼女の心を傷つけたとしても、後悔してはいけない。この国の人々が聞いたら、代わりに自分たちが苦しめば良いのかと憤慨するだろうからだ。

だから、メアリは後悔もできない。

できないのだが……それでも、メアリの胸は締め付けられていた。

そのことはソージにも理解できた。

「……来な、嬢ちゃん」

「っ……猊下?」

だからソージは、がさつな彼には珍しく、メアリのことをやさしく抱きしめた。メアリの言葉に肯定も否定も返さず、ただ着慣れない法衣に包み込むように抱きしめる。

「ううぅ……猊下ぁ……ああああ」

メアリは堪《こら》えていたものが決壊するかのように泣き出した。

ソージはそんなメアリの頭を優しく撫《な》でながら口を開いた。

「心の傷は治りにくいものだ。だが、時間や、気遣う人の存在によって、徐々に傷が浅くなっていくこともある。そういう事例を、職業柄沢山見てきた。人が神に縋《すが》るときってのは、大体、苦しみを吐き出したいときだし、心の傷を相談に来るヤツも結構いた」

メアリの頭の上から、ソージの声が降ってくる。

「もし、傷つき倒れる者がいて、嬢ちゃんがそいつを大事に思うなら、救いの手を伸ばし続けろ。精神科医……とか言ったか？　この国の王様が、心の医者を育成するってんで、王国教会も力を貸したことがあっただろう。心の傷も……この国でなら癒やせるかもしれない。だから嬢ちゃんは、いざというとき助けられるよう準備しておかねぇとな」

ソージの言葉に、メアリは顔を上げた。

「助けて……いいのでしょうか？」

不安な様子のメアリに、ソージはしっかりと頷く。

「迷える者を救うのが教会であり、信仰だ。異端を弾圧したり、人々を煽《あお》って血を流すより、よっぽど教会らしい仕事だろう？」

敢《あ》えて茶化すようにソージが言うと、メアリは目尻を拭って頷いた。

「……はい！　猊下」

こうしてルナリア・アミドニア方面の戦いは、一先ずフリードニア王国の勝利で終わったのだった。しかしロンバルトとヨミなどを捕虜にしたものの、聖女アンが健在であるため、このアミドニア方面軍はルナリア正教皇国への警戒を続ける必要があった。

戦いの決着は、ソーマとフウガの直接対決次第となったのである。

第七章　われてもすえに

フウガ・ハーンがフリードニア王国へと侵攻を開始する前。

ソーマは大虎帝国軍の進軍経路にある街や村から、あらかじめ一般市民を王都パルナムよりも南の地へ退避させていた。今回はアミドニア戦のときよりも猶予があったので、架空の魔物『火炎道化師《フレイムピエロ》』にわざと（死傷者は出ないように）村を焼かせるといった乱暴な方法を使う必要も無く、広報活動によって退避を完了させていた。

これは王国の首脳陣が、勝つも負けるもパルナムまでで決まると考えているということだった。中には生まれ育った地に残って戦いたいという者たちもいたが、とにかく優先すべきは子供や軍属以外の女性や老人などの非戦闘民の避難であると説得して、王国の南部へと逃がしていた。

そしてそれは王都パルナムにおいても同じだった。

ソーマはポンチョをワイストと交代する形で、王国第二の都市となった港湾都市ヴェネティノヴァの領主に任命すると、ポンチョや大学長のジンジャー、ジーニャなどの非戦闘班とその家族を避難させて後方支援に当たらせていた。

かつてポンチョはヴェネティノヴァの代官に一時的に就任していたが、新参であるポンチョにソーマ肝いりの都市を任せるのは反発が大きいという判断から、エクセル配下の古参であるワイストに領主を任せていた。

ただ、あれからポンチョは食料問題や軍事行動の補給担当など、十分すぎるほどの実績を積んできたので、今回改めてヴェネティノヴァの領主として任命されたのだ。

ヴェネティノヴァには彼の第二夫人コマインを慕う元難民たちも多いため、統治にも問題ないだろう。ポンチョと交代するワイストには元の領地であるアルトムラ周辺の領地に加増する形で報いている。

そしてソーマはこの日、とある人物を王都から送り出そうとしていた。

◇◇◇

「ロロア。明日、子供たちと一緒にヴェネティノヴァに移ってくれ」

「………」

夜、ここはロロアの自室に二人っきりの時間。

俺がそう切り出すと、寝衣に着替えていたロロアは一瞬理不尽に頬を叩《たた》かれた子供のような顔をしていた。ショックと、悔しさと、悲しさが入り交じった顔だ。

それでもロロアは奥歯を噛《か》み締めて、平静を装おうとしていた。

「やっぱりうちは……居たらアカンの？」

「……ああ。ヴェネティノヴァでやってもらいたいこともあるし、それに……俺たちになにかあったとき、後事を託せるのはロロアしかいないから」

「後事って……酷なこと言ってるのわかってるん？　ダーリンたちがこの世から居なくなったとき、うち一人で、子供ら守って生き延びろってことやろ？　敗戦国の王族の一人として、屈辱に耐えながら……」

「……すまない」

「あやまんなや！」

俺が謝罪を口にすると、ロロアは俺の胸に拳を振り下ろした。

ドンッと音はしたけど、か弱い女性のパンチなので大して痛くもなかった。

そのことに、ロロアは悔しそうに唇の端を噛んだ。

「戦う力がないことが、こんなに悔しいこととってないわ。歌姫《ローレライ》のジュナ姉でさえ戦う力を持ってるっていうのに……こういうとき、うちはなんにもできへん……」

「そんなことはないだろ。ロロアのお陰で資金は潤沢だった。準備万端で迎え撃つことができるのだから、たとえフウガ相手といえど十中八九負けはないと思っている」

「その、あと一が不安なんやろうが」

するとロロアは一歩下がって俺と真っ正面に向き合った。

「ユリガとマリ姉はどないするん？　二人も戦えんやろ？」

「ユリガは本人の希望もあるし、フウガとの交渉が必要なときに備えて残しておく。マリアはすでに王都を離れて独自に動いてもらっている。もっとも……二人は新婚だし、まだ子供もできてないからな。子供を任せられるとしたら、一児の母であるロロアしかいないだろう。レオンと子供たちを守ってほしい」

「その言い方はズルいわ……」

ロロアは悲しげに瞳を伏せたが、やがて顔を上げた。

「フウガが攻めてくるってわかったときから、こうなる予感がしてたわ。うちにできることはすべてやりきってるし、このあとやれることは多くないってことも」

「ロロア……」

「だから、任しとき！」

するとロロアは右手を頭に、左手を腰に当てて「うっふん♪」としなを作った。

それはあの日、俺と初めて対面したときに彼女がとっていたポーズだった。

「もしダーリンたちになにかあったら、この眉目秀麗、才色兼備、水もしたたり石をも穿《うが》つアミドニア一の美女ロロアちゃんが、フウガんとこのお偉方に愛想振りまいて、媚《こ》び売って、子供たちのことは絶対に守ったるわ」

ロロアは軽い調子で言ったけど……彼女なら、絶対にやるだろう。

アミドニアの人々を守るために、父の仇《かたき》である俺のもとに嫁いで来たほどの胆力の持ち主なのだ。子供たちを守るためになら、恨みも憎しみも押し殺して、仇となる相手に嫁ぐこともやってのけるだろう。たとえ内心がどうであったとしても……。

そのことがわかる俺がなにも言えないでいると、そんな俺の胸の内を察したのか、ロロアは俺の胸に跳び込んできた。

「なんて……ホンマは嫌なんやよ？　フウガは親父殿《おやじどの》ほど頑《かたく》なではないやろうけど、うちが楽しく好き勝手に稼いだり使ったりできるとは思われへん。うちに合うとるんは、やっぱりダーリンなんや。カワイイ奥さん手放して、他の男の手に渡すようなことしたら、死んでも恨むわ」

「……ああ。わかってる」

俺がしっかりと頷《うなず》くと、ロロアは俺の首に腕を回した。そして顔を近づけ、俺たちの唇が重なる。長い口付けの後で、ロロアはニカッと笑って見せた。

「ホンマに頼むで、ダーリン。ちゃんと迎えにきてな」

「ああ。任せろ」

「フフッ……まあ、うちの出発は明日でええんよね？」

ロロアはギューッと俺の身体《からだ》に密着してきて、耳元で囁《ささや》いた。

「念のため、もう一人くらい〝仕込ん〟どこか。できるかどうかはわからんけど、まあ……できたら授かりもんの儲《もう》けもんって感じやし」

「………」

照れたような笑みと共に囁かれた言葉は、蠱惑的《こわくてき》な響きを持っていた。

◇◇◇

同じ王城の中ではトモエ、イチハ、ユリガの三人が別れを惜しんでいた。

王都に残るユリガに対し、非戦闘員であり重要人物でもあるトモエとイチハは明日ロロアと共にヴェネティノヴァへと移ることになっていた。

「ユリガちゃんは……残るんだよね？」

心痛そうな顔で尋ねるトモエに、ユリガは肩をすくめて見せた。

「……そうね。お兄様とソーマさんの決着を見届けないと。妹として、妻として、ね」

「その……大丈夫、って聞いちゃダメだよね」

「ええ。私も、もう覚悟を決めてるから」

ユリガは腰に手を当てながらニッと笑った。

「アンタたちはヴェネティノヴァでしょ？　まあ婚約者と仲良くしてなさいな」

「そんな気分にはなれないよ……」

「なっときなさいって。頼れる旦那様たちは準備万端に整えてるみたいだし、すぐにまた笑って会うこともできるわ。もし、この国が負けることになったとしても、アンタたちのことは絶対に私が守るから。二人ともこの世界の重要人物だし、二人を害することは世界の損失であるということをお兄様に直談判《じかだんぱん》するわ」

「……頼もしいですけど、そんな事態にはなってほしくないですね」

イチハが溜息《ためいき》交じりに言った。イチハはハクヤの代理ではあるが政略面担当なので、戦争が始まれば前線でできることはない。戦略面ではユリウスもカエデもいるし、政略面での指示出しは後方からでも行えるため、トモエと共に避難することになっていた。

そんなイチハの胸をユリガはコツンと小突いた。

「私の心配はいらないから、アンタは婚約者を見張っときなさいな。この子、こう見えて『やっぱり私も残る！』とか言って、パルナムに隠れかねないんだから」

「それは……そうですね」

意外にアクティブなトモエの性格を知っているイチハは、苦笑しながら頷いた。

トモエは不満そうに頬を膨らませている。

「むう……九頭龍《くずりゅう》諸島に密航したユリガちゃんには言われたくないよ」

「……そんな昔のことは忘れたわね」

「まだ数年しか経《た》ってないでしょ」

「うるさいわよ、このチミッコが！」

プニッとトモエの頬を引っ張るユリガ。それは学生時代から変わらぬ二人のやり取りだった。それに寂寥《せきりょう》感を覚えた二人は、目に涙を浮かべながら笑っていた。

「また、こうして……バカなことやって笑えるかな？」

微笑《ほほえ》みながら尋ねるトモエに、ユリガも微笑を返しながら言った。

「笑えるわよ。絶対に。そのときはルーシーやヴェルザも一緒よ」

「そうですね。またみんなで、のんびりお菓子を食べたいです」

イチハがそう言うと二人も頷いたのだった。

◇◇◇

翌日。ロロア、トモエちゃん、イチハを乗せた飛竜《ワイバーン》ゴンドラが王城の中庭から飛び立つのを、俺はリーシア、ユリガと一緒に見送った。

「また……会えるわよね？」

少し不安の混じったリーシアの言葉を、俺は笑い飛ばした。

「フラグっぽい言い方しないでくれよ。俺たちは粛々と準備を進めてフウガを迎え撃ち、アイツらの帰ってくる家を守るだけだ」

「……そうね。ユリガは、大丈夫？」

リーシアが気遣わしげに尋ねると、ユリガは首を横に振った。

「覚悟はできてます。もう……止《と》めないと」

止める。その一言に彼女の決意を感じた俺は、パンパンと手を叩いた。

「それじゃあ、英雄を迎え撃つとしよう。この時代の寵児《ちようじ》であるアイツの時代を止めるため、時代を変える準備を進めなくては」

もう振り返ることはしない。俺たちは前を向いて歩き出した。

第八章　幻惑の王国戦線

大虎帝国軍の主力部隊はフリードニア王国との国境線を越え、ついに侵攻を開始した。

フウガとハシムはフリードニア王国側になにやら策謀があると考えており、時間を掛ければその策謀の準備が整い、自分たちは敗れることになるだろうと予想していた。

そのため求められることは電撃戦による速戦即決であり、いかに素早く王都パルナムまで迫り、ソーマを討ち取るなり捕縛するなり降伏させるなりする必要があった。

そのため進路上にある街や村や都市などは、従うならば残すが、敵対するようなら徹底的に破壊し蹂躙《じゅうりん》して突き進むという方針が決められていた。それはソーマたちもわかっていたため、街や村から人々を逃がし、守れそうにない都市などは早々に放棄して、守れると判断した都市に戦力を集中させていた。

最大戦力で進軍する大虎帝国軍の本隊の中で、フウガ、ハシム、ムツミの三名は偵察に出した先発部隊からの報告を聞いていた。

「報告します。進路上の街や村に人の気配はありません。潜伏している兵も居らず、罠《わな》なども仕掛けられている様子もありません。すでに放棄されたものと思われます」

「ソーマのことだ。俺らが攻めてくるってわかってる以上、民を逃がすわな」

フウガが腕組みをしながら言った。

フリードニア王国に入ったら手強《てごわ》い相手がわんさか襲いかかってくるか、或《あ》るいは戦力を集中させるために深入りさせるまではろくな抵抗は行わないかのどちらかだとは考えていたが、どうやら後者のようだった。

それはフウガにとっては面白くなく、また相手をするのも面倒な戦い方であった。だからこそ、王国陣営はそれを採用しているのだろうが。

すると、偵察兵は話を続けた。

「しかし、村には食糧や水などの物資がある程度残されたままになっています。こちらも調べさせましたが、毒物を混入してあるといったことはなさそうです」

「？　人々は退避させたのに食糧は残しているというのですか？」

ムツミが訝《いぶか》しげな顔をした。普通に考えれば放棄される村や町に食糧を残しておく理由などない。残しておいたところで大虎帝国軍の補給を楽にするだけだ。当然、毒物を混入してあるといった罠を警戒するところだが、それすらもしていないという。

「どういうつもりなのでしょうか。兄上」

ムツミは参謀のハシムに尋ねた。口元に手をやり考え込んでいた様子のハシムだったが、やがて考えをまとめたのか、口を開いた。

「我らの補給を容易にするため……ということでしょうな」

「敵に援助をするのですか？　なぜ？」

「ソーマたちは、我らに足を止められたり、余所《よそ》に行かれることが嫌なのでしょう。我らが計画していたのはマルムキタンのお家芸である機動力を活《い》かした騎行戦術です。とにかく素早く駆け抜けて敵に襲いかかり、阻む都市などを攻略すると同時にその地の物資を奪って補給する。そうして機動力を維持しようと考えていた。しかし物資が手に入るなら、物資を略奪する手間が省ける」

「なるほど。俺らがパルナムへの最短ルートを通れるよう誘導しているわけだ」

ハシムの話を聞き、フウガは唸《うな》った。

物資不足に陥った軍はなんとか物資を集めようとして、勝手気ままな行動をしようとする。軍規は乱れるだろうし、最短ルートとは別方向へも略奪のための兵を派遣しなければならなくなる。そうなれば王国側にとっても被害が拡大することになるので、望むことでは無かったのだろう。だからあえて、進路上に補給物資を置いているのだ。

自分たちが計画したルートから、大虎帝国軍をはみ出させないようにコントロールしようとしている。それがハシムの考えた王国側の思惑だった。

「それは、関係ない民への被害を抑えたいからですか？」

ムツミが尋ねると、ハシムは首を横に振った。

「ソーマがそれを望んだとしても、敵には黒衣の宰相ハクヤも、白の軍師ユリウスも、老練なエクセルもいるのです。民のためとはいえ、利のないことはさせないでしょう」

「つまり、俺たちの動きはソーマたちの手の内にあると？」

フウガが尋ねると、ハシムは頷いた。

「御意。実際に、これまでなんどか迂回《うかい》ルートを試せるかと小部隊を派遣しましたが、その悉《ことごと》くが失敗しています。この最短ルートのみが順調なのです」

「失敗？　敵の襲撃にあったということか？」

「いいえ」

ハシムは険しい表情で言った。

「それよりも、さらに面妖な事態が起きています」


「これは……どういうことなんでしょうかねぇ」

偵察に出した兵の報告を聞き、その信憑性《しんぴょうせい》を確かめるべく、自らも手勢を率いて現地へとテムズボックを走らせた【虎の旗】ガテンは呆気《あっけ》にとられたような表情になった。

目の前に広がっているのは鬱蒼《うっそう》とした森だった。

出撃前の話によれば、大軍も通行できるようなやや荒寥《こうりょう》とした平野が広がっているはずの場所だった。本来ならばここから軍の一部を切り離して別働隊とし、本隊の行軍ルートとは別方面の都市を襲い、フリードニア王国軍を攪乱《かくらん》することが計画されていた。

もちろん王国軍もそれは理解しているだろうから、ここに部隊を配置して迎え撃ってくるかもしれない、ここがこの戦の緒戦となるかもしれないと、ガテンはハシムから聞かされていた。しかし想定されていた王国軍による迎撃もなく、現れたのはどこまで続いているのかもわからない鬱蒼とした森だったのだ。

「偵察は昨日も出したはず。このような森があったという報告はあったか？」

ガテンが配下に尋ねると、配下は慌てた様子で首を横に振った。

「いいえ！　偵察の兵からは聞いていません。先程、本人にも確認したところ『昨日、自分が見たときまでは、ここは間違いなく荒野だった』とのことです」

「つまり、一夜にして森ができた……というわけか」

ガテンはアゴを撫《な》でながら考え込んだ。

（にわかには信じがたい話ではあるが……ソーマ王やフリードニア王国が相手となると、そのような手段があったとしても不思議ではないか）

フリードニア王国はこれまで、島のような艦船だの、魔法を無効化する爆弾などといった、自分たちの常識外のことを平気でやってのけた実績がある。噂《うわさ》では機械の竜《ドラゴン》で大怪獣と戦ったこともあるとか。そんな国なのだから一夜にして荒地を森にかえる手段を持っていてもおかしくはない……と、ガテンはそこまで考えて自嘲した。

（おかしくはない……か。おかしなことをおかしくないと思わせられる、この現状こそがすでにおかしいのだがな。我らも相当、彼《か》の国に毒されているようだ）

ガテンは調子の良い伊達男《だておとこ》ではあるが、軍の動かし方は冷静だった。

このような森ができたいま、別働隊の派遣は不可能だろう。

仮にこの森がなにかしらのまやかしだったとしても、この様な手段を用いる相手に戦力を分散していたら各個撃破される恐れがある。

「別働隊を用いるのは諦めた方が良い。ハシム殿にはそう進言しよう」

そう言うとガテンは配下を連れて自軍へと引き返していった。

「「「…………」」」

そんな大虎帝国軍の様子を森の枝の上で姿を隠しながら見ている者たちがいた。

彼らは全員褐色の肌を持ち、エルフ族特有の尖《とが》った耳を持っている。神護の森のダークエルフたちだ。ほとんどのダークエルフが弓を背負った軽装弓兵の格好をしているが、その中で一際立派なローブを纏《まと》った人物に、一人のダークエルフの少女が跪《ひざまず》いた。

「ボーダン様。敵はこの地を通るのを断念したようです」

「ご苦労でした。ヴェルザ」

ローブの人物はアイーシャの実父でありソーマの義父でもある神護の森の長《おさ》ボーダン・ウドガルド。跪く少女はいまはハルバートの秘書官となっているヴェルザだった。

ボーダンの近くには彼の弟であるロブトールと、ヴェルザの父であるスールも、ボーダンを守るように控えている。ボーダンは穏やかな笑みを浮かべた。

「敵の誘導は旨《うま》くいっているようです。婿殿やアイーシャの力になれるでしょう」

彼らダークエルフに託された任務は、大虎帝国軍の予想進路にある抜け道や迂回ルートに森を出現させ、大虎帝国軍を広く拡散させないようにすることだった。

この任務で必要とされるのは森の中での機動力であるため、普段から森の中で生活し、身軽なダークエルフ族に白羽の矢が立ったのだ。ヴェルザも頷《うなず》く。

「はい！　それでは、私はこのことをパルナムに知らせて参ります」

「ヴェルザ、気を付けるのだぞ。ハル殿にも『ご武運を』と伝えてくれ」

スールがそう声を掛けると、ヴェルザは「はい、父上！」と頷き、その場から跳び去っていった。彼女の背中を見送った後で、ロブトールが木の肌を撫でながら溜息《ためいき》を吐《つ》いた。

「『一夜にして森を生み出す矢尻』とは……ソーマ王も凄《すご》いものを開発したものだ」

「いえ、この矢尻はソーマ王が召喚される前に開発されたもののようですよ？　なんでもマクスウェル家の少女が作った失敗作だったとか」

スールがそう訂正すると、ロブトールは「そうなのか？」と目を丸くした。

彼らが森を出現させるために使った道具は、超科学者《オーバー・サイエンティスト》ジーニャがかつて技術部を逐《お》われる原因となった失敗作だった。ジーニャの『戦争は土地を荒らすから、打ち込んだら植林できるような矢尻を開発しよう』という斜め上の発想から開発されたこの矢尻は、暴走して研究施設が森に呑《の》み込まれるという大事件を引き起こした。

その後、ソーマの尽力で研究の第一線に復帰したジーニャによって改良（増殖を抑え、短期間で自壊するよう調整）が加えられ、いまでは土壌改良用の道具となっていたのだが、それを今回は大虎帝国軍の攪乱のために使用したのだ。

この森も数日の後には消滅するだろう。

作製にはコストが掛かる上に生態系への影響も懸念されるため多用はできないが、それでも大虎帝国軍を困惑させるのには十分だった。

スールの言葉を聞き、ロブトールは感嘆の溜息を吐いた。

「彼の王が来る前から、外の世界にはそのような物があったのだな……」

「フフッ。我らが閉じこもっている間にも、世界は刻々と変化していたのです。婿殿が来るかどうかにかかわらず、ね」

ボーダンは茶目っ気のある笑顔でロブトールに言った。

「早めに閉じていた目を開いて正解だったな。そしてその切っ掛けとなったのは婿殿と、その婿殿に会いに森を飛び出したアイーシャの行動力のおかげだ。神護の森の恩人たる二人のためにも、我らダークエルフ族は尽力しなければならない」

「……そうだな」「はい！」

ロブトールとスールも頷いた。ボーダンはそんな二人に満足そうに微笑《ほほえ》む。

「アイーシャと婿殿との孫をこの手に抱くためにも頑張らねばなりませんね」

「それを言うなら、ヴェルザとハル殿の婚礼を見るまでは死ねませんよ」

「妻に託された娘の成長を見守るためにも、だ」

この三人は神護の森でも屈指の戦士たちだったが、屈指の親バカでもあった。

三人が意気込む様子を、他のダークエルフたちは苦笑しながら見ていたのだった。

◇　◇　◇

一方、ガテンと同じく偵察に出ていた【虎の弩《いしゆみ》】カセンもまた、幻惑の最中《さなか》にいた。

少々険しい山道ではあるものの、テムズボックを駆る跳躍騎兵ならば踏破可能な道があると知って偵察に出した部隊が、なんと敵の砦《とりで》を発見したというのだ。

それも木もまばらにしか生えず、岩肌をさらしている山道の先に。

砦や城は交通の要衝近くに建設されるのが常であるが、現地人も通らないような悪路にまで砦を築くことなど考えられなかった。

しかもこのような荒れた山道の上では補給も難しいし、水の手の確保も容易ではないだろう。つまるところフリードニア王国は誰も通らぬこんな道を守るために、明らかに守りにくい場所に砦を築いているということになる。

報告を受けたカセンは奇妙に思い、自ら偵察に出てきたというわけだ。

そして実際に現地へ赴いてみると、たしかに砦は存在していた。

ろくに草木も生えていないような淋《さび》しい山間に、石積みの壁がそびえている。その石の積まれ方と風化具合は、まるで滅びた文明の遺跡のようであったが、その防壁の上には最近掲げられたものと思われるフリードニア王国の旗が翻っていた。

(王国は本当にこんな場所に陣取っていたのか!?)

敵が通らなければ守る意味も無いし、守ったところであんな寂れた砦では千人ほどの兵士に囲まれただけですぐに干上がるだろう。兵士と資源の無駄にしか見えない。

（あるいは旗だけ立てて我々を困惑させる狙いでしょうか？　ここはもう少し近づいて様子を観《み》るべきか……）

カセンが部隊を前進させようとした……そのときだった。

ドンッ…………ドドガーンッ!!

砦のほうから一発の破裂音が響いたかと思ったら、その次の瞬間にはカセンたちと砦の中間に大きな火柱と黒煙が上がり、爆音が鳴り響いた。いきなりの閃光《せんこう》と爆音に一瞬思考が停止したカセンたちだったが、すぐに砲撃されたということを理解した。

…………ドドガーンッ!!…………ドドガーンッ!!

しかし、カセンたちが行動を起こすより早く、次々と砲撃が行われていく。

まだ少し距離があった火柱と黒煙は、弾道を修正しているのか、徐々にカセンたちのほうへと近づいてきていた。

（こんな意味もなさそうな砦に火薬兵器だと!?　王国軍は正気なのか!?）

ここまで大虎帝国軍は王国軍からろくな抵抗を受けていなかった。

進軍経路上にある都市や街などはもぬけのからになっているか、あるいは早々に降伏して明け渡されてきた。それらの都市や街には守りやすかったり、有用と思われる場所もあったのだが、そこは守らずにこんな辺鄙《へんぴ》な砦の守りを固めている。

常識では理解できなかった。

『うおおおおお!!』

すると砦のほうから兵士たちの鬨《とき》の声《こえ》が聞こえて来た。

ある程度の兵数は籠もっていそうである。

(疑わしいが……ここで、深入りするのは得策ではないか)

こんな意味もなさそうな場所で戦力が減らされるのは得策ではないと判断したカセンは、即座に撤退させてハシムの指示を仰ぐことにした。

報告を受けたハシムはその砦を堅守する戦略的な意味のなさから、おそらく欺瞞《ぎまん》工作だろうと思いつつ、敵の仕掛けを解くのは時間の浪費だと判断して、その悪路を使うことを断念した。そして砦へと通じる道の入り口に監視の兵をおくだけに止《とど》めたのだった。

カセン率いる大虎帝国軍の別働隊が撤退していく。

その様子を砦の防壁の上で見ていたのは、たった二名の人物だった。

一人はサークレットにアンテナを付けたような銀のマスクを被《かぶ》り、赤いスカーフを巻いたヒーロー風の男。もう一人はゴツゴツした鎧《よろい》と黒いマントを纏い、骸骨をあしらった兜《かぶと》を被った悪の帝王風の男だった。

フリードニア王国民に(一部の他国民にも)愛されてすでに長寿番組と呼べるほどに

なっている特撮番組『超人シルバン』の主人公シルバンと、その宿敵である悪鬼大帝だった。番組の中ではときに激しく、ときにコミカルに戦ってきた二人だが、いまは真面目な顔で大虎帝国軍が撤退する様子を見つめていた。

「敵は撤退したようだな。悪鬼大帝よ」

シルバンがそう言うと、悪鬼大帝は渋く年季の入った声で笑った。

「ククク……、ハハハッ、アーハッハッハッハ！　大虎帝国軍の愚か者どもめ、我らの術中にまんまとはまりおったわ。我らの手の内とも知らずに、よく踊ってくれたものだ」

「……こうして貴様と共闘するのはミス・ドランが暴走したとき以来か」

「ふむ。宿敵の貴様と手を組むのは業腹だが、この国を征服するのはこの悪鬼大帝とブラック団の仕事よ。後から出てきた余所者《よそもの》に好きなようにはさせぬわ」

「……業腹なのは俺も同じだ。だが、子供たちの笑顔のためにも侵略者は追い払わなくてはならない。そのためになら、俺は悪魔とでも手を組もう！」

「アーハッハッハ！　よくぞ言ったシルバン！　貴様との決着はこの戦の後だ！」

そんなことを二人が話していたときだった。

「……あの、お兄様にお父様？　なんなんですか、そのノリは？」

二十代前半くらいの女性がひょっこりと顔を出して二人に言った。

彼女の名前はシエナ・ジュニーロ。

シルバンの変身前&中の人であるイワン・ジュニーロの妹であり、悪鬼大帝の中の人であるモルトフ・ジュニーロの娘だった。するとそれまでそれぞれの役になりきっていたイワンとモルトフも仮面を取った。

「いや、この格好のときはどうもスイッチが入ってしまって……なあ、親父《おやじ》？」

「う、うむ。どうしても気合いが入ってしまうのだ」

イワンとモルトフがそう言い訳すると、シエナは冷たい視線を向けた。

「そもそも、なんでそんな格好をしているのですか。陛下から命じられたのは、我が家の幻影を見せる魔法を使って敵軍を混乱させるように、ってだけでしょう？」

そう。先程カセンたちが観た砲撃や、兵士たちの鬨の声はイワンとモルトフ、それにシエナが見せた幻影の魔法だったのだ。

魔法の仕組みが解明されつつあるいま、あらためて検証すれば、それはイメージや記憶にある映像を、プロジェクターのようにその場に空中投影するものなのだろう。この能力を利用して、ジュニーロ家は放送番組を特撮技術面で支えてきたのだ。

そして今回、ジュニーロ家はその能力を使って、大虎帝国軍が迂回《うかい》可能なルートの一つを潰すようにと命じられていたのだ。放棄されて長い砦の苔《こけ》を洗い落とし、旗指物《はたさしもの》を立てて現役感を出し、ジュニーロ家の幻影で守備兵が多く詰めていると思わせる。

もともと守りに適さない土地ではあるが、ここを通られると厄介という場所であったため、ジュニーロ家の幻影で塞ぐことにしたのだ。

守備兵が詰めていると思えば大虎帝国軍も無理に通ろうとはしないだろう。仮に攻め寄せて来たとしても、ここには三人しかいないのですぐに身を隠せる。

相手が砦が空だと思って通り過ぎるなら、また幻影を出して背後に急に敵が現れたと思わせることもできる。たった三名で敵の足を鈍らせ、攪乱《かくらん》する。

これがハクヤとユリウスが練った作戦だった。

「でも、その作戦に『〝シルバンごっこ〟をしろ』なんてものは含まれていません」

シエナの言葉に、イワンとモルトフはバツが悪そうに顔を見合わせた。

「いや、だって、この格好のほうが気合いが入るんだよ。なあ？」

「う、うむ。『魔法を強化するにはイメージが大事である』と陛下も仰せだ。この姿になって役になりきった方が、強力な幻影を生み出せるというものだ」

「……本音は？」

「「調子に乗っただけです！」」

シエナに冷たい目で見られ、兄と父はそう白状した。シエナは溜息を吐いた。

「まあ……気持ちはわかります。誰しもがこの戦に不安を抱いていますから。苦しいとき、ヒーローにすがりたい気持ちは」

「……うむ。他国に攻め込まれるのもアミドニア公国戦以来だからな」

モルトフが真面目な顔になって言った。

「正義も悪も戦いも、番組の中だけで十分だ。戦いが続く限り、宝珠も自由に使えないから番組も作れん。現実の戦いなどという地味で陰険で凄惨でつまらんものは、とっとと終わってほしいものだ」

「親父！」「お父様……」

するとモルトフは再び悪鬼大帝の兜を被った。

「この世に悪は、この悪鬼大帝一人で十分よ！　アーハッハッハ！」

そう高笑いをする悪鬼大帝を見て、イワンとシエナは微笑んだのだった。

◇　◇　◇

別働隊が各地で惑わされ、撤退を余儀なくされている一方。

大虎帝国軍の本隊は順調すぎるほど順調に王都パルナムへと進軍していた。

進軍経路にある都市や街などはもぬけのからになっているか即座に降伏するため道中で抵抗らしい抵抗は受けず、また補給線の確保もできている。

順調すぎる本隊の進軍と、ことごとく失敗に終わる別働隊の派遣。

その歪《いびつ》さにはフウガやハシムも気付いていた。

「ソーマのヤツはなにを考えてるんだろうな」

飛虎ドゥルガの背に乗り進軍を続けながら、フウガは隣で馬に乗っているハシムに言った。逆側の隣には同じく馬に乗ったムツミも居る。

「ソーマはなにかを企《たくら》んでいる。企みがあるなら時間はアイツらの味方のはずだ。なのに、別働隊の派遣は妨害しても、この本隊の足止めを一切してこない。俺たちは戦力を失うことなくパルナムを目指せている。相手の策を気にせずに突っ込めば、一日も経《た》たずにパルナムまで到達できることだろう」

進軍は順調であったが、大虎帝国軍の機動力を最大限に活《い》かすことはできていない。

フリードニア王国にはハクヤやユリウスやエクセルなど知謀に長《た》けた人物が多いため、わずかな油断を衝《つ》かれて戦局をひっくり返される恐れがあった。実際に、別働隊の足止め方法の多様さを見せつけられれば、対策を怠った途端に補給線を寸断されて、敵地で大軍を抱えたまま孤立するという事態が容易に想像できた。

そのため大虎帝国軍は速度は保ちながらも警戒を怠らない程度の進軍スピードを強いられることになっていた。もし、進軍経路で奇襲を繰り返すなどすれば、さらに多くの時間を稼げたことだろう。しかしソーマ陣営はそれをしてこなかった。

「アイツらは時間を稼ぎたいんじゃないのか？」

「時間を稼ぎたいとは思っているでしょう。しかし、その場所を選んでいるのでは？」

ハシムがそう答えた。ハシムの言葉にムツミが首を傾《かし》げた。

「場所を選ぶとは、どういうことですか？」

「進軍路にある都市を陥落するまで守らせたり、小勢で散発的に攻撃を仕掛けることでも時間稼ぎはできるが、そのぶん王国側が受ける損害は大きくなる。もし、準備万端に整えた場所に戦力を集中して我らを迎撃し、同じ程度の時間を稼ぐことができるなら、ソーマはそちらを選ぶだろうという話だ」

「民への被害を抑えるため……ということですか？」

「それもあるだろうが、一方で戦後を考えた合理的な判断とも言える。最後には必ず勝てる自信があるなら、いくら都市を占領されたところで必ず取り返せる。どうやっても取り返せない人命を温存するという判断なのだろう」

「それって……」

「俺たち相手に勝ちを確信してるってことだろうさ。怖いねぇ〜」

ムツミが口ごもると、代わりにフウガが言った。

怖い、という割りに表情は楽しそうである。さながらクリスマスプレゼントの中身はなんだろうかとワクワクしながら開ける子供のような表情だ。強敵・難敵が、自分相手になにを見せてくれるのだろうかと期待しているのだろう。

そんなフウガにハシムはコホンと咳払《せきばら》いをした。

「しかし、次に攻める場所はこうはいかないでしょう。これまでとは違い、王国にとって失ったとしても痛くないとはとても言えない場所ですから」

「……『紅竜城邑《こうりゅうじょうゆう》』だったか？」

「御意。元空軍大将カストール・バルガスの居城にして、王都パルナムを守る北の盾です。また空軍戦力である飛竜《ワイバーン》騎兵を育成してきた土地であり、そのノウハウが詰まったこの地を失うことは王国にとって痛手でしょう。山の中腹に建てられた堅固な城塞都市であり、守るのに有利な都市ですから……あるいは、ここで足止めするために、ここまで我らを素通りさせてきたのではないでしょうか」

ハシムの言葉を聞き、フウガは腕組みをしながら唸《うな》った。

「だが、そんな堅固な都市もソーマに落とされたのではなかったか？　たしか……元陸軍大将ゲオルグとカストールが反乱を起こした際に」

「はい。しかし情報を集めたところ、そのときは守備兵力も数百名程度しか居らず、まともな防衛戦は行われなかったようです。ソーマ側も戦艦を陸上輸送して砲撃に使ったり、城の隠し通路を使って奇襲したりと、攻め落とすというよりは策を弄して罠《わな》にはめたと言ったほうが正しいかと」

「なるほど。同じようなことはできないだろうな」

「今度はしっかり兵を入れているでしょうし、隠し通路の類いも塞いでいるでしょう」

「つまり、やっと本格的に戦えるわけだな」

フウガは意気込むように斬岩刀《ざんがんとう》を担いだ。ハシムは冷たい視線を向ける。

「先陣切って突撃するなどということは絶対におやめください。敵がいつ、あの魔法を封じる兵器を使用するかもわからないのです」

「ドゥルガに乗って空を飛んでるときに使われて落下死……なんて結末は嫌でしょう？」

「そんな死に方はいやだな」

ムツミの言葉にフウガは心底嫌そうな顔をした。ハシムは頷《うなず》く。

「この大軍はフウガ陛下という存在によって繋《つな》がっているのです。もし陛下が深手を負われるようなことがあれば一気に瓦解しかねません。敵にどのような企みがあるかわからない以上、陛下を投入できる状況があるとすれば……」

「もう後がないってほど追い詰められたときだって言うんだろ？　わかってるさ」

フウガはケラケラと笑っていた。

まるでソーマならそこまでフウガたちを追い込んで、フウガを戦いの場に引っ張り出してくれるんじゃないかと期待しているかのようである。

ハシムとムツミはそんなフウガの様子にやれやれと肩をすくめたのだった。

ハーン大虎帝国軍が動員できる兵数は四十万ほどはあると言われている。

これは旧東方諸国連合の軍勢、旧グラン・ケイオス帝国の半分及びその属国二国の軍勢、ゼムの傭《よう》兵《へい》部隊のうち臣従した者と彼《か》の国からの徴兵、これに難民兵やフウガにあやかって名を上げようという志願兵も加わった数である（正教皇国は独立国のため除外）。

そのうち西でユーフォリア王国と睨《にら》み合っている軍勢、南で共和国を防いでいる軍勢、そしてルナリア正教皇国軍への援兵兼お目付役として派遣したロンバルトら数百名、そして本国を防衛するための兵力を除くと、フリードニア王国戦に投入できる兵力は総兵力の半数である二十万ほどであった。

迎え撃つフリードニア王国軍の総兵力は十五、六万といったところだが、正教皇国軍への対処のためにアミドニア地方に四万を割かなくてはならず、また自慢の艦隊も内陸の戦に参加できないことを考えると、フウガ本隊を迎え撃つための兵数は十万程度であるということが予想されている。

二倍の兵数差に常勝大虎帝国軍の将兵たちは必ず勝てると楽観視しているが、大虎帝国軍も上層部の者ほど〝二倍しかない〟という事実に不安を感じていた。

兵数に差があっても、国力も技術力もフリードニア王国のほうが遥《はる》かに上なのだ。旧グラン・ケイオス帝国との戦いでは魔法を使用不可能にする兵器まで使ってきた面妖な国家であるのに、大虎帝国軍第二位の名将シュウキンや豪勇モウメイなどの人材を、ユーフォリア王国やトルギス共和国への備えのために派遣せねばならなかったのだ。

知恵ある者は苦戦は必至だろうと考えていた。

一方、フリードニア王国に住む人々は大虎帝国軍の兵数には慄《おのの》いたものの、それで混乱を来すようなことはなかった。王国のニュース番組が大虎帝国軍の進軍経路や動静を絶えず伝え続けていたからだ。その情報は〝まるで空から見ているかのように正確〟であり、人々の避難に役立っていた。

その放送は大虎帝国軍も接収した都市から押収した簡易受信機で観《み》ることができた（王国側も観られても構わない情報のみを流しているようだった）のだが、その情報の正確性はハシムを驚かせた。偵察の飛竜《ワイバーン》騎兵でも出ているのだろうかとクレーエとグリフォン騎兵に捜索させたが、発見には至らなかった。

ではなぜ、王国は大虎帝国軍の動きを正確に知ることができたのか？　その答えは飛竜《ワイバーン》やグリフォンが飛べる高度より、さらに上の高度に存在していた。

「ふむ……大虎帝国軍は間もなく紅竜城邑に迫るようですね。兵数が減じている様子はありませんし、別働隊派遣の妨害は旨《うま》くいっているようです」

ゴンドラの窓から胸から上を出し、遠眼鏡で眼下を見ていたセリィナがそう呟《つぶや》いた。そしてゴンドラの中に引っ込むと同乗していたコマインに言った。

「進路に変更はなしです。間もなく先遣部隊が紅竜城邑に到着する模様。このことをパルナム城と紅竜城邑に」

「わかりました。……さあ、お願いね」

コマインはセリィナが言ったことをスラスラと筆記すると、それを持たせた伝書クイを窓から放り投げた。高高度からの投入訓練を施された伝書クイは地上のほうへと斜めに滑空していった。ここは飛竜《ワイバーン》も飛ばない高高度であるため、ああして適切な高度まで降下してから羽ばたき、それぞれの目的地へと飛んでいくのだ。

一仕事を終えたセリィナとコマインは、高度故の風と冷気が入り込む窓を閉めて一息吐《つ》いた。ポンチョの第一・第二夫人が、なぜこのようなことをしているのか。

すると室内に設置された伝声管（というより鉄の線で繋がった糸電話）から声が聞こえて来た。

『ご夫人方。乗り心地はいかがですか？　どうぞ』

その声を聞き、セリィナが答えた。

「ええ。優雅な空の旅を楽しんでおりますわ。シィル様。どうぞ」

『ハハハ、それはなによりです』

声の主はノートゥン竜騎士王国の女王シィルだった。二人が乗っているこのゴンドラを運んでいたのは彼女の伴侶である白竜パイだったのだ。シィルは言う。

『いや〜、昨今では我が国は周囲がすっかり大虎帝国に囲まれてしまいましたからね。交易の商人も来づらくなっていて、物資不足が深刻になるところでしたよ。王国との仕入れルートを開拓しておいて本当に良かったです。どうぞ』

「フフフ、ヴェネティノヴァは王国の流通網の中心ですし、新たに領主となったポンチョ旦那様《だんなさま》も、マリンとマロン娘《たち》も食いしん坊ですから、食べ物が集まってくるんです。きっとお気に召す食材もあることでしょう。どうぞ」

『はい。良い品を大量に仕入れることができましたよ。しかも〝自国に輸送する〟ついでに〝観光客〟を運ぶだけで、大幅な割引をしてくださるんですからね。どうぞ』

「そうですね。〝三ツ目族〟の方々は大層観光がお好きなようですから、皆さん喜んでいると思いますよ」

そんなことを笑いながら話すセリィナとシィル。傍《そば》で聞いていたコマインはもの凄《すご》くリアクションに困るような顔をしていた。

「……あの、なんなんです？　その腹黒い会話は」

「フフフ。人も国も、建前は大事ってことなのですよ」

セリィナはカルラの羞恥心を煽《あお》って遊ぶときのような、ニッコリ笑顔で言った。

つまるところ、フウガの軍勢の動静を監視していたのはセリィナとコマイン、そして女医ヒルデの出身種族である三ツ目族たちだったのだ。

彼女たちがヴェネティノヴァで物資を積み込んで帰るノートゥン竜騎士王国の竜騎士たちのゴンドラに乗り込み、道中、眼下にいる大虎帝国軍の様子を探ってソーマたちに報告し、あのニュース番組の情報の正確さに寄与していたのだ。

ノートゥン竜騎士王国は他国間の戦争に関しては不干渉であらねばならない。

しかし自国のための物資を輸送するついでに、彼女たちを輸送することを禁じるような規則はなかった。彼女たちは非戦闘民であり、軍事物資の類いではない。三ツ目族にしても〝ただの目の良い一種族〟にすぎない。

そんな彼女たちを運んでいる最中、彼女たちがなにかを見て、それをどこかに報告したとしても、竜騎士たちの関知するところではなかった。

他国間の戦争には関与しないが、積み荷が勝手にやったことにまで責任は負わない。

これが竜騎士王国の立場だった。

「詭弁《きべん》に聞こえたとしても……戦争ですからね」

コマインが神妙な顔で言うと、セリィナも笑みを消して頷いた。

「私たちと旦那様、それにマリンとマロンとで楽しい食卓を囲むためです。こんなくだらない戦いなど、陛下たちにさっさと片付けてもらいましょう」

「……そうですね。早く旦那様と子供たちのところに帰りたいです」

そうして二人は頷きあったのだった。

◇　◇　◇

そしてコマインが放った伝書クイの一羽が紅竜城邑へと舞い降りた。

その報せ《しら》を受け取ったのは元バルガス家の家宰であり、いまは国防軍空軍部門のトップになっているトルマンだった。その報告を確認したトルマンは、背後の人物を見た。

「どうやら、もう間もなくフウガの軍勢がこの地に到着するようです」

「そ、そうですか……」

緊張気味で上擦った声を出したのは、現バルガス家当主カルル・バルガスだった。

第九章
熱闘！　紅竜城邑防衛戦

「いよいよ、始まってしまうのですね」

カルルが息を呑《の》みながら言った。

十二歳前後にしか見えない彼が、戦争の恐怖とプレッシャーの中で必死に立っている。

アイーシャやナデンを見比べてみてもらえばわかりやすいが、長命種族の精神年齢は見た目の年齢に引き摺《ず》られるところがある。エルフ族より長命な半竜人《ドラゴニュート》を両親に持つカルルは肉体と精神の成長が遅く、まだ見た目どおりの子供だった。

それでも、父や姉に代わってバルガス家を守る当主となった以上、子供らしく怯《おび》え、狼狽《うろた》える姿などは見せられなかった。トルマンもそれがわかっているからこそ、その緊張には見て見ぬ振りをして話を進めた。

「はい。陛下からの指示はこの紅竜城邑《こうりゅうじょうゆう》の死守です。トモエ様のご助力もあって、この地の飛竜《ワイバーン》の育成環境が整えられたことで、国防空軍は大きく戦力を向上させることができました。ここを敵に奪われたり、破壊されたりすると王国にとって大きな損失となります。また相手の素通りも許すわけにはいきません。陛下たちの〝準備〟が整うまで時間を稼ぐか、あるいは敵の一部を引きつけ続けなければなりません」

「……わかっています。そのために、陛下は空軍の半数と三万もの兵を派遣してくださったのですから」

姉のカルラは父カストールに似て熱情的な猛将タイプだが、カルルは母アクセラに似た真面目で大人しい子供だった。父や姉のような覇気はないものの、真面目で実直な人柄はソーマたち上層部や領民からは評価され、難しい舵取り《かじと》が必要だった時期のバルガス家を支えてきた。しかし、戦争ともなれば話は別である。

荒事が苦手なカルルが領主として初めて向き合うことになる戦争。

それも小競り合い程度の武力衝突ではなく、世界を巻き込んだ大戦争の最前線に立たされているのである。不安に押し潰されそうになるのも当然だ。ともすれば、心が挫《くじ》けて下を向いてしまいそうになる……そのときだった。

「大将たる者、胸を張れ！　カルル！」

「っ！」

そんな叱責の声に、カルルはビクッと背筋を伸ばした。

するとカルルのもとにツカツカと歩み寄ってくる二人の人物がいた。半竜人《ドラゴニュート》の特徴である龍の翼と角と尻尾を持った二人の人物は、カルルと同様に赤い髪を持っていた。

「父上！　姉上！」

カルルが嬉《うれ》しそうな声を出した。

現れたのはバルガス家からは放逐されていたはずのカストールとカルラだった。

ゲオルグ・カーマイン謀反の真相が明らかとなったことでバルガス家にも同情が集まり、

またカストールは九頭龍《くずりゅう》諸島での怪獣退治で、カルラがシーディアンとの戦いでソーマを身を挺《てい》して庇《かば》うという武功を立てたことで、すでにバルガス家への復帰も可能な状態にはあった。ただ、二人は過去の行動に対しての筋を通すためと、カストールは空母ヒリュウの艦長、カルラは次代を担う王子・王女を見守る役目とそれぞれやり甲斐《がい》のある職務に就いていたため、これまで復帰しようとはしていなかった。

しかし王国の危機であり紅竜城邑の危機であるこのとき、二人はソーマの命を受けて再び紅竜城邑へと帰還したのだ。

「すまない、カルル。待たせてしまったな」

「……ぐすっ……はい！　お待ちしておりました、姉上！」

カルラがそう微笑《ほほえ》みかけると、カルルは目を袖でゴシゴシと拭って元気に返事をした。

不安に耐えていたカルルにとって、頼もしい二人の帰還は万の援軍を得たような気持ちだった。するとカストールはトルマンのもとへと歩み寄った。

「トルマン。お前にも苦労を掛けたな。カルルのことを見守ってくれたこと、礼を言う」

「なんの。御館《おやかた》様……いや、『艦長』と呼ぶのでしたかな」

「ああ。いまの当主はカルルだよ」

「では艦長殿。長命である艦長殿にとってはさほど長くはないのかもしれませんが、私にとっては長い付き合いです。貴方《あなた》の無茶に振り回されるのになれたこの身にとって、素直なご子息を見守ることなどなんの苦労もありませんよ」

「……再会早々耳が痛いな。さすがは元家宰だ」

カストールがそう苦笑していると、カルルが歩み寄った。

「父上。父上が復帰されたということは、全軍の指揮をお任せしてよろしいでしょうか？」

少し期待するように言ったカルルだったが、カストールは首を横に振った。

「いいや。俺もカルラも一人の戦士として戦いに来たのだ。いまの当主はお前なのだから、トルマンに補佐してもらって頑張ってみろ。もちろん、俺たちも支える」

「そ、そんな……」

突き放され困惑するカルル。そんなカルルの両肩に、カルラはポンと手を置いた。

「そんな顔をするな。全部自分一人で完璧な采配を見せろと言っているわけではない。私や父上だって失敗はしている。頑迷さからこの家を壊しかけたのだからな」

「姉上……」

「お前はお前の目でこの戦いを見つめるんだ。能力が足りないなら人から学べ。戦えないなら兵士たちを励まし、その心に寄り添え。お前なりに精一杯努めれば、誰かがそれを見てて支えてくれるはずだ」

「ああ。お前なら、俺より良い領主となれるだろうさ」

カストールがそう言うと、カルラは頷《うなず》いた。そして……。

「『長く長く歩くほど、あなたを支える手は増える』……だ。カルル」

カルラが口にしたのは、この世界に伝わる子守歌の一節だった。

それは国王一年目で戦争の疲労とプレッシャーに押し潰されそうになっていたソーマに、ジュナが歌って聞かせたものでもある。カルルは顔をあげた。

「……はい！　頑張ってみます！」

その顔にはまだ子供ながらも決意が宿っていた。そんなカルルを見て、カストール、カルラ、トルマンが満足そうに頷いていると……。

「あら、みんな揃《そろ》って楽しそうですね」

また一人、ツカツカと歩いてきた。

額に一本の角、背中には竜《ドラゴン》の翼、お尻からは竜《ドラゴン》の尻尾が生えている半竜人《ドラゴニュート》の特徴を持った女性だが、その髪と鱗《うろこ》の色は青だった。

国防軍総大将エクセルと半竜人《ドラゴニュート》の伴侶（すでに他界）との間に生まれた娘であり、カストールの妻であり、カルラとカルルの母であるアクセラだった。

「って、アクセラ!?　なんだその格好は!?」

カストールが目を見開きながら驚いていた。現れたアクセラは、ジュナが着ていたような海軍の士官服を着ていたのだ。腰にはレイピアを差している。

エクセルに似た美貌を持つが、あそこまで腹黒くはないおっとり美人であるアクセラが、バリバリの戦闘スタイルで現れたのだ。

これにはカルラ、カルル、トルマンも言葉を失っていた。

「お前、まさか戦う気なのか!?」

そう尋ねるカストールに、アクセラは微笑みかけた。

「あら、貴方は私が誰の娘だかお忘れですか？」

「そりゃあ、ウォルター公だが」

「はい。そして貴方と結婚する前は母の下で海兵隊を率いていました」

カストールはそこでようやく思い出した。彼女と結婚したのは五十年近くも前のことなので忘れていたが、元々アクセラはジュナと同じ海兵隊長だったのだ。

カストールとの結婚後は『しばらくは戦いのない場所で、母として子供と接したい』という彼女の希望で貴婦人として暮らしていたが、元は軍属だったのだ。

カルラの血の気が多めな性格（セリィナによっていまではだいぶ調教されたが）は、カストールのせいばかりとは言えないのかもしれない。

するとアクセラはその場でクルッと一回転して見せた。

「久しぶりに着ましたけど、ちゃんと着られて安心しました」

「そりゃあお前は五十年以上体形は変わってないけど……」

「カルラ、カルル、どうです？　似合ってますか？」

アクセラが子供たちにそう尋ねると……。

「返答に困ること聞かないでください！　なんか恥ずかしいです！」

「は、母上ぇ……」

カルラもカルルも、まるで親の馴《な》れ初《そ》め話でも聞かされたかのような、気まずい顔をしていた。トルマンに至っては巻き込まれたくないのか視線を逸《そ》らしていた。それでもなんとか気を立て直してカストールは、真面目な顔でアクセラに言った。

「もう一度聞くぞ。お前も戦うつもりなのか？」

「ええ、カストール。もう蚊帳の外にはおかせませんわ」

アクセラは微笑みながらも瞳の奥は笑っていなかった。

「〝あのとき〟は、せめてカルルだけでも守らねばと母の下に身を寄せましたけど、本当は貴方たちと一緒に戦いたかった。夫と娘が命懸けで戦うのを遠くで見ているなんてこと、もう二度と経験したくありません。今度は私がこの家と家族を守りますわ」

「アクセラ……」

強い決心が宿る言葉。カストールが不覚にも感動しそうになった、そのとき。

アクセラはにこやかに微笑みながらポンと手を叩《たた》いた。

「このときのために、母から大量の大砲や砲弾を送ってもらったんです。その他にもいろいろ準備してきましたし、みんなで派手に使ってしまいましょう」

まるで『実家からリンゴが送られてきたからみんなで食べましょう』とでもいうかのノリで、アクセラはそう言ってのけた。間違いなくこの人は、あの女傑エクセルの娘であるとその場にいた誰もが思い知らされたのだった。

「いや、主上《しゅじょう》からは無理はせず、時間稼ぎができればいいという話だったんだが……」

「こうして家族がまた揃ったのですから、景気よくドーン♪とやっちゃいましょう」

「だから軽いノリで物騒なこと言うな！　浮かれてるのか⁉　浮かれてるよな⁉」

茶目っ気（というには物騒な台詞《せりふ》だが）を出すアクセラと、そんなアクセラに振り回されてタジタジになっているカストール。

そんな両親の姿を見ていたカルラとカルルの姉弟は……。

「姉上……僕にも、この二人の血が流れてるんですよね？」

「……そうだな。私と同じで」

「……うん。なんだか頑張れるような気がしてきました」

「それでこそバルガス家の男……と、言って良いんだろうか？」

すごく気まずそうな顔をしながら、そんなことを話していた。

◇　◇　◇

「カルラたち……大丈夫かしら」

同時刻パルナム城の作戦室で、リーシアがそう呟《つぶや》いた。

部屋の中には俺とリーシアとユリウスの三人のみが居た。

そろそろ紅竜城邑《こうりゅうじょうゆう》にて、国内では初めて大虎帝国軍との本格的な戦闘が行われることだろう。共和国方面は大虎帝国軍をよく防ぎ、ユーフォリア王国方面はにらみ合いを続けていて、アミドニア方面では正教皇国軍を追い返したという報告が上がっている。

各地で、各国で仲間たちが頑張ってくれている。みんなの健闘を無駄にしないためにも、俺たちが食い破られるわけにはいかない。するとユリウスが口を開いた。

「問題はあるまい」

そう言って俺たちの真ん中に置かれた地図上の紅竜城邑を指差した。

「紅竜城邑は堅固な城だ。万の兵を入れて守れば、援軍ナシでも数ヶ月は持つだろう。加えて旧主であるカストール殿とカルラ殿も加わっているのだから、城内の士気も高いだろう。さしもの大虎帝国軍といえども攻めあぐねるはずだ」

ユリウスはそう言ったが、リーシアはなおも不安そうな顔をしていた。

「でも、フウガとあのドゥルガとか言う飛ぶ虎に対応できるとしたら、ハルバートとルビィのコンビか、あとはナデンにアイーシャを乗せるくらいしかないでしょ？　その四人は全員、このパルナムの守備に就いているわ。カルラたちが居るとはいえ、飛竜《ワイバーン》騎兵だけでフウガやクレーエのグリフォン騎兵を抑えられるかしら……」

「……それができるだけの備えはさせている」

俺はリーシアの目を真《ま》っ直《す》ぐに見つめながら言った。

「兵も装備も糧食も十分入れてある。いくつか秘策も用意しているしな。もしフウガが出てくるようなら『魔封機《マジック・キャンセラー》』を起動して城内に籠もるしかないが、フウガたちも対応できなくなるはずだ。もし紅竜城邑攻略に拘《こだわ》るようなら、俺たちの思うつぼだ」

「同意する。私が敵側に居たとしたら、そんな面倒な城の相手をするよりも、抑えの兵だけ残してパルナムへと迫るだろう。我々がして欲しくないことだからな」

ユリウスの言葉に、リーシアもコクリと頷いた。

「……そうね。これからこっちも大変になるだろうし、信じて任せるしかないわね」

「ああ。紅竜城邑を通過すれば、あとはパルナムまで防波堤となる都市はない。フウガたちもすぐに到着することだろう。迎え撃つ準備を終わらせておかないとな」

「…………」

すると、ユリウスがなにやら複雑な顔をしているのに気付いた。

「どうかしたのか？」

「……いや、なんでもない」

俺の問いかけに、ユリウスは静かに首を横に振った。

◇◇◇

一方。紅竜城邑のある山を囲む大虎帝国軍の本陣にて。

「まずは相手の戦意を確認するため、一当てせねばならないでしょう」

ハシムがフウガとムツミ、そしてガテン、カセン、ガイフク、クレーエといった猛将・勇将、そして併呑《へいどん》してきた国々の有力な武将たちが居並ぶ中でそう言った。

「籠もっているのは空軍大将カストールの居城であり、フリードニア王国にとっては飛竜《ワイバーン》騎兵を育成するための重要な都市。これまでのように早々に放棄することはないでしょうし、あの都市の中にはかなりの数の飛竜騎兵《ワイバーン》がいると思われます。我らが城へ攻めかかろうとすれば、まずは空軍が迎撃に出てくることでしょう」

「ならば！　我がグリフォン騎兵にお任せくだされ！」

クレーエが立ち上がり、ドンと胸を叩いた。

「グリフォン騎兵は飛竜騎兵《ワイバーン》よりも素早く旋回能力に優れ、グラン・ケイオス帝国時代から他国に恐れられた空の刃です。ノートゥンの竜騎士相手ならともかく、フリードニア王国の空軍相手に負けることなどあり得ません！」

自信満々に言うクレーエ。しかしフウガは訝《いぶか》しげな顔で頬杖《ほおづえ》を突いていた。

「大層な自信だが……そう容易《たやす》くはいくまい。クレーエがこちらについている以上、王国側もグリフォン騎兵への対策は練っていると思うが？」

「たとえ相手がどのような策を弄してこようと、聖女マリアのもとで磨かれ、大英雄フウガ様に捧《ささ》げられた剣たる我らの部隊が切りさいてくれましょうぞ。以前の戦いではあの忌々しい道具（魔封機）を使われ、飛び立つことすらできず歯痒《はがゆ》い思いをしましたが、それは向こうも同じこと。使えば空軍が使えなくなる兵器を使うとは思えませんので、あとはもう強きほうが勝つのみです」

有り余る自信を見せるクレーエ。たしかに歴史的にもグリフォン騎兵は飛竜騎兵《ワイバーン》に対して優位を示してきたし、アミドニア公国との戦争直後のソーマは、帝国の持つこの兵科を警戒もしていた。それにもし仮に滞空中にあの兵器を使われたとしても、ドゥルガと違って翼のあるグリフォンなら、滑空して地上に戻ることもできるだろう。

フウガは少し考える素振りを見せ……やがて頷《うなず》いた。

「……まあ、やってみるがいいさ。行ってこい」

「御意。勝利を我が君に」

そう言ってクレーエは踵《きびす》を返すと、颯爽《さっそう》とその場から去って行った。

その背中を見送った若き俊英カセンが、フウガのほうを見た。

「よろしいのですか？　クレーエ殿は敵を甘く見ているようですが……」

「カセン君に同意ですね。あの自信は危ういかと」

ガテンも難色を示した。するとフウガは肩をすくめた。

「アイツには長年マリアの剣として戦ってきたという自負がある。凝り固まったプライドは一回痛い目をみないかぎり直らんだろう。以前の王国との戦いでは、アイツは戦うこともできなかったからな。あの紅竜城邑に籠もれるのは精々数万。この軍勢の前には寡兵だ。クレーエが勝てればよし。負けても一回くらいならさしたる影響もない。痛い目を見たクレーエがソーマと王国を警戒するようになるならそれもいいだろう」

「まるで勝てると思ってないかのような言いぐさですな」

ガテンがそう言うと、フウガは「ハッハッハ！」と笑い飛ばした。

「嫁ぐ前のユリガからもらってた情報にも、空軍に関することはなかったからな。島形空母やらの情報は入ってきてるのに、空軍に関する報告がないということは、ソーマ側もユリガが機密に触れるのを防いでいたのだろう」

「つまり……なにかある、ということですね」

ムツミの言葉にフウガは頷いた。

「ああ。なにを見せてくれるのか、実に楽しみだ」

愉快そうにそんなことを言うフウガに、その場に居た者たちは頼もしいやら困惑するやらで複雑な顔をしていた。


「報告！　大虎帝国軍からグリフォン騎兵と飛竜《ワイバーン》騎兵が飛び立ちました！　また、地上軍の一部もこの紅竜城邑に攻めかかるべく進軍を開始したもよう！」

物見塔から大虎帝国軍の様子を見張っていた兵士がそう声を張り上げた。それを聞いたカストールとカルラはそれぞれ飛竜《ワイバーン》の背に掛けてある鞍《くら》に跳び乗った。

「フフフ……なんだか久しぶりな感じがしますね。父上」

カルラが笑いながら言うと、カストールも笑顔で頷いた。

「そうだな。主上と戦ったときは俺は居残りだったし、カルラ以上に久しぶりだ」

「空母にいたときには乗らなかったのですか？　飛竜《ワイバーン》は積んでいたのでしょう？」

「忙しくてそんな暇は無かったさ。大勢に指示を出さねばならなかったからな。それに、海に居るときなら飛竜《ワイバーン》に乗るより巡洋艦を乗り回したほうが楽しい」

「海での暮らしを満喫してるじゃないですか……」

自分が王城でセリィナに恥ずかしい目に遭わされているとき、カストールは暢気《のんき》に海を満喫していたのかと思うと複雑な気持ちになるカルラだった。

そんなカルラをカストールは笑い飛ばした。

「慣れると楽しいぞ。この戦いが終わったらお前も遊びに来い。艦をあげて歓迎しよう」

「戦後も空母に居るつもりですか？」

「いまはあそこが第二の家だからな。なんならこの戦いにも持って来たかったくらいだ。メカドラやライノサウルスで牽《ひ》けばいけただろうか？」

「初代の戦艦アルベルトはそれやって廃艦になったんでしょうに。それに、第二の家なんて言ったら、カルルや母上が文句を言いますよ？」

「……いや……アクセラなら次は一緒に付いてきそうなんだよなぁ」

「カルルの苦労はまだまだ続きそうですね……」

そんな軽口を叩いていたそのとき、そのカルルとトルマンが駆け寄ってきた。

「父上、姉上。出撃されるのですね」

「ああ、カルル。空の守りは任せろ。トルマン、カルルと兵たちを頼む」

「承知いたしました」

トルマンが家宰のころのように頷くと、カルラがカルルの頭に手を置いた。

「カルル。いままでよくこの家を守ってくれた。そんなお前だからこそ、この紅竜城邑を託すことができる。どうか私たちの帰る家を守ってくれ」

「はい！　姉上も、ご武運を！」

カルルがカルラから離れたのを見届け、カストールは集《つど》った飛竜《ワイバーン》騎兵隊に向かって声を張り上げた。

「さあ、いまこそ出撃のときだ！」

ここにいる空軍部隊はかつてカストールの下で戦った者たちや、空母ヒリュウに配属されていまなおカストールの指揮の下で戦っている者たちだ。

彼らにとってカストールは頼れる大将であり、信頼できる指揮官だった。

「いまこのときをもって、磨いて来た技量も、秘匿してきた技術も隠し立てする必要はなくなった！　これから俺たちは全力で敵にあたる！　空の戦いの主役が俺たちであることを、敵にも味方にも思い出させてやろう！」

「「「おおおおおお！」」」

カストールの呼び掛けに、彼らは野太い歓声でもって応じた。

その歓声を聞きながら、カストールは右手を高々と掲げて命じた。

「総員！『推進機』を起動せよ！」

カストールの号令に、飛竜《ワイバーン》騎兵隊は一斉に鞍の背後に取り付けられた輪っか状の装置を起動させた。登録名『マクスウェル式推進機・軽量型』こと『ススムくん・マークV・ライト』。アミドニア公国との戦いのあとには開発されていたものの、これまでは国家間戦争が行われなかったため日の目を見ず、精々が星竜《せいりゅう》連峰の嵐の中でハルバートが使用したくらいしかなかったあの兵器が、ついに実戦投入されるときが来たのだ。

「さあ皆さん！　皇帝陛下の剣として、堂々と空を駆けましょう！」

大虎帝国軍の陣地から一斉に飛び立ったグリフォン騎兵と飛竜《ワイバーン》騎兵たちの先頭で、クレーエがそう声を張り上げた。今回、無事に飛び立てたということは、フリードニア王国軍はあの魔法を封じる兵器を使う気は無いのだろう。おそらくは空軍戦力を真っ向からぶつけてくるつもりなのだと、クレーエは判断した。

そして、空軍同士の力比べならば大虎帝国軍が圧倒できると考えていた。

飛竜《ワイバーン》が爆撃機なら、グリフォンは戦闘機だ。大きな翼を持つ飛竜《ワイバーン》は旋回するのに長い時間が掛かるのに対して、グリフォンの翼は小さく小回りが利くので、その二種が正面から激突した場合はグリフォンに軍配が上がる。その分、グリフォンの飛行法のほうが消耗は激しいのだが、そこは味方の飛竜《ワイバーン》騎兵でカバーできるだろう。

また王都パルナムにも守備用の空軍戦力を置いておかなくてはならないフリードニア王国軍は、投入できる飛竜《ワイバーン》騎兵の数も限られている。対していまクレーエ率いる大虎帝国の空軍は王国への侵攻のために連れてきた戦力のほとんどを投入することができた。

数で勝り、質で勝るならば、こちらの勝利は疑いないだろうと。

「報告！　敵も飛竜騎兵《ワイバーン》を出してきました！」

そんな兵士の声を聞いて前方を見たクレーエはほくそ笑んだ。

「やはり！　思ったとおり、敵の数はこちらの半数以下だ！」

紅竜城邑《こうりゆうじようゆう》から飛び立った飛竜騎兵《ワイバーン》の数は、クレーエたちに比べて良くて四割ほどといった数だった。相手が飛び立ったということはあの魔法を封じる兵器が使用される危険性は完全になくなり、また警戒すべきとされた赤い竜騎士の存在も確認できない。

クレーエは勝利を確信した。

「さあ、フリードニアの者たちに、空の主役は誰であるかを思い知らせてあげましょう！あの程度の数など一呑《ひとの》みに「来ます!!」

クレーエが最後まで言い終わらないうちに、兵士の声が被《かぶ》された。

見れば遠くに見えていたはずの王国の飛竜騎兵《ワイバーン》たちがすぐ近くまで来ている。クレーエが驚きに目を見張った頃にはもう、彼らは目と鼻の先にまで接近していた。

「っ！　迎撃を……」「遅い！」

命令を出そうとしたクレーエの横を、王国の飛竜騎兵《ワイバーン》たちがとんでもない速度で通過していった。その声が誰のものだったかもわからない。帝国空軍の飛行編隊に対して、王国空軍はただ真っ直《ます》ぐに突っ込んできた。そしてそれぞれが飛竜《ワイバーン》に息吹《ブレス》（火球）一つ吐かせることなく帝国空軍の中を飛び抜けていった。

結果だけで言うならば〝ただ通過しただけ〟であり、攻撃にもなっていない。

しかし自分たちの常識の何倍もの速さで通過された帝国空軍は、クレーエも含めて誰もが一瞬思考が停止した。また通過した際の強烈な風圧に煽《あお》られて、帝国空軍は編隊を維持できずに大混乱に陥った。

「お、おい！　こっちに近づくな！」

「そんなこと言ったって……うおおお！」

「高度を上げろ！　ぶつかりたいのか⁉」

コントロールを失った飛竜《ワイバーン》やグリフォンが、そこかしこで接触事故を起こし、なかには転落する者まで現れる始末だった。

「っ！　落ち着くのです！　混乱していては敵の思うつぼですよ！」

我に返ったクレーエがそう声を張り上げて皆を落ち着かせようとした。しかし。

「左から攻撃！　来ます！」

兵士のそんな叫びと共に、左側から敵が放ったと思われる飛竜《ワイバーン》の息吹《ブレス》である火球や、矢や、風の魔法などが迫ってきていた。クレーエは咄嗟《とっさ》に叫ぶ。

「総員、防御！」

クレーエの号令に、帝国空軍の兵士たちはそれぞれ防御行動に移った。

息吹攻撃《ブレス》を息吹攻撃《ブレス》で相殺させたり、盾で防いだり、回避に専念したりと、様々な方法で凌《しの》ぎきる。しかし彼らにホッと一息吐《つ》く暇などは与えられなかった。

「く、来るぞ！」

そんな叫びが聞こえたかと思うと、飛んできた火球と同じかそれ以上の速さで、また王国の飛竜騎兵《ワイバーン》が突撃してきた。今回もまた帝国空軍の中を堂々と通過して隊列をかき乱していったが、今度はクレーエもしっかりと相手のことを観察することができた。

(飛竜《ワイバーン》の鞍の後ろになにかを積んでいる!? 仕組みはわからないがアレであの速さを得ているのだろう。小回りの利かない飛竜《ワイバーン》をあえて速度に特化させて、一撃離脱の戦法にて我らと張り合うつもりですか。くっ……小賢《こざか》しい真似《まね》を)

そう考察している間にも王国空軍は遥《はる》か彼方《かなた》まで飛び去っていた。

(とんでもない速さです。ですが、裏を返せばさらに小回りが利かなくなっているということでもある。そこに我らの勝機がある！)

活路を見出《みいだ》したクレーエは声を張り上げた。

「皆さん！　敵の動きに惑わされてはいけません！　ヤツらは速い！　速いですが、急な方向転換はできないようです！　見なさい！　一回の攻撃であんな場所まで飛び去っている！　あれは旋回に要する長い時間に我らの攻撃を受けないよう逃げているのです！」

さすが長年空軍を指揮してきたクレーエ。すぐに推進機の弱点を見抜いた。

「突撃から次の突撃までは時間がかかります！　その間に落ち着き、体勢を立て直すのです！　ヤツらが我らに有効な攻撃を加えるためには近づかなければならないのですから、我らはそれを待って迎え撃てばいい！　少ない移動で迎え撃てば、数で勝る我らの前にヤツらの息が上がるのは必定です！」

「「オオオオ！　」」

クレーエの言葉に帝国空軍も落ち着きを取り戻したようだ。

そして帝国空軍はその場に滞空すると、最小限の旋回行動によって王国空軍を正面に捉え続け、突撃に備えたのだった。

一方そのころ王国空軍では。

「父上！　敵の空軍が落ち着きを取り戻したようです！」

「ああ。敵の空軍にもやり手がいるようだ」

カストールとカルラの親子が、飛竜《ワイバーン》を併走させながらそんなことを話していた。カストールが難しい顔をしながら口元に手を当てて考える素振りを見せた。

「予定ではもっと混乱してもらい、主導権を握り続けるつもりだったのだが……大虎帝国のヤツらは完全に我らを待ち受けて迎撃する構えだな」

「アレに突っ込むのは、騎兵隊で槍衾《やりぶすま》に突っ込むようなものです。勢い次第ではなんとかなるかもしれませんが……痛そうですね」

カルラのそんな言葉に、カストールはフッと表情を和らげた。

「ああ。痛いのはゴメンだな」

カストールはそう言うと、どこか余裕のある笑みを見せた。そして振り返ると、後ろに付いてきている飛竜《ワイバーン》騎兵隊の兵たちに向かって言った。

「ヤツらは、推進機をつけた俺たちは旋回が苦手だろうと判断し、待ち受ける算段のようだ！　通常であれば、その認識で間違っていないだろう！」

するとカストールはニカッと笑って見せた。

「だが、諸君！　我らの部隊はなんと呼ばれているか！」

「「「飛竜機動騎兵隊《ワイバーン》!!」」」

カストールの問いかけに、兵たちは間髪を容《い》れず声を揃《そろ》えて答えた。

「我らの所属は！」

「「「空母ヒリュウ!!」」」

「諸君らを鍛え、率いているのは！」

「「「カストール艦長!!」」」

彼らは島形空母ヒリュウに乗艦していた飛竜騎兵隊《ワイバーン》なのだ。

陸戦の精鋭部隊がハルバート率いる『竜挺兵《ドラトルーパー》』なら、空の精鋭部隊は彼ら『飛竜機動騎兵隊《ワイバーン》』だった。その中でも彼らは空母ヒリュウにてカストールのもとで学び、鍛え上げられ、寝食を共にしてきた信頼できる精鋭たちだった。

彼らの返答に満足したカストールはカルラを見た。

「カルラ！　アレをやるぞ！」

「っ!?……アレですか」

カルラの顔が若干緊張で強《こわ》ばった。そんなカルラにカストールは言う。

「教えておいただろう？　練習はしてきたか？」

「はい。城の飛竜《ワイバーン》を借りて練習はしてきましたが……実戦で使うのは初めてです」

「ハッハッハ！　安心しろ。それは皆同じだ」

「全然安心できる要素がない！……まったくもう」

そう言いながらカルラは気を引き締めた。

カストールがやるというのなら、やるだけだ。しばらく実家からは遠ざかっていたとはいえ、空軍の名門としての誇りはいまもまだカルラの胸の中に残っていた。だからこそ、シアン王子やカズハ王女のお世話の間に『あの技』を練習してきたのだ。

そんなカルラの意気込みを見たカストールは声を張り上げた。

「総員、次の突撃後、アレを使う！　ここが我らの意地と技量の見せ場と心得よ！」

「「「オオオオオ！」」」

空に王国空軍の雄叫《おたけ》びが轟《とどろ》いた。その声は大虎帝国空軍にも聞こえていた。

「仕掛けてきますよ！　総員迎撃準備！」

また突撃してくるであろう王国空軍に対して、帝国空軍は弓矢を構えたり、一太刀浴びせんと武器を構えたり、飛竜《ワイバーン》の口を開けたりして迎え撃つ構えを見せた。来るなら来い。そう言っているかのような帝国空軍に対して、王国空軍はまた突っ込んでいく。

「放てえ！」

クレーエが命じると、矢や魔法や息吹《ブレス》攻撃が王国空軍目がけて飛んで行く。

「なっ!?」

しかし、放った攻撃は王国空軍の下のほうを通過していった。

王国空軍はこれまでの突撃とは違い、帝国空軍に突っ込むような軌道ではなく、その頭上を通過するような軌道をとっていたため、狙いがズレたのだ。頭上を凄《すご》い速度で通過していく王国空軍を見上げながら、クレーエは舌打ちをした。

「チッ……こしゃくな真似を。しかし、ヤツらが反転するにはまた時間がかかるだろう。総員！　ヤツらが反転してくる前に立て直して……」

迎撃準備を命じようとした、そのときだった。

「そう思うよなぁ！　やるぞ！」

カストールの号令に、カルラをはじめとする王国空軍は推進機を切ると、飛竜《ワイバーン》の長い首と尻尾を、まるでカウボーイが投げ輪を回すかのようにグルグルと回しはじめた。

すると飛竜《ワイバーン》の身体《からだ》は残っていた運動エネルギーによって移動はするものの、減速しながら体が反対方向へと向き出した。空中での反転である。

これはネコが背中から落下しても、空中で反転して両足で着地できる方法とおなじである。身体を捻《ねじ》るだけでは空中で方向転換はできないが、首や尻尾を回すことによって、身体を回転させることができるのだ。そして飛竜《ワイバーン》の身体が反転し、勢いが殺されてきたタイミングでカルラは推進機を起動させた。

「ぐっ！」

カルラは全身にいままで味わったことのない圧力を感じた。

その圧力に苦悶《くもん》の表情を浮かべながらも耐えきったころには、再び帝国空軍に向けて飛んでいた。カルラだけでなく、カストールや他の飛竜《ワイバーン》騎兵たちもすでに帝国空軍への再突撃の準備を整えていた。

この旋回方法は、飛竜《ワイバーン》機動騎兵隊の間で『カストール・ターン』と呼ばれている。

通常の飛竜《ワイバーン》でもできないことはないのだが、逆方向への再加速の手段がなければ無防備な時間を晒《さら》すだけであり、最悪揚力を得られずに落下する危険があるため、これまで試みられることがなかった戦法だった。しかし、推進機という再加速の手段を得たことで、カストールの発案の元、秘《ひそ》かに空母内で研究されていた戦法だった。

見れば帝国空軍はまだ反転しようとしている途中だった。

すでに反転、再加速している王国空軍に対して、がら空きな背中を晒している。

「掛かれえ！」

カストールの号令と共に、王国空軍は帝国空軍の背後から襲いかかった。

基本的に空軍の兵科は前方への攻撃にのみ特化しており、背後から急襲された場合、逃げるか躱《かわ》すかしか選択肢がない。弓も魔法も後ろに向かっては撃ちづらく、飛竜《ワイバーン》の息吹《ブレス》攻撃も後ろには打てない。陸軍などのようにその場で即時反転もできないため、後ろに付かれればなんとか逃げ切って方向転換をしないかぎり反撃もできないのだ。

「なっ!? 背後からだと!?」

「バカな！　飛竜《ワイバーン》の旋回能力を超えているではないか！」

「くっ……なんとか躱すんだ！」

背後からの急襲を受けた帝国空軍は大混乱に陥った。

なんとか振り切ろうと加速してみたり、左右に動いてみたりとそれぞれ対処するのだが、それがかえって隊列を乱し、接触事故を誘発して混乱を加速させていった。それでも精鋭であるグリフォン騎兵たちは少ない動きで王国の飛竜《ワイバーン》騎兵を回避する。

「落ち着きなさい！　敵の奇策に惑わされてはなりません！」

場を落ち着かせようと声を張り上げたクレーエだったが、そんなクレーエにも一陣の風が襲いかかった。

「貴様が指揮官とみた！　その首、もらい受ける！」

飛竜《ワイバーン》を駆るカルラの強襲だった。

一撃でクレーエの首を狩り取ろうと、高速接近と同時に剣を振るう。しかしクレーエはそれをグリフォンをわずかに傾けるだけで回避した。

「なっ！」

「愚かな！　動きが直線的すぎるのです！」

クレーエは通り過ぎたばかりのカルラに向かって、グリフォンの鞍《くら》に取り付けていた短刀三本を風の魔法で強化して投げつける。カルラの背後から三本の短刀が迫り、一瞬にして攻守が逆転していた。

「くっ！　頼む、飛竜《ワイバーン》！」

カルラは先程と同じようにターンを決めつつ、振り向きざまに放った飛竜《ワイバーン》の息吹《ブレス》攻撃で迫ってきた短刀をまとめて打ち落とした。そして再加速しようとしたところに、クレーエのレイピアが迫っていた。

「加速される前ならば！」

「このっ！」（この男、できる!?）

カルラが剣を抜いて迎撃しようとしたそのときだった。

「……っ!?」

クレーエの頭上から炎の魔法が飛んできたため、クレーエは咄嗟《とっさ》にグリフォンを止めた。

そしてカルラとクレーエの間をサッと赤い影が通り抜ける。

カストールと相棒である赤い飛竜《ワイバーン》だった。二人の間を降下していったカストールは地面方向に推進機を向けてターンを決めると、再び二人の間まで昇ってきた。そこで二人の姿をじっくり見たクレーエは、ようやくその正体に気が付いた。

「半竜人《ドラゴニュート》……バルガス家の者ですか」

「ああ。いまは家名もない、ただの半竜人《ドラゴニュート》だがな」

カストールがそう言うと、カルラも頷《うなず》いた。

「私も同じですが、バルガス家を守りたいという思いは変わりません」

「そういうことだ。元グラン・ケイオス帝国の空軍大将、クレーエ・ラヴァル」

カストールもカルラもクレーエのことは知っていた。

ソーマたちから空軍戦力で最も警戒すべきは、フウガ・ハーンを除けばクレーエだろうと聞かされていたのだ。彼の元上司であるマリアからも「少々自惚《うぬぼ》れが強く、独自の美意識を持つ方ですが、武将としての腕は確かです」と注意を促されていたのだ。

「聖女マリアの剣が、いまはフウガの犬に成り下がっているのか？」

カストールが挑発するように言うと、クレーエの目が怒りに燃えた。

「その敬愛すべき聖女を、ただの女に堕落させたのは貴方《あなた》たちではないですか！　私はあの方が全人類の前に旗を持って立ち、導く姿を見ていたかったのに！　ソーマ王との出会いによって、あの方はただの一人の女に成り果ててしまった！」

「なにを勝手なことを！」

クレーエの言いように、カルラは目を怒《いか》らせた。

「そんなのは貴様の理想を押し付けただけではないか！　マリア妃の生き様を決めるのは彼女自身だ！　これまで人に望まれるままに生きてきた彼女よりも、いまの彼女のほうが輝いている！　なぜそれがわからん！」

「……そうだな。いまのマリア妃はとても活《い》き活《い》きとしているよ」

カルラの言葉に、カストールも同意した。

「弱者救済のために飛び回る彼女は、荒れ地で泥にまみれながらも美しい。知ってるか、クレーエ。いまの彼女は人々から『フリードニアの天使』と呼ばれてるんだぞ」

「天使！　おお！　そう、そうなのだ！」

するとクレーエの顔が怒りから喜色に変わった。

「私が、あの方の敵に回ったことで、彼女は輝きを取り戻した！　国を失い、女皇としての地位を失い、覇気のない王のもとに嫁ぐことになろうとも、彼女が輝きを失わないのは、それらの苦難を乗り越えたからなのです！　つまり私はあの方に苦難を与えるため、天に魔王の役割を与えられたものなのです！」

「……なんだ、こいつ。常軌を逸している」

クレーエの言葉にカルラは嫌悪感を覚えた。

自分だけの美学、自分の脳内にある物語に都合が良いように世界を見ている。人である以上、自分の価値観で世界を見てしまいがちだが、彼の場合は度が過ぎているように思える。本当にそうだろうか、と疑う気持ちがまったくない。

彼だけの物語に浸る姿は、他人には気色悪く見えるのだ。

「これでも一応、純粋無垢《じゆんすいむく》ってことなんだろう」

「父上？」

理解を示すようなカストールの言葉に、カルラが訝《いぶか》しげな顔をした。

そんなカルラにカストールは苦笑しながら言った。

「以前の俺たちも似たようなものだった。武人としての矜持《きようじ》や、アルベルト王への忠誠などにとらわれ、頑迷であったために多くの者に迷惑をかけ悲しませたろう？」

「……そうですね」

ゲオルグの謀反劇のときのことを思い出したのだろう。

カルラも身につまされているようだった。カストールはクレーエに言う。

「俺たちがやってるのは、貴様らの大将が引き起こした戦争だ。主への忠誠だとか、友誼《ゆうぎ》だとか、武人としての矜持だとか、美学だとか、将来のためだとか……そんな綺麗事《きれいごと》を並べて目を逸《そ》らしていても、地面には死体の転がる凄惨な光景があるだけだ。凄惨な現実から目を逸らしていれば、本当に守るべきものを傷つけることになる」

実感のこもった言葉ではあったがクレーエには届かなかった。

「黙りなさい！　私は、私に与えられた役割を果たすのです！　フウガ様やマリア様のような偉大な方々を輝かせるためならば、私はどんなに汚れた役でも演じましょう！」

クレーエの叫びに、カストールは眉をひそめた。

「偉大な主君への敬愛が深すぎて、他の価値観が見えていないのか。誰か、家族や思い人でもいれば違ったのかもしれないが……」

「黙れと言っている！」

斬りかかってくるクレーエの攻撃を、カストールは加速して躱した。

「カルラ！　再加速の隙を狙われないよう、連係してあたるぞ！」

「はい！　父上！」

カストールの呼び掛けに応えたカルラは、クレーエに接近して剣を伸ばした。

クレーエはカルラの攻撃を回避し、その背中を襲おうとするが、その前にターンを終えて加速したカストールに接近されて、その攻撃を回避する。そしてその隙にターンを終えたカルラが接近してきて、クレーエはその攻撃を防ぐ……という繰り返しとなった。

それでもさすがは強者、クレーエは猛者二人の攻撃をいなし続けていたが、その間は手が離せなくなり、混乱した帝国空軍を立て直すことができなくなった。こうして数で勝るはずの帝国空軍は、少数の王国空軍に抑え込まれる形になったのである。


空で大空中戦が行われている一方で、地上では大虎帝国の陸軍部隊が紅竜城邑《こうりゅうじょうゆう》へと攻めかかっていた。山の中腹にある都市部は防御は堅いが、大虎帝国軍は数と勢いで攻めかかっていた。空の戦いは劣勢ではあるものの、それでも制空権を渡すまでにはいたって居らず、上から王国空軍の爆撃を受けることなく帝国陸軍は城壁へと攻め寄せていた。

そしてそんな自軍の様子を本陣から見ていたフウガは、隣に立ったハシムに言った。

「あの城……紅竜城邑だったか？　アレをソーマは攻略したことがあるんだよな？」

「御意。陸軍大将ゲオルグ・カーマインの反逆の際に」

ハシムはしれっとそう答えた。フウガは腕組みをしながら唸《うな》った。

「堅そうな城だが、あの戦い嫌いのソーマは落としたんだろう？　陸上で戦艦を使ったって話だが、どこかにころがってないかねぇ」

愉快そうに言うフウガに、ハシムと傍《そば》に居たムツミはやれやれと嘆息した。

「旦那様といると緊張感が削《そ》がれますね。気は楽になりますが」

「そう言うなムツミ。本陣待機ばかりさせられて退屈なんだ」

まるで物見遊山《ものみゆさん》にでも来ているかのようなフウガの様子に、ハシムも溜息《ためいき》を吐《つ》いた。

「……残念ながら、すでに撤去されたようですね。ライノサウルスで無理矢理地上を引っ張ってきたようで、使用した戦艦アルベルトは廃艦扱いとなっているとのこと」

ハシムの言葉にフウガは「そりゃあ残念だ」と笑ったのだった。


一方、そのころ。紅竜城邑の城壁ではカルルが戦場を見つめていた。

先のソーマとカストールの戦いのときには、彼はエクセルのラグーンシティに預けられていたため、これが彼にとって初めて見る戦場だった。

まだ背丈が足りずに当主が着るべき鎧《よろい》などは着られないカルルだが、それでも付与魔術によって強化された服を着込んで城壁に立っていた。

眼下には紅竜城邑を攻め落とそうとする大虎帝国の大軍。あの人数が、自分たちバルガス家を滅ぼそうと、自分の首を取ろうと迫ってくる。その恐怖に足が竦《すく》みそうになりながらも、それでも彼は当主としてここに立っていた。

「……カルル様。城内で待っていてもよろしかったのですが」

そんなカルルを気遣うように、隣に立ったトルマンが言った。

しかしカルルは静かに首を横に振った。

「いいえ。ここに居させてください。実際に指揮を執るのはトルマン殿ですが、僕は当主として見届けなければなりませんから。父上や姉上、母上だって戦ってるんですから、戦えない僕は責任を背負うことでしかこの家を守れないのです」

謀反の家系というレッテルを貼られていた時期にも、トルマンや母アクセラに支えられてバルガス家の当主であり続けたカルルは、肝はまだ小さくとも忍耐強さを持っていた。

そんなカルルの姿を見て、元家宰のトルマンは満足そうに微笑《ほほえ》んだ。

「ご安心を。彼《か》の者たちに、この家を好きにはさせませんよ」

そしてトルマンは帝国陸軍を迎え撃つべく、腕を振るったのだった。


大虎帝国の陸軍が紅竜城邑に攻めかかった。

王都パルナムまで攻め落とすべく集められた大軍が、紅竜城邑を一息に攻め落とさんと坂道を上っていく。帝国陸軍の士気は高かった。

フウガの覇権が決まると言っても過言ではないソーマとの戦争は、おそらく大きく立身出世できる最後の機会になるだろうと皆感じていたのだ。

ソーマとフリードニア王国が難敵であることがわかるからこそ、ここさえ降《くだ》してしまえばあとはもう消化試合になる。海洋同盟に所属する各国も、盟主であるフリードニア王国が陥落した後も反抗し続けるようなことはないだろう。そうなればもう帝国将兵たちの出世の機会はないだろう。

つまりこの戦争が功名をあげる最後の機会であるため、大虎帝国の将兵たちを突き動かしていたのだ。加えてここまで抵抗らしい抵抗を受けず、別働隊を派遣しようとすれば巧《うま》く防がれて、将兵たちに鬱憤がたまっていたということもある。

クレーエほど病的ではないにしても、英雄フウガのもとで後世にも語り継がれるような戦がしたいというのは、大虎帝国軍の誰しもが少なからず抱いている思いだった。

そんな高い士気を持っていた大虎帝国軍だったが、カセンやガテンのような勇将と東方諸国連合時代からの主力部隊は後方に控え、先頭で攻めかかるのは傭兵《ようへい》や難民兵、新参である旧メルトニア王国と有名無実と化したフラクト連邦共和国の兵など、出世欲は旺盛だが失っても痛くない戦力だった。

この戦争では時間はソーマたちに味方するため、フウガたちも紅竜城邑が簡単に落ちないとわかれば、抑えの兵を残してパルナムに向かうことを考えていた。

それを探るための総攻めで主力部隊が損耗しないようにと後方に下げていたのだ。

規律のとれた精鋭が後方にいるかわりに、攻めかかるのは我欲の塊であり野盗と変わらぬような兵たちだ。もし、彼らが紅竜城邑の都市内へと流れ込めば、立ち所に略奪・暴行・虐殺などが行われ、この都市は修羅の巷《ちまた》と化すだろう。

それを防ぐためにも、紅竜城邑側の守備兵たちは必死に抵抗した。

攻め上ってくる帝国軍の将兵たちを、高い都市城壁の上から弓矢や魔法などを降らせて迎撃する。そんな中……。

「残念ながら、貴方たちに差し上げられるものは多くありませんの」

城壁に立った額に一本角を生やした青い髪の半竜人《ドラゴニュート》が、眼下に群がる帝国軍を眺めながらそう呟《つぶや》いた。エクセルの娘、カストールの妻、カルラとカルルの母であるアクセラ・バルガスだった。久方ぶりに海軍服に袖を通した彼女は、手を高々と掲げた。

「差し上げてもいいものといえばこれくらいですわ……総員！　撃ちー方はじめ！」

「了解！　撃ちー方はじめ！」「撃ちー方はじめ！」「撃ちー方はじめ！」

海軍式の号令が伝播《でんぱ》し、城壁を乗り越えようと梯子《はしご》を掛けたり、攻城兵器の準備をしていたり、城壁の上の兵を攻撃するべく矢や魔法を放つなどしていた帝国軍に、カノン砲と狛砲《はくほう》から放たれる。

ボボボ（ドンッ！）ボボボ（ドンッ！）ボボボボボン!!

小型大砲である狛砲の無数の破裂音の中に、カノン砲の重く大きな発射音が響く。

そして群がる帝国軍の頭上から、鉄の塊が雨のように降り注いだ。

ドガッ、バキッ。

「ぐほっ……」「うわあああ!?」

握りこぶし大の鉄の塊、または砲弾が降り注ぎ、帝国軍の鎧や兜《かぶと》を砕き、梯子や攻城兵器を破壊していった。アクセラの母エクセルは娘夫婦や孫たちのいる紅竜城邑を守るために、海軍が保有するありったけの火薬兵器を貸し与えていた。一都市を守るにしては過剰なほどの砲弾が大虎帝国軍に浴びせかけられる。

ただ、大虎帝国軍の数は圧倒的であり、砲弾によって何人の兵士が死傷したとしても、すぐに代わりの兵が城壁へと群がっていた。

まるでパンデミック映画のゾンビさながらに攻め寄せる帝国軍に対しては、いくら火薬兵器で粉砕してもキリがなく、城壁はどこも互角かジリ貧のようになっていた。

(フウガのもとで一花咲かせたいという思いは、これほどまでに強いものなのですね)

アクセラは城壁から戦況を見つめて、そんなことを思った。

(いくら味方が近くで傷つき倒れようと、意に介さずに攻め続けられるほど人を駆り立ててしまう。フウガ・ハーンを打ち破るためには、ただ勝てば良いというわけではない……と陛下はお思いのようですが、これが理由なのですね)

フウガの大望に魅せられた者たちは、フウガがカリスマ性を失わない限りは立ち上がり、何度でも攻めかかってくる。この城壁の光景がまさにそれだ。一度や二度勝ったからといって、フウガのカリスマ性が健在なかぎり、帝国軍は諦めてはくれない。

もし、フウガがここで討たれたとしても、その恨みの火は人々の中に残り、跡を継ごうとする者を生み出して世界を荒らし続けるだろう。

そうならないために……フウガに完全に勝ち切って禍根を残さないために、ソーマたちはただひたすらに準備を進めてきたのだ。この紅竜城邑に対しても。

（……だからこそ、アレを用意していた甲斐《かい》があるというもの）

アクセラは振り返ると、背後に控えていたフードの人物たちに言った。

「相手の士気を挫《くじ》くには意表を衝《つ》く必要があります。お二人の力をお貸し下さい」

するとニ人の人物はアクセラのもとへと歩み寄った。

「だってさ。ボクらの出番みたいだよ。メルメル」

「メルメル言うな。……まあ、そのために避難先のヴェネティノヴァから呼び出されたんでしょ。これで出番がなかったら無駄足も良いところだわ」

そう言ってフードを取ったのはタルとトリルが帰国したことで、王国技術部門の2トップとなっているルドウィンの妻にして超科学者《オーバー・サイエンティスト》のジーニャと、ハイエルフのメルーラだった。二人はソーマによっていち早くヴェネティノヴァまで避難させられていたのだが、アクセラからのとある依頼を受けてこの紅竜城邑までやってきたのだ。

ソーマとルドウィンなどは二人が最前線となる紅竜城邑に行くことに難色を示したが、依頼の内容に興味を掻《か》き立てられた二人の熱意と、エクセルを味方に引き込んだアクセラの説得により、ソーマたちも折れて許可を出したのだった。二人にアクセラは言う。

「アレを出します。準備をお願いします」

「うん。了解。でも、実際動かすのはボクらじゃないけどねぇ」

ジーニャが普段と変わらない軽い調子で言うと、メルーラも頷《うなず》いた。

「私たちの仕事は〝アレ〟の改造ですからね。実際に動かすのはソーマ殿と、ジーニャの操るゴーレムですか。そういう意味ではジーニャも動かしてると言えるのでは？」

「そうかも。それじゃあ待機させてるゴーレムを通じて〝王様の意識〟に連絡を送るよ」

ジーニャの言葉を聞き、アクセラは頷いた。

「お願いします。……さあ、そのためにも場を盛り上げるとしましょうか」

アクセラはそう言うと、伝令兵とジーニャに告げた。

「伝令は待機させていた楽隊に演奏を開始するように指示を！　ジーニャさん、音楽と共にアレを動かすよう陛下にお願いしてください！」

「はっ！」「了解了解～」

伝令兵が走り去っていくと、しばらくして城壁から音楽が聞こえて来た。

勇ましく、高揚感のあるメロディー。

そのメロディーをフリードニア王国側の将兵たちは知っていた。それはとある特撮番組で使用されていた曲であり、きっと士気高揚のために掛けた音楽なのだと思った。

リアル歌合戦などで歌が魔法を強めるということが周知されていたからだ。

逆に大虎帝国側の将兵たちはそのメロディーを知らなかった。

敵が士気高揚のために掛けた音楽なのでは、とは推測できたとしても、この曲の意味を理解できたものはいなかった。だからこそ、度肝を抜かれることになる。

「さあ、皆さん！　一緒に歌ってアレの登場を盛り上げましょう！」

さながらマーチングバンドの先頭を行く指揮者のように、アクセラは手を上げた。

その瞬間、流れるメロディーに乗って、歌声が聞こえて来た。歌っているのは紅竜城邑《こうりゅうじょうゆう》の老人や子供や女性たちなどの非戦闘民だった。城壁の内側で、それぞれの家で身を潜めていた彼ら彼女らに、アクセラはこの曲が流れてきたら歌うように指示を出していたのだ。

――その曲とは……。


『煌《きら》めく覇竜メカドラ 重装甲ver.』（作詞ソーマ・カズヤ／作曲ジュナ・ドーマ）

艦の魂　身に宿し　煌めく鋼のその装備♪

ピンチのときにはその名を呼べ　世界の守り手がそびえ立つ♪

パイル！（ドライバー！）テイル！（ドリル！）敵を裂く～♪

ドラゴン！（カノン！）背部！（連弩砲《れんどほう》！）敵を撃つ～♪

煌めく覇竜　メ・カ・ド・ラ～♪


特撮番組『超人シルバン』において、シルバンが操る巨大な機械竜メカドラのテーマソングだった。そしてその歌声に呼応するかのように、山の中腹にある森の中から、そのメカドラが姿を現した。ただし、以前にオオヤミズチと戦ったときとは様相が異なっている。機械竜の鋼鉄の追加装甲が施され、まるで鎧《よろい》を着ているかのようだった。

それだけでなく、身体《からだ》の至る所に戦艦用のカノン砲や対空連弩砲などの射撃兵器が装着されている。まさに『フルアーマー・メカドラ』といった風体だった。

さながら戦艦を鎧として纏《まと》っているかのような装いだが、その認識はある意味正しい。なにせこの追加装甲にはかつての戦いで廃艦となった戦艦アルベルト（初代）が素材として使われていたからだ。

その偉容を見て、王国軍の将兵は歓声をあげ、帝国軍の将兵は絶句していた。

そんな歓声を聞きながら、ジーニャはニシシと笑う。

「世界が解明されたことで、メカドラに使われている骨は星竜《せいりゅう》連峰とは無関係だということが判明したからね。これで心置きなく改造できるってものさ」

「まあ、骨を兵器として利用すると外聞が悪いのは相変わらずですけどね」

メルーラがやれやれと肩をすくめた。二人のやり取りにアクセラはクスリと笑う。

「まあ、使えるものはなんでも使うが陛下の流儀のようですし、我が家を守るためにもメカドラさんには頑張って貰《もら》いましょう」

そんなアクセラの言葉に呼応するかのように、メカドラは吼《ほ》えるような仕草をするとノシノシと城壁に群がる帝国軍へと歩き出した。

「な、なんだアレは!?」

「そんな！　魔族や魔神は居ないんじゃなかったのかよ！」

「ば、化け物だぁ!!」

突如出現した重装甲の機械の竜《ドラゴン》に、紅竜城邑の城壁へと攻め上っていた大虎帝国軍が狼《ろう》狽《ばい》していた。中にはメカドラの姿を見ただけで、城壁を登ろうと掛けた梯子の上から転落する兵もいたほどだ。まだ攻撃を受けてもいない段階からこれほどまでに狼狽しているのは、帝国軍にはシーディアンとの戦いの記憶が残っていたからだ。

帝国軍は北の果てで巨大な機械兵器と戦闘になり、星竜連峰などの力も借りて辛くも勝利したものの、その被害は甚大だった。またあのような光の奔流によって消し飛ばされるのではないかと思ってしまったのだ。すると、メカドラは前足を地面に付けると、背中に搭載した戦艦用の大砲を大虎帝国軍のほうへと向けた。

ドンッ、ドンッ！

すると、その大砲から放たれた砲弾が、門の前に運び込まれようとしていた衝車などの攻城兵器を破壊した。その衝撃で数名の兵士も吹っ飛ばされ、混乱に拍車を掛けることになる。そうして混乱すればするほど城壁からの攻撃も通りやすくなり、もはやどちらが攻めている側なのかわからない状態になっていた。そんな帝国軍が右往左往している様子を、ジーニャとメルーラが城壁の上から見ていた。

「うん。うまく砲弾の装塡ができてるみたいだ」

「砲撃を行っているのは貴女《あなた》のゴーレムなのよね？」

メルーラの問いかけに、ジーニャは頷いた。

「そうだよ。メカドラを動かしているのは陛下の意識の一つだけど、砲弾の装塡、照準合わせ、発射はボクが命令して行っている」

「相手がうまいこと混乱してくれてるから良いけど、これって陸上で戦艦を使うのとあまり変わらないわよね？　メカドラ自体、対人戦闘には向かない兵器だし」

メルーラの指摘どおり、メカドラは動きが鈍重で、攻撃手段の限られる怪獣一匹相手ならば相撲を取ることもできる。しかし装甲は戦艦程度なので、もし帝国軍が落ち着きを取り戻して集中攻撃を加えてきたとしたら、長くは持たないであろう。

「そうだね。だから奇をてらうくらいの意味しかないだろうね」

ジーニャはあっさりとそう言ってのけた。

「この紅竜城邑は渡せない。かといって素通りされてパルナムに直行されるのも困る。何日かはここで引きつけたいところだし、注目を引くならメカドラは便利だ。コレを放置しての進軍は困難だ……とでも、敵さんが思ってくれれば良いんだけどね」

「……そう旨《うま》くいくでしょうか」

メルーラが心配そうに見つめる大虎帝国軍の本陣では、フウガが愉快そうに笑っていた。

メカドラは大きいため、遠く離れた本陣からでもその姿は見て取れた。

「あれがユリガの言ってた機械の竜《ドラゴン》か！　なかなかに格好《い》いじゃないか！」

「……旦那様は好きそうですよね。ああいうの」

ムツミが呆《あき》れたように言うと、フウガは「まあな」と頷いた。

「何年も前のユリガの報告では九頭龍《くずりゅう》諸島での怪獣退治に機械の竜《ドラゴン》を使ったと言ってい

たが、あれがそうか。どういう仕組みで動いてるんだろうなぁ」

「そんなことより良いんですか？　味方が混乱しているようですけど」

ムツミがそう言うと、フウガは「う～ん」と顎鬚《あごひげ》を撫《な》でた。

「だが、魔族……シーディアンだったか？　アイツらを守っていた巨大キノコに比べると危険な感じはしないな。あの光の攻撃を放ってくるわけでもない」

「御意。あの兵器はそこまで脅威ではないでしょう」

ハシムはそう言うと、伝令兵に向かって言った。

「前線の将兵に見た目に欺《だま》されぬよう伝えなさい。あの竜《ドラゴン》の攻撃は砲撃くらいでしょう。悪路でも使える攻城塔のようなものなのだから、落ち着いて対処するように、と」

首肯した伝令兵が前線に向かって走り去るのを見送り、フウガがハシムを見た。

「それで、お前の目から見てこの都市は落とせそうなのか？」

「それなりの被害を覚悟し、時間を掛けてもいいのならば」

そう言いながらハシムは肩をすくめた。

「ですがこの都市に時間を割けば割くほど、ソーマを利することになるでしょう。フウガ様の言うとおり、なにか策を巡らしているのであれば尚《なお》のこと」

「……まあ、そうだろうな、それで、どうする？」

「抑えの兵を置いて、さっさと先に進むべきかと。おそらく、それがいまもっともソーマが嫌がることでしょうからな」

「戦場では敵の嫌がることをすることが、勝利への道か」

そう言うとフウガは頷いた。

「わかった。紅竜城邑を攻撃中の地上部隊は、ただちに攻撃を中止し退《ひ》かせろ。空軍部隊はそのまま牽制《けんせい》し、敵が退くようならば戻ってくるように伝えてくれ」

「承知しました」

ハシムが出て行くと、フウガは腕組みをしながら遠くで暴れているメカドラを見つめた。その目は楽しそうであり……同時にどこか淋《さび》しそうでもあった。

そのことに気が付いたムツミが声を掛けた。

「どうかしましたか？　旦那様」

「ん……いや、ソーマとの戦はいろんなもんが出てきておもしろいなぁと思ってな」

「それにしては……どこか浮かない様子でしたが？」

「……まあ楽しいんだが……そう長くは楽しめんだろうなと思ってな」

フウガは小さく笑った。

「俺が勝とうが、ソーマが勝とうが、これほどの戦いはしばらくは起こらないだろう。俺が勝てばこの大陸の人類国家を制覇できるし、ソーマが勝てば海洋同盟のような緩い連合体が形成される。そうなればもう大きな戦いは必要ないからな。血湧き肉躍るような……熱い時代の終焉《しゆうえん》が近づいているのを感じてしまう」

「……ユリガさんのアレが原因ですか？」

ムツミの問いかけに、フウガは苦笑しながら頷いた。

「それもある。アイツとの最後の会談で、俺は……夢に時間制限を付けられたからな」

「……ユリガさんは、止めたかったんでしょうね。止めて、次へと進めるように」

事情と二人の心情を知るムツミがそう言うと、フウガは前を見つめた。

「たとえそうだとしても駆け抜けるだけだ。この時代に答えを出すためにもな」

「不器用ですよね」

「自分でもそう思うぞ」

そう言って二人は寄り添いながら、退却してくる自軍の兵士たちを見ていた。

第十章　分かち合う痛み

「俺たちには紅竜城邑攻略に時間を掛けている暇はない」

その日の夜。フウガは主立った将を呼び集めて言った。

「フリードニア王国にはソーマをはじめとして、策謀を巡らす者が多い。ヤツらに時間を与えては、こちらにとって看過できないような策を用意されるおそれがある。それを防ぐには、アイツらの予想を上回る速さで、アイツらの喉元に食らいつく必要がある」

「つまり紅竜城邑は捨て置くということでしょうか？」

ガテンの問いかけに、フウガは頷《うなず》いた。

「そうだ。背後を突かれぬよう抑えの兵はおくがな。……クレーエ」

「はっ！」

呼び掛けられたクレーエが進み出た。

「王国の飛竜《ワイバーン》騎兵と戦っただろう？　防ぐことは可能か？」

「はっ！　ヤツらが持っている空中へ加速するための装置は厄介ですが、使用者に相当な負担を強いる物だと思われます。あまり長時間の使用には適さない装備のようですので、粘って相手の消耗を待つ戦いをするなら、制空権はとれないまでも、後背を突かせないことはできましょう。どうかこの私めにお任せ下さい」

クレーエの目には強い意志が宿っていた。昼間に王国空軍に空で翻弄されたことで、空戦のスペシャリストとしてのプライドを刺激されたのだろう。

次は絶対に勝つ。そんな覚悟のこもった言葉に、フウガは頷いた。

「それではクレーエ将軍に旗下の空軍部隊と陸軍一万を預ける。紅竜城邑《こうりゅうじょうゆう》の兵たちが我らの後背を突こうとするならそれを防ぎ、撃破しろ」

「はっ！　承知いたしました！」

こうしてフウガは紅竜城邑の軍勢への対処をクレーエに任せ、自身は大虎帝国軍の本隊を率いて王都パルナムへと向かうこととなった。もう王都への道を防ぐような都市はなく、ついにフウガとソーマの直接対決が行われる……そう思っていた。

しかしここで、ソーマも予想していなかった事態が起こるのである。

◇◇◇

パルナム城の政務室。ここで俺は今日も今日とてデスクワークをしている。

戦争の最中であっても書類仕事はなくならない。

むしろ戦争中だからこそ必要な書類の枚数も増えて、俺はリーシアとユリガに手伝ってもらいながら積まれる書類と向き合っていた。戦略と軍の指揮は軍師ユリウス、総大将エクセル、ルドウィン付きの参謀カエデなどに任せているため、書類仕事に集中しても問題ないのだが、かといって戦況が気にならないわけがない。

いまこのときも我が国の将兵たちが血を流しているのだ。

備えを整えていたとはいえ、なにか不測の事態が起きてはいないかと、不安を抱えながらの仕事はかなり辛《つら》い。子供たちという癒やしがいないいまはとくに。

「陛下。大虎帝国軍は紅竜城邑を一日攻めただけで諦めたらしいです！　抑えの兵だけ残して真《ま》っ直《す》ぐパルナムへと向かって来る模様！」

「ユリウスたちもいつでも迎え撃つ準備はできてるって言ってるわ」

政務室へと駆け込んできたアイーシャとナデンがそう報告してきた。

上空で見張っているセリィナたちから伝書クイが届いたのだろう。

俺は持っていた羽根ペンを置いた。

そうか……フウガたちは紅竜城邑攻略に固執したりはしなかったか。

「想定の中では最悪に近いわね。少なくとも二、三日は様子を見ると思ったのに」

リーシアがそう言うと、ナデンがフンと鼻を鳴らした。

「諦めが良すぎぎよ。大虎帝国軍って根性がないわけ」

「いえ、おそらく時間稼ぎされるのを嫌ったのでしょう。それが参謀ハシムの献策なのか、お兄様の野性の勘なのかまではわかりませんが」

ユリガがそう推測した。

いまこの部屋に居るのは俺、リーシア、アイーシャ、ナデン、ユリガの五人だ。

王都に残っている嫁さん全員が集まっていることになる。

「アレの準備が遅れてるからな……あともう少しだと思うんだけど」

俺は溜息《ためいき》を吐《つ》きながら、政務室に飾ってある神棚に向かって言った。

「マオ。準備のほうはどうなっているだろうか？」

『まだもう少しかかります』「うわっと!?」

いきなり室内に現れて返答した映像のマオに、ユリガが後ずさった。

リーシアたちは驚かなかったけど、ここらへんは付き合いの長さによる慣れだろう。ユリガもこの国に来て長いけど、フウガと袂《たもと》を分かったことですべての情報が開示できるようになったのは割と最近だからな。慣れるにはもう少し掛かりそうだ。

「進捗としてはどのくらいだろうか？」

『九割以上です。〝素材〟はすでに集まっていますので、今日明日にでも完成させられると思いますが、それを各地に〝転送〟させるのにはさらに時間を要します』

「……タイミングとして、本当にギリギリだな」

マオの返答を聞いて、俺は肩を落とした。せめてフウガがパルナムに迫る前に完成させておきたかったのだけど、どうやらそれも難しいらしい。俺はマオに引き続きの作業をお願いして帰って（映像なので消えるだけだが）もらった。

俺は政務椅子にもたれ掛かりながらフーッと長い息を吐いた。

「もう少しもたついてくれたら良かったのだけど……」

「紅竜城邑は陥落させちゃいけない重要な場所だから、万全に守りを固めていたけど……カルラたちにもう少し苦戦を演出するようお願いするべきだったかしら？」

リーシアの言葉に俺は首を横に振った。

「いや、手を抜いて守り通せるほど、フウガも大虎帝国軍も甘くないだろう。少しでも油断を見せれば紅竜城邑を落とされ、とんでもない被害が出る恐れがある」

「……そうね」

「フウガ殿とドゥルガのコンビならば単騎で城攻めさえ可能でしょうからな」

アイーシャも腕組みしながらそう唸《うな》った。人の身でありながら竜《ドラゴン》族なみの雷撃を放つフウガと、高い機動力を発揮するドゥルガの組み合わせは脅威だ。

ろくに備えのない砦《とりで》ならば、単騎で城門を破壊するくらいやってのけるだろう。そんなフウガの暴威を封じるためにはとにかく防御をガチガチに固めて、相手に「もしもここを攻めて、フウガになにかあったらどうしよう」と思わせる必要がある。

俺は椅子から立ち上がると四人に言った。

「とにかく、紅竜城邑からパルナムまでの間には防御可能な場所はないんだ。フウガたちはすぐにでもこのパルナム近くまでやってくるだろう。エクセルたちはすでに迎え撃つ準備をしているだろうが、俺たちも行くとしよう」

「ええ」「はっ！」「合点承知！」「はい」

リーシアたちもそれぞれ頷いた。ついにフウガと直接相見《あいまみ》えるときが来た。このときの俺はそう思っていたのだけど……ここで一つ、予想外の事態が発生する。

フウガたちが紅竜城邑攻略を早々に諦め、パルナムへと向かっているという報告を受けた次の日。ある報告を聞いた俺は王城内の作戦室へと怒鳴り込んでいた。

リーシアとアイーシャを連れて向かった作戦室では、ユリウスが険しい顔をし、エクセルが顔を扇子で隠し、カエデは困惑した様子でキョロキョロと視線を動かしていた。

俺はツカツカとユリウスのもとへと歩み寄った。

「どういうことだ！」

「紅竜城邑よりこちらには防衛できる堅牢《けんろう》な都市や城はない！　あとはもう、このパルナム近くでフウガを迎え撃つだけだったはずだろ！　そのために、大虎帝国軍の進軍経路上にある城や砦には兵を置かないという話だったはずだ！」

「……そうだな」

ユリウスが険しい表情のまま頷いた。

あっさりと認めたユリウスに、俺は怒りを隠すことなく詰め寄った。

「それならばなぜ、まだ留《とど》まっている部隊がある!?」

「………」

俺が受けた報告は、大虎帝国軍の進軍経路にある廃棄された小城と住民の疎開が完了している城壁都市に、いまだ留まっている部隊がいるというものだった。

「……陛下。どうか落ち着いてくださいな」

見かねたエクセルが宥《なだ》めるように言ったけど、落ち着いてなどいられなかった。

俺はユリウスの胸ぐらを摑《つか》みながら言った。

「大軍を防げる都市も城もないんだろ！　わずかな戦力で守ったところで力と数で蹂躙《じゅうりん》されるだけだ！　とっととその部隊たちを呼び戻せ！」

「……それはできない」

ユリウスは真っ直ぐに俺の目を見返しながら言った。

国王として命令したつもりなのに、命じた内容もどこもおかしなところはないはずなのに、家臣であるユリウスがまさかの拒否。俺は予想外のことに目を丸くした。

「なぜ……」

「本人たちが、望んだことだからだ」

奥歯を嚙《か》み締めるようにユリウスが言った。本人？

「残った部隊を率いているのは誰なんだ？」

「オーエン・ジャバナ将軍と、我が祖父ヘルマン・ノイマン将軍だ」

オーエン爺《じい》さんとヘルマン祖父《じい》さん!?　一将軍として今度の戦いに参加しているはずの二人が、どうしてそんな場所を守っているんだ!?　俺はユリウスを睨《にら》んだ。

「本人たちの望みと言ったな。ユリウスはなにか知っているのか？」

「……ああ。この戦争が始まる前、二人から話があると呼び出されたんだ」

ユリウスは苦しげな表情のままそのときのことを語り出した。

◇◇◇

「話とはなんだろうか？　ヘルマン祖父様」

大虎帝国との戦争が間近に迫ったある日、ユリウスはアミドニア地方にあるヘルマンの領地へとやって来ていた。先日、ヘルマンから『陛下やロロアには伝えず、我が家を訪ねてほしい。至急ではないが、なるべく早く』と連絡があったからだ。そして今日、ユリウスがヘルマンの館を訪ねると、出迎えた家宰によって居間へと通された。

居間にはヘルマンの他に、筋骨隆々の老人もいた。

(王城で見たことがあるな。ソーマの教育役のオーエン殿だったか)

ユリウスがそんなことを考えていると、ヘルマンが口を開いた。

「よく来たな、ユリウス。まあ座りなさい」

ヘルマンはそう言うと、ユリウスに対面にあるソファーに座るように促した。

ユリウスは訝《いぶか》しく思いながらも言われるがままに対面に座った。

「祖父様。急ぎとのことだが、なにかあるでしょうか？　大虎帝国との戦いが近づいているいま、私も暇ではないのですが……」

「ああ。その戦いについて、言っておきたいことがあるのだ」

「言っておきたいこと？」

訝しむユリウスに、ヘルマンとオーエンは優しげな眼差《まなざ》しを向けていた。

そしてヘルマンはユリウスを見ながら口を開いた。

「ユリウス。其方《そなた》はいま、ソーマ陛下の軍師となっているな？」

「？……そうですが、それが？」

「ならば、ソーマ陛下が持つ弱点についても理解しておるか？」

ヘルマンの言葉に、ユリウスは考え込んだ。ソーマの弱点とはなにか……そう尋ねられてもユリウスには〝思い当たることが多すぎて〟すぐには答えられなかった。

それでもヘルマンもオーエンも返答を待っていたので、ユリウスは答えた。

「弱点というと……武勇はないし、知略もたまに突拍子もないことを思いつくが細部は家臣頼みだ。国王としては目立たないし、妃《きさき》たちには頭があがらない。私やハルバートなどにはタメ口を許すくらい権威というものにこだわらないし、カリスマ性で言えばフウガやマリア妃はおろか、クー元首、シャボン女王、シィル女王に及ばないだろう」

「なかなか辛辣ではないか」

「だが、そういった弱点は我々配下が十二分に補うことができるでしょう。君主の真価は君主個人の力量よりも配下の質と量にこそ表れます。その点だけで言うならば、ソーマはフウガやマリア妃さえも凌駕《りょうが》する名君です」

これがいまのユリウスのソーマに対する嘘偽《うそいつわ》りのない評価だった。

能力的に見れば、ソーマは別世界由来の突飛な発想はあっても、武勇・知略では自分に分があるとユリウスは考えていた。しかし自身の政権は短命に終わり、ソーマの政権が盤石のように見える。その理由は、国力や状況の差はあっても、一番大きな部分は優れた配下を登用し、評価し、採用することにあるといまの彼は考えている。

アミドニア公国に居たころは有能な妹ロロアや友コルベールを遠ざけ、父ガイウスに追随する武闘派ばかりに囲まれていた。そのために視野が狭まり、公王を継いでも呆気《あっけ》なく政権を崩壊させてしまった。しかし、ラスタニア王国にいたころは、ティアやラスタニア王夫妻に支えられ、ジルコマやローレンなどの信頼できる仲間にも恵まれ、ソーマやロロアと和解することによって魔浪《まなみ》の脅威から国を護《まも》ることができた。

ユリウスが失敗や挫折を通して学んだことを、ソーマは最初からできていたということなのだろう。それがソーマの王としての資質だと、ユリウスは思っていた。

そんなユリウスの答えに、ヘルマンは満足そうに頷《うなず》いた。

「そのとおりだろう。其方がそのような考えに辿《たど》り着いたことを、其方の祖父として嬉《うれ》しく思う。……だが、そこにこそ陛下にとっての落とし穴があるのだ」

「……どういう意味でしょうか？」

「陛下は優れた配下を登用し、信頼して仕事を任せることができる。つまるところ配下を大事にされる方なのだ。……大事にしすぎるほどにな」

ヘルマンは真《ま》っ直《す》ぐにユリウスの目を見ながら言った。

「陛下にとっての一番の弱点。それは、配下を捨て駒にできないことだ」

「っ!?」

ヘルマンの言葉にユリウスは息を吞《の》んだ。

彼はハクヤに匹敵するほど頭が良い。そのため、なぜヘルマンがそんなことを言いだしたのか、なぜいま自分のみが呼び出されたのか……それらをいまのこの国が置かれている状況と照らし合わせて見れば、答えを導き出せてしまったのだ。

「ユリウス殿。貴殿もわかっておられるのだろう?」

するとそれまで黙っていたオーエンが口を開いた。

「儂《わし》らのところまで詳しい情報は降りてきてはいないが、陛下や黒衣の宰相やウォルター公、それに貴殿などが対大虎帝国戦を見据えて作戦の準備を進めているのはわかる。その作戦のために、なんとしてでも時間を稼ぎたいと思っているということもな」

「……………」

「そしてもし、時間を稼ぎたいというのなら、一番確実な方法がある。配下に死ぬまで戦い、命懸けで時間を稼げと命じればいい」

「しかし、それは!……ソーマの意に反するだろう」

ユリウスの言葉にオーエンは頷いた。

「そうだろうのう。陛下は配下を大事になさる。あれで人望もあるのだから『国のために死んでくれ』と一言命じれば、それに応じる者も多いだろうに、決してそのようなことは口にできないお人だ。それが陛下の好ましいところではあるが……時間を稼ぐことができず、作戦が間に合わないまま大虎帝国との全面対決を迎え、より大きな犠牲をだすことになるかもしれぬ。そうなれば苦しむのもまた陛下なのに、な」

「だから……その捨て駒にお二人が志願なされると？」

　ユリウスは「ありえない」と首を横に振った。

「そのようなこと、ソーマが許すわけがない」

「無論、許可を取れるとは考えていない。現場の状況次第で、現場の判断で行わせてもらう。付き合う兵も儂らの配下の中から志願するものを選別している」

　そう言うと、オーエンは自嘲気味に笑った。

「案外多いのだ。この大虎帝国との戦い……負ければ悲惨だが、勝っても老兵たちは活躍の場所を失うだろう。大虎帝国を除けば、すでに世界の国々のほとんどが盟友となっているわけだしな。陛下たちはその後の世界のことを考えているのだろうが……儂らにはそれに付き合える体力も寿命も残されておらん。歳《とし》を取ると、生き方を変えるのも難しくなる。ならばせめて、若者たちの未来の礎とならんと皆思っているのだ」

「いや、しかしそれは……」

　ユリウスは反論しようとしたが、うまく言葉にできなかった。

　弁舌ではユリウスに分がある。しかし彼らは理屈ではなく信念で語っているため、説得できるような言葉が思いつかなかったのだ。だから……。

「ヘルマン祖父様。ロロアが悲しむぞ。ティアもな」

ユリウスの口から出てきたのは、家族の情に訴えるありきたりな言葉だった。

その言葉に、普段は厳しい顔を崩さないヘルマンが満面の笑みを浮かべた。

「其方の口からそのような言葉が聞けただけで、儂はもう思い残すことはない」

「茶化さないでください！　孫娘たちを泣かせていいのですか」

「本心である。亡き娘が残してくれた其方とロロアが和解し、手を携えて歩む姿が見られた。その上、陛下とロロアの間にはレオンが生まれ、其方とティア殿の間にはディアスが生まれている。武人としてどこの戦場でくたばるかもわからなかった儂がひ孫まで見ることができたのだ。これ以上の満ち足りた人生はなかろうよ」

ヘルマンがそう言うと、隣に座ったオーエンもガッハッハと豪快に笑った。

「儂にとっては陛下こそが孫のように思う。軟弱だった若者を一人前の男に鍛え上げたのだからな。陛下がチンピラ相手にも戦えるようになったのを見たときには、感動すら覚えたぞ。だから陛下とお妃方の子供は皆、儂はひ孫のように思うておる」

そう言うとオーエンはジッとユリウスを見た。

「ユリウス殿。儂らも無駄に命を投げ捨てようとは思わん。もし陛下たちの作戦が順調であるようならば、儂らは粛々と陛下の命令を実行するのみだ。だが……もし、その作戦に遅延が見られ時間稼ぎが必要なときには、儂らは独自の判断で行動する。そのことを……

其方とウォルター公には知っておいてほしいのだ」

「っ!?　ウォルター公は知っているのか？」

この二人、エクセルにはすでに意志を伝えていたらしい。

それがソーマやユリウスには伝わっていなかったことを考えると、エクセルももしもに備えて黙認したのだろう。ソーマの意志には反するだろうが、ソーマの思惑とはべつにそれぞれが国のために動くというこの国の有り様を示したのもまたソーマだ。

たとえあとでソーマの怒りを買ったとしても、それぞれの意志で行動できることがこの国の強さなのだから。ユリウスは二人の説得を諦めるよりなかった。

肩を落としたユリウスに、ヘルマンは二通、オーエンは一通の手紙を差し出した。

「儂からは二通。もしものときは陛下とロロアに渡してくれ」

「儂からは陛下あてに」

三通の手紙を差し出されたユリウスはしばらく苦悶《くもん》の表情をしていたが……やがてその書状を受け取り、懐へとしまい込んだのだ。

この手紙をソーマやロロアに渡すような状況にはならないようにと願いながら。

◇　◇　◇

しかし、そんなユリウスの願いもむなしく、その書状は俺の手に渡ったのだった。

俺は震える手で、ジャバナ家の家紋が入った封蠟《ふうろう》のしてある封筒を開き、中の書状を取り出して読んだ。その三分の一には、此度《こたび》の独断を謝罪する言葉と、自分たちの意志を汲《く》んで秘密にしてくれたユリウスやエクセルを責めないでほしい、命令違反の責任はすべて自分たちが負うという内容が書かれていた。

そして、残りの三分の二には俺との思い出話が書かれていた。

教育係兼ご意見番として俺を鍛え上げた日々は楽しかったとか、中庭で俺がロロアと乗り回していた自転車に乗れるようになったときは嬉しかったとか、俺の子供たちに「オーエンじいじ」と呼ばれたときは嬉しかったとか……そんなとりとめの無いことを。

目に浮かんだ涙のせいで、文字が滲《にじ》んで上手《うま》く読めなくなってきたころ。

その手紙の末尾にはこんなことが書かれていた。

『おそらく、私たちがこのような愚行に走らずとも、大虎帝国に勝てるよう準備を進めておいでだったとは思います。しかし完勝は必ずしも優れたものではありません。なぜなら完勝は勝った側を驕《おご》らせ、完敗は負けた側の心に闇を残すからです。勝者側にも犠牲が出たという事実が、勝った側の気を引き締めさせ、負けた側の心を慰めるのです』

そして最後はこのような一文で締めくくられていた。

『陛下……どうかこの痛みをお忘れ無きように。これが儂からの最後の教導です』

「オーエン爺《じい》さん……」

俺は強く握ってしまったために皺《しわ》の寄ったその手紙を、リーシアとアイーシャに渡した。手紙を読んだ二人も口元を押さえ、嗚咽《おえつ》を抑えるようにしながら涙を流していた。

ヘルマンからの手紙はこの場では読まなかった。おそらく書いてある内容は同じだろうから、この戦いの後、ロロアが帰って来たら一緒に読むとしよう。

そう。この戦いが終わったらだ。

「ひゃっ!?」

俺がユリウス、エクセル、カエデたち参謀部のほうに視線を送ると、カエデがビックリしたようにピョンと跳ねた。……よほど怖い顔を見せてしまったのだろう。俺は自身の頬を一発パシッと叩《たた》いた。そしてユリウスたちを真っ直ぐに見た。

「……いまは誰も責めない。オーエンやヘルマンもそれを望まないだろう。だが、文句や小言は聞いてもらうぞ！　この戦いに勝ちきったあとでな！」

「「「はっ　」」」

勝つ、という俺の言葉に、その場に居た全員が敬礼で応えた。

◇◇◇

王都パルナムへの進軍経路上にあった古城と城塞都市が燃えていた。

紅竜城邑《こうりゅうじょうゆう》を除き、これまで大虎帝国軍の進路上にあった都市や城などは、ろくな抵抗もせずに降伏するか、守備兵が粛々と対処して明け渡すかのどちらかだった。最初はこの古城と都市もそうなると思われた。古城は急拵《きゅうごしら》えで復旧したものであることが目に見えていたし、都市のほうも小さく住民も残っていなかったからだ。

守備兵が出ていったあとは、帝国軍の一部を入れて守らせてそれで終わり。

本隊は真っ直ぐに王都を目指す、そのはずだった。

しかし守備兵が出て行った後にも残っていた一部の兵がこの二つの拠点に立て籠もったのだ。どう見ても数百人程度の寡兵であり、帝国軍からも無駄な抵抗はやめるよう説得されたが、この残存兵たちは頑として聞き入れなかったのだ。

このためフウガはこの二つの拠点に対して即座に力攻めを決意する。

ただし天性の勘でこの二つの拠点から不穏な気配を感じたフウガは、主力の精鋭部隊はこの戦いに加わらせず、傭兵《ようへい》や新参の将兵などに攻めさせたのだった。防御が堅いわけでもない拠点に寡兵が籠もったとて、一時間も掛からずに陥落させられるだろうと大半のものは思っていたが、この二つの拠点は頑強な抵抗を見せた。

文字どおり、最後の一兵まで戦う覚悟の王国残存兵と、大軍勢故に勝ちを確信し、ケガでもしたらこのあとの本戦で手柄の立てどきを失うと考える帝国軍とでは士気に大きな差があったのだ。そのため予想外の苦戦を強いられ、慢心していた帝国軍も本腰を入れて攻めかかるしかなかった。

そして帝国軍が力尽くで砦《とりで》の中へと雪崩《なだ》れ込んだそのときだった。

ドドーンッ!! と二つの拠点からほぼ同時に火柱と黒煙が上がり、次いで地を揺るがすような爆音がフウガのいる本陣にも届いた。

どうやら残存兵は拠点内に火薬を大量に仕掛けており、もはやこれまでといったタイミングで、雪崩れ込んできた帝国軍ともども自爆したようである。

その火柱を見て、フウガは思わず立ち上がった。

「まさか! 我が軍を巻き込んで自爆したのか!?」

「……そのようですね」

ハシムは冷静に答えたが、その表情は苦虫を噛《か》み潰したようなものだった。

「王国側が兵を捨て駒にするような戦いをするとは……想定外ですね。これまで陥落してきた都市などにも仕掛けがないかどうか、急ぎ確認する必要があります」

フウガ陣営はこの戦いに備えて、ソーマの為政者としての人となりなどを、フウガの人物眼なども参考にして徹底的に研究していた。

その結果としてソーマの行動はいかに犠牲を少なくし、被害を少なくするかを重要視していると判断した。兵を捨て駒にするような策や、国民に負担が大きすぎる堰《せき》を切っての水攻めや、焦土作戦のような都市破壊は行わないだろうと判断していた。

事実、これまでの進軍経路にあった都市などではその予想どおり、ソーマは都市や人を温存させるような行動をとり続けてきた。しかし、ここに来て、兵を捨て駒にし、都市を破壊するような作戦をとってきた。これまでの前提を覆すこの暴挙に、フウガたちは作戦に見直しを迫られることになった。

フウガたちは『ソーマの配下の独断』までは想定できなかったのだ。ハシムが確認のために早足で本陣を出て行ったあと、ムツミはフウガに歩み寄った。

「このような策……本当にソーマ殿の指示によるものなのでしょうか？」

「……いや、多分違うだろう。ソーマはこういうやり方は嫌っているだろうからな。おそらく二つの拠点に残った兵たちの独断なのだろう」

「家臣が独断で、主君に命じられるまでもなく命を懸けた……ということですか？」

ムツミの問いかけにフウガは腕組みをしながら頷《うなず》いた。

「ああ。家臣たちは天晴《あっぱ》れな忠義だと思うし、忠義を引き出したソーマは、多分、アイツ自身が思っているよりもちゃんと、王様をやっていたってことなんだろう」

「それは……今頃きっと、悔やんでいるでしょうね」

家臣にとってよき王であったことで、家臣が命を落とす結果になったのだ。

この報《しら》せがソーマに伝われば、彼は悔やみ悲しむことだろう。

二人にとってソーマは大望のために倒すべき敵ではあっても、嫌いな相手というわけではない。妹《ユリガ》や弟《イチハ》が世話になっている相手でもあるからだ。だからこそフウガもムツミも、これから苦しむであろうソーマを素直に不憫《ふびん》に思ったのだった。

その後、大虎帝国軍はこれまで陥落された都市などに仕掛けがないかどうかを再度確認する作業を強いられたため、この地に『二日間』も足止めされたのだった。

◇　◇　◇

フウガ・ハーンはこの時代の寵児《ちょうじ》だ。

ナポレオンが活躍した時代に『ナポレオン時代《Napoleonic era》』と特別な時代区分が用意されたように、この時代は後世では『フウガ・ハーン時代《Fuuga Haanic era》』と呼ばれるのかもしれない。たった一人の英雄が大望を抱えて大陸全土を震撼《しんかん》させた夢と浪漫《ろまん》の溢《あふ》れる時代であると。

この時代に守られているフウガを打倒するためには、この時代そのものを変えなければならないということは、これまで何度か言及してきたことだ。

項籍《こうせき》（項羽《こうう》）に何度大敗しても何度も盛り返して最後は逆転勝利した劉邦《りゅうほう》。

生涯戦績だと三割は負けか引き分けなのに、天下統一まであと一歩まで迫った信長《のぶなが》。

国難において怪将ゲクラン、聖女ジャンヌ、リッシュモン元帥と救国の英雄を次々に輩出した百年戦争期のフランス。

時代が英雄を用済みだと判断するまでは、英雄はまるで不死身かのように何度でも立ち上がる。それは英雄を支える人々が、英雄が戦い続けることを求め、英雄の行いがどんな残虐性を帯びていようと肯定してしまうからだ。

だからこそ、フウガにただ勝つだけでは火種は消せないのだ。

仮に一度、手痛い敗北を味わわせて撤退させたとしても、フウガを支持する人々はリベンジマッチを要求するだろう。

その声に背中を押されたフウガはまた世界を巻き込む大戦を引き起こすことだろう。それは、この戦いでフウガを討ち取ってしまったとしても同じだ。

いや、むしろそっちのほうが最悪かもしれない。

フウガが討ち死にし、フウガの大望に魅せられた国民だけが残されたとしたら、彼らがどう動くのか。まず英雄を討った俺やこの国を恨み、復仇《ふっきゅう》せんと反乱を起こしたり、テロやゲリラ戦を展開するかもしれない。

またフウガなしにあの広大な領土が維持できるわけもなく、分裂して群雄割拠状態になることが予想される。そうなれば大陸の北半分の荒廃は必至だ。

状況としては北から難民が雪崩れ込む、魔王領拡大の頃に逆戻りになるおそれがある。

それを防ぐには北に介入するよりないが、先に述べたように恨みを買っている海洋同盟が介入しても反発され、平定には長い時間が必要だろう。

これらの理由から、俺たちはこの戦いにおいてはフウガそのものよりも、フウガを支持するこの時代を終わらせるための計画を準備してきたのだ。

この日の夜、その最後の一押しとなる仕込みが完成したと、マオが報告してきた。

『すべてのタスクは完了しました。ソーマ様』

そんなマオの言葉を、俺はリーシアと一緒に政務室で聞いていた。

「そうか……なんとか間に合った、んだな」

俺は安堵《あんど》が半分と悔やむ気持ちが半分でそう呟《つぶや》いた。

フウガとの直接対決の前に、計画が間に合ってくれたのはありがたい。だけど、この計画を間に合わせるために、オーエンやヘルマンなど志願兵が命懸けで時間を稼いでくれたのだ。あと二日、早く完成させられていたら……。

脳裏に二人の爺《じい》さんの顔が浮かぶ。二人の顔を思い出すと、フウガに対する怒りと憎しみが湧き出てくる。アイツが夢や野望ごときのためにこんな戦を起こさなければ……と、恨みをぶつけてやりたくなる。フウガをこの戦で殺すことのデメリットをさっき散々考えていたというのに。理性では理解していても感情が拒否しているのだ。

「……ソーマ」「っ!?」

傍《そば》に立ったリーシアに肩をポンと叩かれて、俺は我に返った。

振り向くとリーシアが小さく微笑《ほほえ》んでいた。

「顔が怖くなってるわ。ソーマのそんな顔……オーエンもヘルマンも望んでないわ」

「……そうだな」

諭すようにそう言われ、俺は素直に頷いた。いまはまだ、王様モードが必要な場面じゃない。一回大きく深呼吸をして気持ちを落ち着けてから、俺はマオを見た。

「協力に感謝するよ、マオ。それとすまない。本来なら人類同士の戦いに関わってはいけないはずのキミに、無理をさせる形になってしまって」

そう謝罪すると、マオは小さく笑みを浮かべて首を横に振った。

『いいえ。今回のことは戦とは直接関係ありませんのでお気になさらず。……むしろ、この程度のことしかできなかったことを歯痒《はがゆ》く思っています。こちらの製作が遅れてしまったことで、犠牲になった方々もいたとお聞きしています』

「いや、みんなよくやってくれたさ。十分すぎるほど協力してもらっているし、本当に感謝している。ありがとう、マオ」

「私からも、ありがとうございます。マオ殿」

リーシアと揃《そろ》って感謝を述べると、マオは微笑んだ。

『ランディアンとシーディアンが、揃って望む未来を手に入れられますように』

そう言うとマオの姿は掻《か》き消えたのだった。これですべての仕込みは完了だ。

「リーシア、配備の様子は？」

「終わってるわ。軍もみんなも配置について、いつでも大虎帝国軍を迎え撃てる状況は整えている。でも、帝国軍は足止めをくらって以降は慎重に行軍しているから、到達は明日の朝以降になりそう、とのことよ」

フウガなら後方の安全確認後、遮二無二《しゃにむに》急襲してくることも考えられたけど、それもなさそうだ。これもオーエンやヘルマンが命懸けで楔《くさび》を打ってくれたおかげだろう。

王国軍には、俺の意志にさえ反して自爆や特攻してくるヤツらがいると印象づけられれば慎重にならざるを得ない。俺は大きく息を吐くと、リーシアを見た。

「決戦は明日ってことだな」

「そうね。明日ですべてが決まるでしょうね。……緊張している？」

「まあね。でも、アミドニア公国と戦ったときよりはマシかな。あのころよりは味方が増えたし、後背定かならぬヤツらを抱えてもいない。手探りだったあのときに比べれば、みんなの意志を統一できてるぶん、だいぶ落ち着いていられる」

「ああ……あのときは、ゴチャゴチャしてたわね」

アミドニア戦のときは俺たちの思惑、ガイウス・ユリウス親子の思惑、ゲオルグの思惑、カストールの思惑、ロロアの思惑、反乱した不正貴族たちの思惑、戦後に処断した風見鶏《かざみどり》貴族の思惑、そしてアルベルト義父《とう》さんたちの思惑と、様々な思惑が交錯していた。

いま思い返せばこれでよく上手《うま》いこと落ち着けられたと思う。

あの頃に比べれば、いまは「フウガから国を護《まも》ろう」で皆の意志を統一できている。

その思いは国内だけでなく、共和国や九頭龍《くずりゅう》王国、表立ってではないが竜騎士王国や星竜《せいりゅう》連峰やシーディアンたちとも共有できている。だからこそ、あのときよりは落ち着いていられた。……まあ、まったく不安がないわけではないけど。

「まあ、私の意志はあのときから変わってないけどね」

するとリーシアが俺の顔を覗《のぞ》き込んで、そっと唇を重ねてきた。

その柔らかな感触を確かめ合うことしばし。リーシアは照れたように頬を染め、微笑みながら耳に掛かった髪を掻き上げて言った。

「私はあのときも、いまも、これからも……ソーマと一緒に歩むわ」

「……あのときは、こんなに積極的じゃなかったと思うけど？」

「あのときはアナタが手を出してくれるのを待ってたんだもの」

「それは悪うござんした」

茶化すようにそう言うと、立ち上がってリーシアをギュッと抱き寄せた。抱きしめられたリーシアは少しビックリしてたようだけど、それでも緊張を解いて身を委ねた。

「ソーマも……積極的になったじゃない」

「そりゃまあ、場数は踏んできたからね」

「フフフ、そりゃあねぇ？　いまじゃカワイイ奥さん一杯居るものねぇ？」

「笑顔が怖い！　ちょっ、脇腹を突くなって」

そんな風にしばらくじゃれ合ったあとで、リーシアはそっと俺の胸を押して離れた。

「そんなソーマならわかるでしょ？　いま、誰のそばに居るべきかってこと」

「………」

「多分、いま一番心を痛めているのはあの子だわ。だから、傍に居てあげて」

リーシアに真摯な顔でそう言われて、俺は頷いたのだった。


俺はユリガの部屋を訪ねた。部屋の前にはアイーシャが立っている。

ユリガは立場が立場なので、大虎帝国との決戦が迫った今は護衛兼監視としてアイーシャを付けさせてもらっている。彼女は俺たちに協力してくれているけど、それを理解しない不心得者が彼女に接触したり、また彼女が責任を感じて思い詰めた行動をしないよう、見張る人が必要だろうと判断したためだった。

　トモエちゃんが王都に残っていればユリガを支えてくれただろうけど、万が一にもトモエちゃんが戦火に巻き込まれることがあれば、王国どころか人類にとって大きな損失となるため、それもできなかった。そうなったら俺たちやユリガにも深い心の傷を残すだろうし、イチハと一緒に疎開させておいたのは正解だっただろう。

「ユリガの様子は？」

　アイーシャに尋ねると、彼女はチラッと扉のほうを見ながら言った。

「落ち着いています。夕方までは私と普通にお喋《しゃべ》りもしていましたし」

「そうか……付き合ってくれてありがとう、アイーシャ」

「いえ。私もユリガさんのことは心配ですし。……でも……気丈には振る舞っていても、やはり思うところはあるでしょう。陛下。どうかユリガさんのことを……」

「わかってる」

　俺は軽くノックをしてからユリガの部屋へと入った。するとユリガはベッドに腰掛けながら、フカフカの枕を顔に当ててこっちを向いていた。

　なにこれ？　妖怪顔面枕ウーマンとか？

「……なにやってるんだ？」

『合わせる顔がないのでこうしてます』（フゴフゴ）

ユリガは口まで枕に当てているためか、少しくぐもった声でそう答えた。

う〜ん……この反応は想定外だ。落ち込んでたり、泣いてたり、マリアが女皇だったころのように感情を押し殺して気丈にふるまっていたりしたらどう慰めようか……とは考えていたけど、まさか顔面枕ウーマンの状態で迎えられるとは……。

俺はどうしたものかと考えながらベッドの傍にあった椅子に腰を下ろした。

ユリガはいまだ顔に枕を貼り付けている状態である。

「えっ、マジで枕越しのまま話を続けるの？」

『私には、ソーマさんに合わせる顔がないから』

ユリガはまた同じようなことを言った。

『オーエン殿とヘルマン殿のこと……聞いたわ。お兄様とソーマさんが戦うとしたら、こういうことも起こりうるのだと、覚悟はしてたんだけど……でも、実際、知ってる名前が戦没者として出てくると……』

「ユリガが気に病むことじゃない……って言っても、無理だよなぁ」

『そうですね。気にしないなんて、ちょっと無理です』

枕越しに言うユリガ。彼女はいま、どんな顔をしてるんだろうか？

「……隣に行ってもいいだろうか？」

一人にしたほうが良いのか、傍に居たほうが良いのか判断が付かなかったのでそう尋ねると、ユリガは「どうぞ」と言って自分の隣をポンポンと叩《たた》いた。

片手でベッドを叩く間も、もう片っぽの手で枕を顔に当て続けている。なんだかシュールな光景だなと思いながら、彼女の隣にソッと腰を下ろした。

『……こういうどうしようもないときって、どうすればいいの？』

「どうって？」

『上手く言えないんだけど、自分の中にいろんな感情が渦巻いてて……でも、自分ではどうすることもできないことで……感情が上手く処理できない……そんなときは。ソーマさんは国王をやっててこういうことってある？』

「……ああ。何度もあったよ」

俺はユリガの問いかけに正直に答えた。

「戦争のあととか、敵を処断したあととか……自分の命令によって誰かの命を奪わなければならなかったときなんかは、どうしても葛藤が生まれるからな。寝付けずに苦悶《くもん》することになる。俺の場合は、リーシアたちに慰めてもらったよ。情けないけど、誰かがそばに居てくれると安心するからさ」

『……そうなんだ』

「でも、多分それはみんな同じだと思うよ。あのマリアだって、国を割るという決断を実行したときは子供のように泣きわめいていた。だから俺も、リーシアたちにしてもらったように彼女の傍に寄り添い続けた」

『あのマリアさんが？……想像つかないわ』

「際限なく甘えさせ続けたら、最終的にはネコマリアになってたな」

『どういう状況よ、それ』

ユリガが小さく笑う声が聞こえた。少しは気分が軽くなっただろうか。

「だからまあ、ユリガも無理せず、俺たちに甘えてくれ……というか、あんまり暗い顔してるようだったら無理矢理にでも甘やかすけどね」

『えっ、拒否権とかないの？』

「家族の中で誰か一人でも暗い顔してたら、家族全員が気にするし」

『私が暗い顔をしてても？』

「結婚したでしょうが、奥さん」

『立場が微妙すぎたせいでお互い遠慮があったから、イマイチ実感に乏しいのよね』

そういうとユリガはすっと俺に近づき、肩と肩とが触れ合った。

寄り添うようにして座りながら、彼女は枕越しに尋ねた。

『それじゃあ……慰めて、って言ったら？　なにをしてくれるの？』

「……こんな感じかな」

『えっ……ふごっ』

彼女の体を抱き寄せて、俺は彼女とは反対側からフカフカの枕に顔を押し当てた。

枕がなければしっかりとキスしていたであろう体勢。ユリガは一瞬ビックリしていたようだけど、少しして肩の力を抜いた。少しして同じ体勢のまま俺は言った。

『こんな感じだけど……どうだろうか？』

枕に顔を押し当てたままそう言うと、ユリガはスッと離れて、顔に当てていた枕を下げた。露《あら》わになった彼女の顔は茹《ゆ》で蛸《だこ》のように真っ赤になっていた。

おそらく泣きはらしていたのだろうあとが目尻にあったが、いまは多少涙目になりながらも俺を上目遣いに睨《にら》むくらいのゆとりはできたようだ。

しばらくしてユリガは『どうだろうか？』という先程の問いかけに答えた。

「枕は、ないほうが良いわ」

そして俺たちは、枕なしでやりなおしたのだった。

第十一章　時代が変わる瞬間

フウガ率いる大虎帝国軍が王都パルナムのある平野部にまで到達しようとしていたとき、先に放った物見部隊が目にしたのは王都を守るように造営された野戦陣地や砦《とりで》の群れと、そこに詰めて帝国軍を待ち構えているフリードニア王国軍の姿だった。さながら関ヶ原の西軍が西進してきた東軍を包み込むかのように布陣した姿に似ている。

ただし関ヶ原の西軍と違うのが、西軍が思惑の違う軍団の寄り合い所帯で意思統一に難があり結束できなかったのに対し、フリードニア王国軍はソーマやリーシアのもとで国を護《まも》ろうという意志で団結できていることだ。

関ヶ原の西軍は味方武将の不戦・寝返りなどもあって布陣を活《い》かせなかったが、王国軍ならばこの半包囲の布陣も十分に活かせることだろう。

そんな王国軍の布陣を物見から聞いたフウガはハシムに言った。

「王国軍はパルナム城に籠もらなかったか」

「もとより、あの円形の城壁は守るに適したものではありません。数万の軍勢を動かすことを考えれば、野戦陣地にて決戦に及ぼうとするのは道理かと」

ハシムは涼しい顔でそう言った。

「ただ、我らを迎え撃つなら紅竜城《こうりゅうじょう》邑《ゆう》あたりかと思っていましたが……」

「ふむ。どうやら俺たちをここまで引きずり込みたい理由があるようだ」

「理由、ですか？」

ムツミが首を傾《かし》げると、フウガは頷《うなず》いた。

「そうでなければ、ソーマの家臣が主君の意志に反してまで、命懸けで時間を稼いだりはしないだろう。それだけの理由があるんだろうさ」

フウガは、オーエンとヘルマンが命懸けでフウガたちを足止めしたという事実を重くとらえていた。ソーマは家臣に死んでこいと命じることができるタイプではないため、あの二つの拠点での自爆覚悟の足止めは部下自身の判断による献身だったのだろう。

それは裏を返せば「ここで自分たちが犠牲になれば、王国軍は必ず勝てる」「自分たちの犠牲は無駄にならない」と家臣に思わせるだけのなにかがあるということだ。

フウガはしばし王国軍の様子を見つめたあとで、命じた。

「全軍、速やかに配置に就かせろ。有利な地に陣取っている王国から攻めかかってくることはないだろうが、油断せず、すぐにでも総攻撃できるよう備えるのだ」

「はっ」

◇　◇　◇

帝国軍は陣形を組んで、王国軍が待ち構える平野部へと入って行った。

「ソーマ……いよいよなのね」

隣に立ったリーシアがそう呟《つぶや》いた。

大虎帝国軍が平野部に入ってくる様子を、俺は王都パルナムに近い本陣から、リーシア、アイーシャ、ナデンと一緒に見ていた。今回の戦いでは城に籠もって戦うようなことはしない。パルナム城自体が守りに適していないこともそうだけど、都市を囲む城壁まで含めた構造そのものが勇者召喚に必要な魔法陣となっているからだ。

数百年に一度程度しか起動できない代物ではあるけど、俺がいなくなって何世代か先の未来に、また過去の地球から人を呼び出さなければいけない日が来るかもしれない。

そのとき、ちゃんと召喚システムを起動させるためにも戦火に巻き込んで、都市に大きな損傷を与えるようなことは避けなければならなかった。

そのため、平野部に防衛陣地を築いて迎え撃とうとしているのだ。

するとリーシアが「さてと」と言って、腰にレイピアを差した。

「それじゃあソーマ。私も行くわね」

リーシアは本人の希望もあってアミドニア戦のときと同じく一軍を指揮することになっている。この戦いにおいて名目上のトップは俺なのだが、指揮はルドウィンがとることになっている。国防軍総大将エクセルには重要な役割があるため、全体の指揮はルドウィンに任せて参謀としてカエデを付けてある。

その上で軍を東・中央（南）・西に分けて、東側の指揮をリーシアが、西側の指揮をエクセルの信任厚いワイスト・ガローが、中央の指揮をユリウスが務める。

　アミドニア戦のとき以上の大軍同士の戦いであるため、現場での個々の判断が重要になってくる。そのため指揮能力の高いリーシアを本陣に温存できる余裕もなかった。

　俺は戦闘モードで凛々《りり》しいリーシアを見ながら言った。

「……止めても聞かないだろうから止めないけど、無理はしないでくれよ」

「それはこっちの台詞《せりふ》よ。ソーマも、なんだかんだ危なっかしいんだから」

「そうかな？」

「難民キャンプでは暴漢からユノを守るために飛び出すし、アミドニア戦ではガイウス八世にあと一歩まで迫られたし、それに聞いた話だけど魔浪《まなみ》のときもオオヤミズチと戦ったときもマリアを救ったときも無茶はしたんでしょ？　大した武力もないのに」

「うっ……それを言われるとなぁ」

　さすがに長い付き合いなだけあって、俺の弱みを熟知しているようだ。

　するとリーシアはフフフと笑った。

「心配しないで。家族も我が家もこの国も、私が守ってみせるわ」

「肝っ玉母さんすぎる」

「アイーシャ。ナデン。ソーマのことはお願いね」

「はっ！　了解しました」「合点承知よ」

　アイーシャとナデンの返事に満足そうに頷き、リーシアは本陣から出て行った。

リーシアも、アイーシャも、ナデンも、ユリガも、ここにはいないけどロロアやマリアやジュナさんも、それぞれが自分の役割を持って動いている。ヴェネティノヴァにいる子供たちも含めて、家族がまた一堂に会する日を迎えるために。

——俺は今日、フウガの時代を終わらせる。

◇◇◇

同時刻。同じ本陣内のルドウィンの指揮所では、ルドウィンとカエデとユリウスが作戦の最終確認を行っていた。カエデの伴侶であるハルバートと彼のもう一人の伴侶である赤竜ルビィも同席していた。カエデが広げられた戦場の地図を指差しながら言う。

「陛下の策が成れば、大虎帝国軍の勢いは徐々に失われるはずです。それまで我々はこの半包囲した配置を維持したまま、帝国軍をこれ以上先に進ませないように防がねばならないのです。我々は野戦でありながら籠城戦のように戦わねばならないのです」

「うん。カエデくんたち土系統魔術士たちのおかげで、防衛拠点はできているし、拠点同士を結ぶトンネルも構築済みだ。防衛に徹すれば守り通すこともできるだろう」

ルドウィンがそう言うと、ユリウスも「……そうだな」と頷いた。

しかし口では同意したものの、ユリウスは若干難しい顔をしていた。

そんなユリウスにルドウィンは尋ねた。

「ユリウス殿。なにか心配なことでも」

「いや……ごく一般的な戦闘に対しては十分すぎる備えはできていると思う。だが、そこをひっくり返してくるのがフウガとドゥルガだと思うと……どんなに万全に備えたとしても安心はできないなと思ってな」

「……なるほど。一個人の武勇だけで、戦局を変えかねない存在ですからね」

ルドウィンも納得したように頷いた。

もしフウガがドゥルガに乗って突撃してきた場合、陣地にあのコンビを止めるだけの防御力はない。対空連弩砲《れんどほう》などを配備し、万が一の負傷を想定してフウガを前線に投入しにくいような状況を作ってはいるが、もしそれが必要になるまで帝国軍を追い込んだときにはフウガは前線に躍り出ることだろう。

そしてソーマの策が成れば、フウガたちは確実に追い込まれることになる。

「手負いの獣は、とても恐ろしいのです」

カエデが重くなった場の空気を端的に表すようなことを呟いた。すると、

「だからこそ、俺たちがいるんだろうが」

そんな空気を吹き飛ばすように、ハルバートが力強く言った。

「フウガが出てきたら、俺とルビィ、それに飛竜《ワイバーン》機動騎兵の精鋭たちが全力で止めてみせるさ。そのために対フウガ専門の部隊として配置されたわけだしな」

ハルバートはドンと胸を叩《たた》いた。

星竜《せいりゅう》連峰の竜《ドラゴン》よりも強く機動力もある飛虎ドゥルガと、アイーシャ以上の武勇と黒龍ナデンなみの雷撃を操るフウガのコンビは単騎で戦局を変えかねない存在であり、ソーマたちも最大の脅威として警戒していた。

そのため竜騎士ハルバートとルビィを中心に、推進機を積んだ飛竜《ワイバーン》機動騎兵で構成された、対フウガのみが任務である特別部隊を用意していたのだ。

「カストール艦長たちが紅竜城邑で敵空軍の半分以上を引きつけてくれているんだ。俺らは全力でもってフウガを止めることができるってもんだ」

「ええ。あんな大きなネコに好き放題させてなるものですか」

ハルバートの言葉にルビィも頷いた。ルビィは騎士の乗る竜《ドラゴン》として、フウガの乗るドゥルガに対抗心を抱いているようだった。そんな二人をカエデが心配そうに見つめた。

「作戦を命じる立場としては言わないほうがいいのはわかっていますが……それでも、無茶はしないでください。戦いが終わって、この国が勝ったとしても、二人がいなくなって私とビルだけが残されるなんてことになったら……泣いちゃうのですからね」

カエデの参謀ではなく家族としての言葉にハルバートとルビィは頷いた。

「おう！　みんなで笑って帰宅しようぜ」

「私も。私がビルくんを抱かせてもらったように、私とハルの子供をカエデにも抱いてもらうまでは死んでなるものですか」

「フフフ、ヴェルザさんも心配してるでしょうからね。みんなで笑って帰りましょう」

そんなことを話している三人の様子を、そばで見ていたルドウィンとユリウスは顔を見合わせて苦笑した。

「……なんだか、早くジーニャに会いたくなってきました」

「私もだ、ルドウィン殿。このような戦はとっとと片付けて、早くヴェネティノヴァにティアとディアスを迎えにいきたいものだ」

それぞれの思い人たちの顔を思い浮かべながら二人は決意を固めていた。

するとそんな五人のもとに国防軍総大将のエクセルがやって来た。

彼女の来訪に五人は背筋を伸ばして直立した。するとエクセルはそんな五人に微笑《ほほえ》むと、いつものヒラヒラとした衣の袖から扇子を取りだし、その先を五人に向けた。

「時間です。それでは皆さん、それぞれの持ち場に就くとしましょうか」

「「「「「はっ」」」」」

エクセルの静かな言葉に、五人は敬礼を以《もっ》て応えたのだった。

◇◇◇

そして大虎帝国軍が、守備を固めている王国軍に攻めかかるべく軍勢の配置を終えようとしていたころ。フウガの本陣に伝令兵が駆け込んできた。

「報告！　正面の王国軍、本陣並びに、左右に立ち並ぶ王国軍の陣地から、次々に巨大な水球が作られています！」

その報告を聞き、フウガたちは本陣の天幕から出た。

そして見上げると、たしかに巨大な水球がいくつも浮かび上がっているのが見える。

いや、水球だけではない。おそらく噴水広場にある放送の受信装置も各地に設置されて起動しているようだ。つまりソーマは放送を使おうとしているということだ。

「この期に及んで、なにか語ることでもあるってのか……ソーマ」

王国軍本陣の巨大な水球を見上げながらフウガが呟いたとき、その水球に軍服のソーマの姿が映し出された。映像のソーマは口を開く。

『この映像を観《み》ている人々に告げる。私はエルフリーデン及びアミドニア連合王国の国王であり、海洋同盟の盟主をさせてもらっているソーマ・E・フリードニアだ』

ソーマはいきなり自己紹介から入った。

そのことにフウガは違和感を覚えた。フリードニア王国の者たちはもちろん、フウガたち大虎帝国の者たちも倒すべき敵としてソーマのことを認識している。それなのにわざわざ自己紹介から入ったことに違和感を覚えたのだ。

そしてその疑問への解答はすぐに、ソーマの口から語られることになる。

『この映像はいま、世界すべての噴水広場や簡易受信装置など、映像を視聴可能なすべての媒体によって見られているということだ。つまるところ全世界同時生放送というわけだな。これは大虎帝国が旧グラン・ケイオス帝国に対して仕掛けたものと同じようなものだ。グラン・ケイオス帝国内の放送を波長を調べることでジャックして、帝都ヴァロワが包囲されている様子を帝国各地に流しただろう？

それと大体同じだ。違うのは、うちの密偵が調べた大虎帝国内の波長に、海洋同盟各国が持っている波長のほうをあわせたということだ。またノートゥン竜騎士王国、ガーラン精霊王国、そして星竜連峰や北の果てのシーディアンたちにも、この時間、この波長で放送を行う旨を伝えてある。これで全世界同時生放送の条件が整ったわけだ』

そう言うとソーマは不敵な顔でピッと人差し指を立てた。

『この王都パルナムまで来ている大虎帝国軍はともかく、大虎帝国に住む人々は機械を止めることでこの放送を観ないこともできるだろうが……最後まで観ていたほうがいいと断言しよう。これはフリードニア王国や大虎帝国など関係なく、全人類の今後に関わる情報を公開するための放送なのだから、観なければ絶対に後悔することになる』

まるで絶対の自信があるかのように、そう断言するソーマ。

「いますぐに攻めかかり、この放送を妨害しますか？」

フウガの横に立ったハシムが尋ねたが、フウガは首を横に振った。

「すぐに消せるものでもあるまい。戦闘中にアイツの言葉に気を取られるほうが厄介だ。ただ時間を稼ぐような内容でないうちは……一先《ひとま》ず聞いてみよう。ただすぐにでも軍を動かせるように準備はしておけ」

「……御意」

フウガたちが見つめる中で、映像のソーマは言葉を続けた。

『さて、いま現在、王都パルナム付近では攻め込んできた帝国軍と、迎え撃つ我ら王国軍とが睨《にら》み合っている状況だ。我らはこの場所まで戦力を温存して万全の迎撃態勢を整えてきたし、帝国軍にしてもこの一戦に未来が掛かっているのだから士気は旺盛だろう。この戦は激しいものになるだろうが……その前に、聞いてもらいたいことがある。ああ、ちなみにいまさら侵略行為の是非を問うようなことはしない』

そう言ってソーマは肩をすくめて見せた。

『そんなことをしても無駄だということはわかっているからな。非を訴えたところで、英雄フウガに魅せられた者たちの耳には届かないだろう。彼らは英雄フウガがどこまで行けるのか、この英雄譚《えいゆうたん》の結末はどうなるのかしか興味が無いからだ』

まるで侵略行為に一定の理解を示すようなソーマの言葉に、むしろ帝国軍の者たちのほうが驚いていた。一方的に非難すれば相手は耳を塞ぐ。しかし一部相手を理解するような発言をすれば、相手は一瞬耳を塞ぐのを忘れる。聴く態勢になってしまう。

（こういうところ、アイツは巧《うま》いよな。俺より勝る部分だ）

フウガはソーマの弁舌の巧みさに舌を巻いていた。ソーマは続ける。

『東方諸国連合の片隅に、フウガ・ハーンという一人の英傑が登場したことにより、閉塞していた世界は一変した。魔浪《まなみ》を撃退し、東方諸国連合を統一し、強大なグラン・ケイオス帝国を打ち破ってその国土の半分を勝ち取り、ハーン大虎帝国という人類史上類を見ない大帝国を築き上げた。そして人類を長いこと苦しめてきた魔王領の問題を解決し、魔王やシーディアンの正体を明らかにした』

　それらの事績のうちのほとんどに、フリードニア王国並びに海洋同盟の協力があるのだがそこは口にしない。海洋同盟の民にとっては自明のことであるし、帝国民に聞く耳を持たせるには誇示しないほうが良いという判断からだった。

『そしていま、フウガ・ハーンは最後の強敵となるであろう我ら海洋同盟と雌雄を決しようとしている。帝国民は思っているはずだ。

【フウガは、我らはどこまで行けるのだろう】と。

【フウガ・ハーンならこの大陸を制覇できる】と思っているかもしれない。

【一つの国になれば真の平和な世界が訪れる】と思っているかもしれない。

【いまは辛《つら》くともフウガが大陸を制覇すれば報われる】と思っているかもしれない。

あるいはフウガに滅ぼされた国の者たちは【歴史的偉業のためになら、祖国が滅んだことも仕方なかった】と思っているのかもしれないし、侵略を受けている我が国を見て【大いなる夢のためなら、滅ぼされるのも仕方ない】と思っているのかもしれない』

　ソーマはフウガを支持する者たちの思考をちゃんと理解していた。

　こういった思想があるからこそ、フウガの行為はたとえ非道な行いであっても人々に支持されるし、これらの人々の思考を変えないかぎり、彼らの支援を受けたフウガはたとえ敗走したとしても何度でも再起できるのだ。

それが彼の英雄たる証《あかし》であり、時代の寵児《ちょうじ》であるという所以《ゆえん》だった。

『だが……それは幻想なのだ』

ソーマの雰囲気が変わった。表情がまるで憐《あわ》れむようなものに変わっている。

『なにせ、仮に俺を打ち破り、海洋同盟のすべてを傘下に収め、ノートゥンやガーランのような独立勢力を支配下に置いたとしても、〝世界〟を制覇したことにはならないからだ。……これを見てもらいたい』

映し出されたのはこの世界の地図だった。

菱形《ひしがた》の大陸に、周辺には九頭龍《くずりゅう》王国や精霊王国の島々が散らばる見慣れた地図。なんなのだろうと首を傾《かし》げる帝国民がほとんどだったが、そんな中でフウガだけは大きく目を見開いていた。

「そうか！　ここであの情報を利用するか、ソーマ！」

フウガが思わずそう吼《ほ》えたとき、その地図の上にもう一枚分の紙が足された。

その紙はほとんど白紙であったが、下の真ん中辺りにごくわずかだけ、島が散らばっている地図の切れ端のようなものが付いているのが見えた。

ソーマはあっさりとその付け足した白紙部分の正体を明かす。

『なにせ俺たちのいる南の世界【ランディア】と同じだけの大きさを持った世界がもう一つ、北に存在しているわけなのだから。これは魔族と呼ばれたシーディアンたちの居た世界【シーディア】だ。ランディアとシーディアはこれまでは不思議な魔法のようなものによって隔絶された世界だったのだが、そこに穴が空いたことによってこの大陸に現れたのが、人類を脅かしたあの大量の魔物たちであり、このシーディアからの難民であるシーディアンたちというわけだ』

シーディアンたちの出生については海洋同盟と大虎帝国との共同発表により、べつの世界からの難民であると公表されていた。

だから人々はシーディアンはここではないどこかから来た者たちだとは認識していたし、そのどこかが未踏領域である北にあるのだろうということは想像していたが、まさか北の世界が南の世界と同じ大きさで存在するということは想像できていなかった。

人は目にする情報がすべてだと思い込みやすい。

逃れてきたシーディアンの人数から考えても、彼らの居た国が存在したとしても精々がガーラン精霊王国の島くらいだろうと高をくくってしまっていたのだ。

彼らの居た世界の大きさを正しく知る海洋同盟や大虎帝国の上層部も、混乱を避けるためにその思い込みを修正しようとはしなかった。

その情報を、ソーマはこのタイミングで開示したのだ。

――フウガの大陸制覇は、世界制覇には繋《つな》がらないことの証として。

それはつまり、人々が考えていたゴールがゴールではなくなったのだ。

フウガが大望を果たし、大陸を制覇すれば、そこがゴールだと思っていた。

世界は統一され、フウガの英雄譚は完結し、真に平穏な世界が訪れると。

だからこそ人々は苦しくてもフウガを支持したし、国を滅ぼされても、滅ぼされようとしている国があっても、あと少し、ゴールまでの辛抱だと耐えてきたのだ。

だが、そのゴールがゴールではなくなってしまった。

もし、世界制覇をゴールにしたままならば、海洋同盟を傘下に収めてランディアを制覇したとしても、〝挑戦の日々〟はまだまだ続くことになる。

もちろんシーディアは無視しランディアの覇権を以てゴールとするという考え方もあるだろう。しかしその考えは人類全体で共有できるものではない。

大いなる夢のために犠牲を払ってきた人々は、途中の段階で満足することなどできないからだ。世界を統一するために大虎帝国に故国を併呑《へいどん》された人々は、これではなんのために故国は失われたのかと憤るだろう。夢のためにと苦難を歩んできた人々は、自分たちのあの苦労はなんだったのかと怒ることだろう。

ソーマの言葉は確実にフウガを支持する者たちの心を分断していた。そのことを当然理解しているソーマは、敢《あ》えて気にした素振りも見せずに淡々と話を続けた。

『このシーディアだが、シーディアンからの話によればいまは魔物の跋扈《ばっこ》する世界となっている。あの魔浪《まなみ》もこの世界の魔物の一部が流れ込んで起きたことなのだから相当な数が居ることだろう。この九割九分が未踏領域である地域はどこになにがいるか、わかっていない。九頭龍《くずりゅう》諸島を襲った怪獣のようなものが存在しないともかぎらない。

いまはその世界を結んだ異界の門は閉じたが、魔物はシーディアにいまもなお存在しているのだから、もしまたなにかのはずみで世界が繋がってしまった場合、同じような悲劇が繰り返されることが考えられる。

それを防ぐためにも、海洋同盟ではシーディアンたちと協力して、こちらからシーディアに進出しなければならないと考えていたところだった。

そう言うとソーマは右手を目線の高さにまで上げた。

『その第一歩として、まずはこちらの映像を観ていただこう』

そしてソーマがパチンッと指を鳴らすと、映像が切り替わった。

映ったのは鬱蒼《うっそう》と茂るジャングルのような光景だった。

おそらくガーラン精霊王国のような熱帯の密林地帯なのだろう。喧《やかま》しいほど無数の鳥が鳴いているのが聞こえる。画面越しにも熱気と湿気が伝わってくるような光景だ。

そんな森の中を、四人の男女が歩いていた。四人は見たところ、男剣士・男拳闘士・女魔導士・男神官という冒険者PT《パーティ》と思われる格好をしていた。すると先頭を歩くリーダー格の剣士に、一番後ろを警戒するように歩いていた拳闘士が声を掛けた。

「暑《あ》っちー……なあディス。本当にこっちにいるのか？　もう移動されてるんじゃ？」

「目撃情報があったのはこのあたりだ。不在なら不在を確認して報告しなければ」

すると拳闘士の前を歩く神官が振り返って窘《たしな》めた。

「オーガスさん。油断は禁物ですよ。なにせここはイチハ様の『魔物事典』にも記録されていないような魔物がわんさかいるのですから」

イチハの出版した魔物事典をさながら聖典のように抱えながら、神官が言うと、彼の隣を歩いていた魔導士のお姉さんがクスクスと笑った。

「冒険者の役職としての神官とはいえ、魔物事典を大事そうに抱えているのはおもしろいわね〜。フェブラル、それってそんなに大事なの？」

「もちろんです、ジュリアさん。私にとってはこれが聖典です」

そう断言するフェブラルにディスたちが苦笑していると、そんな四人のもとに駆け寄る影があった。それは緑色の髪をした、シーフの若い女性だった。

近づいて来た彼女に、ディスがすかさず声を掛ける。

「ユノ。どうだった？」

「ああ、いたぜ。二時の方向だ。こっちは風下だからまだ気付いていない」

その女シーフ・ユノは来た方向を指差した。四人は真面目な顔で頷《うなず》いた。

するとユノはチラリと四人ではなく、べつの方を見た。そのとき〝この映像〟を観《み》ていた人々は、彼女と目線があったような気がした。

するとリーダー格のディスが腰の剣を抜きながら仲間たちに言った。

「さあ、行こう。〝狩りの時間〟だ」

◇◇◇

時間は開戦の一月《ひとつき》ほど前に遡る。

フリードニア王国が大虎帝国の襲来に備えて慌ただしく動いていたころ。

ユノは夜にパルナム城へとやって来ていた。もう何十回目かもわからず数えるのもやめた、国王ソーマやそのお妃様《きさきさま》たちとの秘密のお茶会。ただ、今日はお茶会ではなくムサシ坊や君を通して依頼したいことがあると連絡をしてきたのだ。

ユノが慣れた足取りで木や壁づたいにバルコニーへと辿《たど》り着くと、そこにはソーマとリーシアがいた。テーブルにはいつものようにお茶の用意もされている。

ユノはそんな光景を見て訝《いぶか》しげに眉根を寄せた。

「こんなときに暢気《のんき》にお茶なんてしてていいのか？　戦争が迫ってるんだろ？」

ユノがそう言うと、ソーマは諦観を帯びた笑顔で「ああ」と頷いた。

「そうだな。大虎帝国との戦争は避けられないだろう」

「だったらお茶会なんてしてる場合じゃないだろ。あたしなんかに時間を割くなって」

心底心配して言うユノを、ソーマは「まあまあ」と宥《なだ》めた。

「ユノたちに依頼があるのは本当だ。立ち話もなんだし、お茶でもしながら話そう」

「さあユノ、座って。紅茶で良いわよね」

「あー……うん」

リーシアにも促されて、ユノは渋々といった顔で席に着いた。リーシアが用意されていた紅茶や珈琲《コーヒー》を配る中、ソーマは口を開いた。

「冒険者たちはどうしてる？　ギルドとの契約は切ってるから、冒険者たちに戦争への参加義務はないはずだけど」

「ああ、大半の冒険者は戦争が起こる前に避難しようって話してるな。とはいっても、大虎帝国と海洋同盟が戦ったら世界大戦になるから、どこに行っても安全じゃないだろうし、戦火の及ばない田舎のほうに行く感じだが……」

「なるほど」

「あと、一部のバカは大虎帝国に与《くみ》して一旗揚げようと思ってる。攻める側について手柄を上げれば、美味《おい》しい目にありつけるとでも思ってるんだろう」

ユノはリーシアに淹《い》れてもらったお茶を一息に飲み干すと、ニヤッと笑った。

「そしてさらに一部……あたしらみたいな大馬鹿は、志願兵としてこの国のために戦ってやろうって話してる。あたしみたいにアンタらと繋がりを持ってるヤツじゃなくても、なんだかんだこの国が好きだって冒険者はそれなりにいる。稼ぎも良くて食いっぱぐれる心配もないこの国がな。……まあ、フェブラルみたいなイチハ・チマ信奉者は放っておいても全力で加勢するだろうが」

「そう言ってもらえるのは、国王としてはありがたいな」

「そうね。気持ちはありがたいと思うわ」

ソーマとリーシアは苦笑気味に言った。

二人の言い方は感謝はするけど加勢は望んでいないかのような口ぶりだった。そんな二人の様子にユノが首を傾げていると、ソーマがポリポリと頬を掻《か》きながら言った。

「ただ、俺たちに協力してくれる冒険者には、やってもらいたいことがあるんだ。戦列に加わるよりも、よっぽど重要な依頼《クエスト》なんだけど」

「重要依頼？」

「ああ。なあ、ユノ」

そしてソーマは真面目な顔で言った。

「一足先に、北の世界へ冒険に行ってくれないか？」

◇◇◇

『そしていま、彼ら彼女らは前人未踏の北の世界に居た』

ユノたち冒険者PT《パーティ》が密林を歩く映像が流れる中、渋い声のナレーションが聞こえる。渋く、それでいてやや大仰に聞こえるこの声は、聞く人が聞けばワイスト・ガローの声だということがわかるだろう。

だが、ワイストは今現在、パルナム周辺の平野にて守備に就いている最中である。このことからも、この放送はこれまでの放送と違っていることがわかる。

『ここはシーディアンたち北の人類が溢《あふ》れ出る魔物によって放逐された世界。我々、南の民が知らない、未知が満ち満ちた世界。シーディアンの長《おさ》、マオは言う。この世界には地形を変え、島を生み出し、また島を消し去るような巨大な魔物も存在している。だから自分たちがこれまで持っていた地図は役に立たないだろう、と』

密林から開けた場所にユノたちが出ようとしたとき、彼らの視線の向こうに何かが見えた。赤く、毛深く、それでいて巨体なにかは、おそらく倒したのであろう成人男性以上の体高はあろうかという鹿の肉に食らい付いていた。

その姿を見たユノたちはサッと草場に身を隠して集まった。

「報告にあったとおり、レッドベアですね。南の大陸にもいる生物です。魔物ではないようですが……それにしては大きすぎます」

フェブラルの分析に、オーガスは溜息《ためいき》交じりに言った。

「レッドベアって大きくても二メートルくらいだろ？　三メートルはありそうだぞ」

「この北の大地では野生生物さえ、強く大きくなっているということです」

フェブラルがそう言うと、ディスも頷いた。

「魔物が蔓延《はびこ》る世界で生き残ってるのは、強者のみってことなんだろう」

「生存競争の勝者……ってことなのね」

ジュリアがおっとりした声で言うと、ユノが厳しい表情で言った。

「で、どうする？　あんなのが近くを徘徊《はいかい》していたら、キャンプも危ないぞ」

仲間たちの視線がリーダーであるディスに集まる。やがてディスは口を開いた。

「……狩ろう。報告に戻ってる間に見失うのも厄介だ。巨大ではあるがまだ常識的な範囲内だし、俺たちでも十分に勝てるだろう」

「よし来た！」

待ってましたとばかりに、オーガスが拳を握った。

そしてディスとオーガスが前に出てレッドベアの注意を引きつつ交戦、後方からジュリアとフェブラルが魔法で援護、ユノは中間の距離で相手の注意が後方に行かないよう撹乱《かくらん》する……と役割を決めて、配置に就いた。そしてジワジワとレッドベアに近づく。

そしてディスが攻撃開始を指示するために左手を掲げた……そのときだった。

「……っ!?　待て、ディス！　上だ！」

なにかに気付いたユノが叫んだ。

突然の大声に、レッドベアは動きを止めて、ユノたちが居る方を振り返った。

当然のように気付かれたが、それでも構わないといった感じの切羽詰まったユノの注意に、その場にいた仲間たちは上を見上げた。

すると太陽のほうから急降下してくる何かが見えた。

「っ!?　隠れろ！」

ディスの号令に、仲間たちはほとんど反射的に草の中に身を隠した。すると空から急降下してきたものが、訝しげにユノを見ていたレッドベアに襲いかかった。

「グガアアアア！」「ガグッア!?」

舞い降りてきた巨大なものは、レッドベアを両足で踏み付けて地に倒した。

そして空からの襲撃者は足の下から抜け出そうと暴れるレッドベアの首に噛《か》みつくと、そのままゴキッと捻《ひね》った。おそらく首の骨を折られたのだろう。

一瞬にして命を狩り取られたレッドベアは、もう二度と動くことはなかった。襲撃者はすでに生物ではなくただの肉の塊となったレッドベアに食らい付いた。

厚そうな毛皮をものともせず、その肉をムシャムシャと頬張っている。

そんな野生の光景の傍らで、ユノたちは襲撃者に気取られないように合流した。

(「アレって飛竜《ワイバーン》だよな!?　なんであんな強くてデカいんだ!?」)

(「人が五、六人は乗れそうな大きさよね～」)

ユノとジュリアが小声ながらそんなことを話していると、フェブラルが顔を引きつらせながら言った。

(「我々は、人に飼い慣らされた飛竜《ワイバーン》を見慣れていましたけど、この大陸では飛竜《ワイバーン》は生態系の上位に存在しているようです。いやはや……こっちの世界に来てからは、これまでの常識を覆されっぱなしですよ、まったく」)

(「で、どうする？　ディス。俺たちの任務は『レッドベアの調査及び可能なら駆除』だったはずだが？」)

オーガスに尋ねられ、ディスは少し考えたあとで首を横に振った。

（「想定外すぎる。他のチームの応援が見込めないこの状況では、アレと戦うのは無謀だろう。仮になんとか倒せたとしても、帰りの体力を残しておく余裕はないだろう」）

（「あの飛竜《ワイバーン》を倒した後、帰り際に遭遇した別のレッドベアに全滅させられるなんてことになったら最悪だしなぁ」）

ユノの言葉に、ディスは頷いた。

（「ああ。野生の飛竜《ワイバーン》は縄張りが広いから、ここに留《とど》まることもないだろう。対象のレッドベアの死亡は確認されたんだ。撤退して、本部には見たままを報告しよう」）

（（（（「　了解　」））））

ユノたちは飛竜《ワイバーン》たちに気取られないよう、静かにその場を離れた。

映像はしばらくレッドベアを食べる飛竜《ワイバーン》を映し出していたが、やがて画面がグラッと揺れ、ユノの顔がアップで映された。

（「ほら、ムサシ坊やの旦那も！　いつまでも撮ってないでずらかろうぜ！」）

そこで映像は切り替わった。いままでの切迫したような場面とは違い、見たこともないような密林、森、川や滝、浜辺などの映像が映し出される。

そしてまたあのナレーションの声が聞こえて来た。映像はそんな自然豊かな場所で、巨大な生物や魔物が争っている風景を映しだしている。

『ここは、シーディアンたちが逐《お》われた大地。そして我ら南のランディアンにとってはまだ見ぬ地平と水平の世界。そこは魔物や強き生物が、生存を賭《か》けて争う野生の世界であるが、どこになにが残されているのかもわからない』

映像は密林の中にある遺跡のようなものや、海の中に沈んでいるピラミッドのようなものを映し出している。北の世界にはこのようなものがあるのだろうか。

『そこに待つのは罠《わな》か、財宝か。乗り込む人々を待つのは栄光か、破滅か。その答えを知る者はまだ誰もいない。ここには国もなく、王もなく、階級もない。ただようやく一歩目を踏み出した人々の集落があるのみだ。この世界では誰しもが英雄になるチャンスがある。人々の信頼を勝ち得ることができれば、新たに国を造って王になることさえできるかもしれない。ただ浪漫《ろまん》を求めて冒険者であり続けるのもいい』

そして映像は高い山から、眼下に密林、その向こうに連なる無数の島々という光景を映し出している。そしてナレーションはこう締めくくられた。

『この世界で、キミたちはなにをみるのだろうか？』

◇◇◇

映像が終わったとき、大虎帝国軍の陣営は静まりかえっていた。

自分たちがなにをみせられたのかを理解するのには、もう少し時間がかかるだろう。だが……しばらくすれば気付くはずだ。自分たちの内側から沸き起こる衝動に。

そんな大虎帝国軍の様子を俺とアイーシャとナデンは王国軍の本陣から見ていた。

「あれが、ソーマの言ってた秘策なの？」

隣に立ったナデンがそう聞いてきたので、俺は頷《うなず》いた。

「ああ。マオとの出会いによって使えるようになった『録画再生機能』を利用して制作された。人々をフロンティアへ誘《いざな》う『プロモーション映像』だ」

マオ・シティでマオと対談していたとき、ジーニャの言うところの超《オーバー・サイエンス》科学技術をいくらかでも開示してもらえないかという話になったのだ。マオやティアマト殿には制約があるため、自分たちで築いてきた技術以外に超《オーバー・サイエンス》科学の技術を開示することは難しいのだけど、すでに利用されている宝珠の機能拡張ならできるとのことだった。

なんでも宝珠が映した映像は宝珠内に保存されており、それを取り出すことで過去の映像を再び放映するといったことができるらしいのだ。

つまるところ『録画再生機能』が使えるようになったのだ。

この機能を利用して、俺は人々の関心を『大陸制覇』ではなく『北の世界への進出』に向けるためのプロモーション映像を作ろうと考えたのだ。マオに（オーエンたちが稼いでくれた）時間ギリギリまで頼んでいたのは、この映像の編集・配信作業だったのだ。

「『戦争はゲーム……遊びじゃない』」っていうのは、すでに誰かしらが言っていることだろう。だけど、戦争を遊戯感覚で捉えてるヤツはいる。フウガやその支持者たちは、大陸制覇という野望をある種の壮大な遊戯だと思っているだろう。大陸を制覇して、勝ったらクリア、負けたらゲームオーバーっていう遊びの参加者たちだ」

「あー……たしかに私たち武人は勝負を双六《すごろく》に例えたりもしますからなぁ」

身に憶《おぼ》えがあるのか、アイーシャがバツが悪そうに言った。

まあカエサルだって『賽《さい》は投げられた』と言ったらしいし（実際に言ったかどうかはべつにして）、戦の勝敗を遊戯やギャンブルのように例えることも多いだろう。

そう考えたときに、俺は思ったのだ。

フウガたちが遊んでいるのはシミュレーションゲームなのだ。三国志や戦国時代を舞台に、マップ上で勢力を伸ばして天下統一を目指す……みたいな感じだ。

だけどシミュレーションゲームに往々にしてありがちなことだけど、勢力が伸長して包囲網も克服し、あとは天下統一までもう少しという段階になるとつまらなくなる。

シミュレーションゲームの後半で一強状態を築けていたなら、弱小勢力を潰すだけの繰り返しになり、所謂《いわゆる》作業ゲーになる。もし後半で勢力を二分するような状態になっていたら、滅ぼすまで同じ勢力と何度も戦わなければならなくなり、これもまた作業ゲー感が強いだろう。いまのフウガたちの状態はこんな感じだろう。

国を滅ぼしたのだから、国を滅ぼされたのだから、とりあえずゲームのエンディングは目指さなければいけない。海洋同盟を倒し、大陸制覇という偉業を成し遂げれば、これまでの苦労も報われるだろう。それまでは我慢だ……という感じだ。

だけど、そこでべつのゲームを提示されたとしたら？

作業ゲーに入ったシミュレーションゲームをやっている横で、一狩り行く系のハンティングアクションゲームのプロモーションビデオを観《み》たとき、あるいは未開の地を開拓するようなゲームを観たとき、どんな風に思うだろうか？

あっちのゲームをやりたいって思わないだろうか？

「勝つにしろ負けるにしろ、このフウガの英雄譚《えいゆうたん》という遊戯はすでに〝終わりかけ〟だ。そのときに、北の世界というフロンティアへの進出という〝より楽しそうな遊戯〟を提示されたとき、大虎帝国の者たちはどう思うだろう？　向こうに待っているのはフウガの英雄譚ではなく、一人一人が英雄になれる物語があると提示されて」

「……聞いてて段々、やろうとしてることのえげつなさがわかってきたわ」

ナデンが渋い顔をしながらそう言った。

「そう言えば口を酸っぱくして言ってたわね。『フウガの時代を終わらせる』って」

「……なるほど。人々がフウガを必要としない時代を強制的に呼び込むことによって、時代の寵児《ちょうじ》であるフウガの優位性を失わせる……フウガ一人を狙い撃ちにするような策ですね。そのことに大虎帝国の者たちが気付いてしまったら……」

アイーシャが大虎帝国軍のほうを見ながら言った。俺は頷く。

「ああ。これを観てもまだ、このつまらない遊戯を続けられるかな？」

◇◇◇

ソーマの流した映像を観た者たちの中で、その映像の意味を正しく理解できた者は1％にも満たない。しかし理解できなかった者もなにかしらの感想は抱くことになる。

海洋同盟所属の各国や、竜騎士王国など大虎帝国に与《くみ》しない国の人々は「なんでいまこの情報を？」と思ったことだろう。ソーマを始めとする海洋同盟の首脳陣には、この大戦後の未来について計画があるらしいことは理解できる。

そのためにはまず目の前の大虎帝国をなんとかしなくてはならないだろう。未来を描くのは目の前の難局を乗り越えてからだ……と、その程度の感想しか抱かなかったのだ。映像によって士気が上がることもないが、大きな混乱ももたらさなかった。

一方で、大虎帝国に所属している人々の心はざわめいていた。

大虎帝国は広大な国家として成長しており人口も多い。

様々な国の、様々な思想を持った人々が、フウガのカリスマ性によって束ねられているのが現状だ。フウガの大陸制覇という大望に、自分の夢を仮託しているような人々が集《つど》って国家を形成しているのが大虎帝国だと言える。

そのことを理解しているからこそ、フウガはこれまで自分の遠大な夢を掲げてみせ、人々に自身をフウガの英雄譚の参加者だと思わせることで支持を集めてきたのだ。

フウガの英雄譚に対して反発する者を敵役、支持する者を味方と配役をふることで、まさに『劇場型覇道』とでも呼ぶべき体制を作り上げて人々を魅了してきた。

すべてがフウガを中心に回っていたからこそ、彼の時代だったわけだ。

そしてその時代がいま、揺らいでいる。様々な人々が集まってできた国だからこそ、ソーマの見せた映像の受け取り方もまたバラバラだった。

フウガに性質の近しい古参の武闘派は不覚にもこの映像に高揚感を憶えてしまった。

もともと利益的なものは度外視し、東方諸国連合の片隅から大陸に覇を唱えるまで駆け抜けてきた夢追い人の集団なのだ。外の世界に自分たちのまだ知らない冒険があると知らされれば、それはワクワクせずにはいられないだろう。

「これは……割れるな」

王都パルナムから遥《はる》か西。大虎帝国とユーフォリア王国との国境線で、ユーフォリア王国軍と睨《にら》み合いを続けながら、ソーマとフウガの決着を待っていたシュウキンがそう呟《つぶや》いた。ここ数日はただただ両軍が睨み合っているだけの状況だったのだが、今日になってユーフォリア陣地の上空に突如として放送受信用の水球が出現した。

そこに映し出されたのが、あのソーマの演説とプロモーション映像である。

「シュウキン様？　割れるとは？」

傍らに立ったエルルが尋ねると、シュウキンは哀《かな》しげな目を彼女に向けた。

「エルル。あの映像を見てどう思った？」

「私ですか？　北の世界とやらもなんだか面白そうって思いましたけど……」

「ああ。エルルならその程度ですむのだろう」

エルルの正直な言葉に、シュウキンは苦笑しながら言った。

「だけど私は……どうしようもなく惹《ひ》かれている。まだ見ぬ世界、まだ味わったことのない冒険の存在を知らされ、人類国家相手に覇を競うよりもそっちに行きたいと思ってしまった。シーディアンたちが居た世界のことは聞いていたが、まさか南の世界と同じくらい広大で、しかも行くことができるとはなぁ。正直、あの冒険者たちが羨ましい」

シュウキンは腕組みをしながら唸《うな》った。

「もし、このことを開戦前に知っていたら……私は、我が友フウガに、南の覇権取りなどは切り上げて北に乗り込もうと進言していたかもしれない。まあ……私もフウガも、すでにそれが許される身分ではないのだがな……」

「シュウキン様……」

エルルがシュウキンを気遣わしげに見ていると、後ろから『ガシャン！』と大きな音がした。ビックリしたエルルが振り返ると、ルミエールが腰に付けていたレイピアを鞘《さや》ごと地面に放り投げていたのだ。

「ル、ルミエールさん？」

「……『終わり』を、変えられた」

エルルが声を掛けると、ルミエールは天を見上げながら悔しそうに言った。

「私は……もうあと少しで人類を一つにし、大陸を一つにできると思っていた。その偉業に、自分の名を連ねたい。そう思って、友やマリア様を裏切ってまでこちら側に来たというのに……それなのに、終わりが見えなくなってしまったではないか。この世界と同じ大きさの世界まで統べることを人々が求めたら……あと何年かかる？　それまでこの広大な国を維持できるのか？　我々は」

淡々とした口調だが、どこか泣いているように聞こえた。

エルルはなにか声を掛けようとしたけど、シュウキンが彼女の肩に手を置くことで止めた。いまは落ち着くまでそっとしておくしかないと判断したのだろう。

「エルル、我らはフウガの夢の下に集った。だけど、その夢にかける熱量には個人差がある。自らの意志でフウガを応援する者。盲目的にフウガを信じる者。周りがフウガを信じているから自分も信じるという者。信じるしか選択肢がなかった者。……そういった差が、あの映像を観た際の反応として表れる」

「だから……〝割れる〟と言ったのですか？」

エルルの問いかけに、シュウキンは頷いた。

実際にこの映像を観たフウガを支持する人々の心は千々に乱れていた。

例えば共和国戦線にいる大虎帝国軍。戦闘狂のナタは強いヤツと戦いたいだけなので、映像を観ても大して響かなかった。北の世界だろうが南の世界だろうが暴れられればそれで良かったからだ。

一方で、この方面の大虎帝国軍の大部分を構成する元ゼムの傭兵《ようへい》たちは違った。

もともと己が腕と剣一本で成り上がることを美徳としていた傭兵たちは、それがいまなお可能な世界だと思われる北の世界に強くひかれることになる。

すでに傭兵国家ゼムは併合され、大虎帝国下で規律の下に戦わされるよりも、北の地で自由に戦いたいと思う者が多かった。この方面軍の総大将であるモウメイは、この士気がだだ下がった傭兵たちの統率に苦労することになる。

例えばルナリア正教皇国。アミドニア地方からは撤退し、自国の守りを固めていた彼らだったが、この映像を観て大いに混乱することになる。

シーディアンの存在ですら教義との摺《す》り合わせに大変苦労したのに、もう一つの巨大な世界が明らかになったのだ。【月の神《ルナリア》】様の使徒である【月の民《ルナリアン》】たちが〝降り立たなかった世界〟の扱いをどうするかで揉《も》めることになった。

度重なる内部対立と弾圧・粛清を繰り返してきた正教皇国であるため、火種は彼方此方《あちらこちら》に燻《くすぶ》っている。この混乱した状況に弾圧・粛清されてきた勢力の復権・復仇《ふっきゅう》の動きもあり、もはや海洋同盟に対して団結した動きをとることもできなくなっていた。そんな中、この混乱を鎮める旗頭となるべき聖女アンは部屋に籠もっていた。

部屋に隣接するバルコニーからボンヤリと空を見上げている。

（もし、聖王フウガ様の輝きが失われ、人々から大陸制覇という夢が失われてしまったら……私たちは、これまで……一体なんのために……）

アンの脳裏には異端者として焼かれた人々の叫びや、自分を聖女と信じて戦い倒れた者たちの血の色が鮮明に刻まれている。

すべては信仰のため、ルナリア様のため、そしてルナリア様を信じる人々のためだと言い聞かせて、アンは聖女としての役割を演じ続けてきた。しかし……彼女が信じていた教義は、たった一つの映像だけで呆気《あっけ》なく揺るがされてしまうようなものだった。

それならば、人々は一体なんのために焼かれたのだろう？

なんのために血を流したのだろう？

なんのために、自分は自分を信じる人を戦場へ送り出し、死なせたのだろう？

その問いかけは、若いアンの心を苛《さいな》み続けていた。聖女として心を殺してきた彼女だが、聖女という存在が揺らぐことで心の痛みを感じるようになっていた。

「……………」

いっそ、このバルコニーから飛び降りれば楽になれるかもしれない。

そんな思いに苛まれそうになる。

手すりに手を掛けるアンだったが、そこで脳裏に浮かぶ映像があった。

聖女という役割に徹しようとしていた自分に、手を差し伸べてくれた元聖女メアリの眼《まな》差《ざ》しだった。もし、ここで逃げ出すのならば、あのときメアリの手を取っていれば良かったのだ。それをしなかったのは自分の責任である。

だから、逃げることは許されない。

アン自身がアンの逃避を許さない。たとえこのあとに、これまで積み重ねてきた業によって裁かれる日が来るのだとしても、最後まで聖女としての役割を演じきる。

それがメアリへのケジメであると、芽生えた心に誓って。


このように、映像を観たフウガ支持派の人々の心は様々だった。

そしてそれはフリードニア軍と決戦しようと意気込んでいた、フウガが率いる大虎帝国軍本隊の中でも同じだった。南の大陸制覇が偉業であるという認識は変わっていない。

しかし北の世界の存在を知らされたことで、その意義は揺らぐことになる。

人類国家の制覇はできても、世界すべてを手中に収めたことにはならない。このことが人々の心を分断していた。南の大陸制覇も偉業に変わりないのだからまずはこれを成し遂げるべきと考える者たちもいる。どうせ世界全体を統べたことにはならないのだから、大陸制覇などする必要があるのだろうかと思ってしまった者たちもいる。

また大虎帝国に吸収された国々に所属していた人々はこう思う。

偉業を成し遂げるために故国がなくなるのも納得したが、人類同士が争うことなく手に入る世界があるなら、なぜ故国は消滅しなければならなかったのか、と。

立身出世の欲がある者は思う。

フリードニア王国に勝ったところで、得られるものには限度がある。

名声や土地の大半は古参に分配されて、相当苦労して名を上げないかぎり、自分たちに回ってくるのは略奪品くらいだろう。それならば北の世界で冒険したほうがまだ名を上げるチャンスがあるんじゃないだろうか、と。

戦いに生きがいを感じる武人とは違い、大いなる夢のためにと勇気を振り絞ってこの戦場に立っている者たち……実は大虎帝国軍を構成する大多数である彼らは思う。

なにが飛び出してくるかわからないフリードニア王国を相手にするよりも、まだ北の世界に乗り込んで魔物と戦うほうがマシなんじゃないかと。

こんな風に人々の心は千々に乱れているが、芽生えた疑念は同じだった。

【この戦いに、どれだけの価値があるのだろう?】

その疑念が芽生えてしまえば、十全の力など発揮できようはずもなかった。

そんな風に混乱している大虎帝国内においても、フウガは冷静な顔をしていた。そんなフウガに、ムツミが気遣わしげに話しかけた。

「やはり……兵たちの動揺は大きいようですね」

「……そうだな。気持ちはよくわかる」

フウガはアッサリと頷《うなず》いた。そしてやれやれといった風に肩をすくめた。

「俺だって、あんな映像をいきなり見せられたら北に行きたくなったことだろう。大陸制覇に代わる新世界の開拓という、べつの面白そうな夢を提示されたらな。……実際に、覚悟を決めたいまであっても、俺の心は揺れている。ユリガが残した楔《くさび》は、しっかりと胸に食い込んだままだしな」

二人は、大陸の北の果てでユリガと最後にあった日のことを思い出していた。

エピローグ　ユリガの戦い

この戦争が始まる少し前。

シーディアンたちの都市ハールガの城門前で、フウガとユリガが会った日。

久方ぶりの兄妹の再会。しかし、ソーマに嫁いだユリガはすでにフリードニア王国の人となっているため、次の戦争では敵対することが確定していた。

フウガはユリガと少しの雑談を交わしたあとで「それで？」と尋ねた。

「話があるんだろう？　なんなんだ？」

「……お兄様の興味を引けるだろうことについてです」

そう言うとユリガは右手を高く掲げた。

するとハールガの門が開き、ゴロゴロという音がなり、砂の地面がグラグラと揺れだした。やがてハールガの門をくぐり抜けるようにして、巨大なものがユリガの背後まで運ばれてきた。目を丸くするフウガとムツミに、ユリガは真剣な眼差しで言った。

「これが、お二人に見せたかったものです。お二人も、コレの存在は知っているはずです。……まあ、私が報告しましたから」

ユリガは背後の物体を指差しながら言った。

「そして話したいのは、コレの生まれた世界の話です」

ユリガの背後にあったのは見上げるほどに巨大な生物の頭骨だった。

形状からドラゴンのものだとは思うが、ハルバートの乗っていた赤竜ルビィや、やりあったノートゥン竜騎士王国のどの竜《ドラゴン》よりも遥《はる》かに巨大なものだった。頭だけでライノサウルスよりも大きい生物というのは、さしものフウガでさえも見たことがなかった。

そんな頭骨の偉容にフウガたちが面食らっていると、ユリガは言った。

「これは、かつて九頭龍《くずりゅう》諸島を襲った怪獣『オオヤミズチ』の頭骨です。頭だけでもわかりますが、山のような、小島のようなこの大怪獣に対して、フリードニア王国と九頭《くず》龍《りゅう》諸島連合（当時）は共闘してなんとか討ち果たすことができました。いまオオヤミズチの骨は九頭龍《くずりゅう》諸島王国の所有となっていますが、ソーマ殿を通じてシャボン女王にお願いし、頭骨をお貸しいただくことができました。これがそうです」

「話には聞いていましたが……こんなに巨大な生き物だったのですね」

ムツミの溜息《ためいき》交じりの言葉に、フウガも頷いた。

「ああ。頭だけでこの大きさとなると……俺らが戦ったキノコ形の兵器よりも、もう一回り大きいようだな。九頭龍《くずりゅう》諸島が一国だけでは手に余ったというのも頷ける話だ」

フウガはそう言うとユリガを見た。

「それで、なぜ俺たちにこれを見せた？」

「これと同程度の大きさの生物が、海を越えた北の世界にまだ存在しているそうです」

ユリガはマオ・シティの先にある海を指差しながら言った。

そして現時点で判明している北の世界の話をフウガに聞かせたのだ。この海の果てには、南の世界『ランディア』と同じ大きさの世界『シーディア』があること。シーディアは無数の島々が散らばった世界であり、シーディアンたちが湧き出る魔物たちの襲来によって失って以後、全容のわからない未知の世界になっているということなどをだ。

フウガはそんなユリガの説明をただ静かに聞いていた。

荒唐無稽に思える内容ではあっても、実際にその世界からやって来たシーディアンたちの都市の前で、見たこともない巨大な頭骨の前で語られれば、信じるしかないという気分になる。後に、ソーマが放送によって世界に伝えることになる情報を、ユリガはソーマの許可を得た上で、一足早くフウガに伝えたのだ。

一通りの情報を伝えたユリガは、そこで一息挟んでから口を開いた。

「フリードニア王国ではすでに、次の時代に向けて動き出しています」

「次の時代？」

聞き返すフウガに、ユリガは頷く。

「はい。お兄様がこの南の大陸の覇権を獲《と》ろうが、獲るまいが、次の時代はかならず人々が北の世界へと進出していく時代になります。当然ですよね。北に未知の世界が広がっているとわかれば、野心や冒険心溢《あふ》れる人々は勇んで北へ向かうでしょう。逆に保守的な人たちも北に魔物の脅威が依然として存在しているなら、解決しなくてはならないと考えるでしょう。放っておけばまた魔《ま》浪《なみ》が発生するかもしれないのですから。つまり、人類はどうあっても今後は北に向き合わねばならないのです」

ユリガはフウガの目を見つめながら強く断言した。

「お兄様の大陸制覇という望みは、これまでは前人未踏の夢でした。世界がこの南側だけで完結していた状況ならば、人が見られる最大規模の夢だったと言えるでしょう。そんな最大の夢に、私も、ムツミお義姉様《ねえさま》も、みんなも魅了されてきた。お兄様の大きな願いを叶《かな》えるために、大虎帝国のみんなが身を粉にして働いている。違いますか？」

「………」

違いますか、と尋ねられたが、ユリガの言葉にさほどおかしいと思う点は見つけられなかった。だからフウガもムツミもなにも言うことができなかった。

二人の沈黙を肯定と受け取ったユリガは話を続けた。

「だけど、世界はこの南の世界で完結していなかった。同規模の北の世界の存在が明らかになったことで、お兄様の望みは前人未踏の夢ではあっても、人が描ける最大規模の夢ではなくなったのです。ソーマさんとマオ殿の邂逅《かいこう》によって、世界制覇という言葉は、北の世界までをも手中に収めてはじめて実現できるものに変わってしまったのです。そして、大虎帝国一国だけで、その夢を実現することはできません」

ユリガはフウガの夢の限界について語っていたのだ。

「ゴールまであと少しだと……海洋同盟さえ降《くだ》せば夢が叶うのだと、みんな不平不満をいだいても、それを我慢して走り続けています。だけど世界がもう一つあり、もう一回、同じ距離を走れと言われたら？　すでに限界近くまで頑張っているのに、まだ折り返し地点だと言われたら？　そんなの、耐えられるわけがありません。民心は必ず割れます。そしてそれを引き留められる体力は、無理を続けてきた大虎帝国にないでしょう？」

「……………」

「この次の時代に対応できるとすれば、緩い連合体を築くことによって体力を温存し、技術協力などでそれぞれ国力の底上げに努めてきた海洋同盟だけなのです！　どうあっても向き合わなければならない北の世界に、海洋同盟ならば乗り出すことができる。緩い連合体を維持しながら、各国がシーディアンやマオ殿と協力して人を送り込んでいく。マオ殿の協力があれば『異界の門』とやらの管理もできるそうです。ソーマ殿たちは、すでに試験的に調査のための人員を北に送り込んでいるようです」

「っ!?　ソーマはすでに北の世界に手を出しているのか!?」

　フウガが驚きの声を上げると、ユリガはしっかりと頷いた。

「はい。もちろん、一国では利益の独占と捉えられかねませんので、海洋同盟各国やシーディアンたち、竜騎士王国などにも声を掛け、それらの国々の同意の上で共同管理下にある先行調査隊を送り込んでいるようです」

　そう言うと、ユリガはジーッとフウガを見た。

「お兄様。いま、先を越されたと思いませんでしたか？」

「……っ」

「私はさっき冒険心ある人、野心ある人は勇んで北に行きたがると言いましたが、それはまさにお兄様のことではないですか。私の説明を聞いていたとき、お兄様はワクワクしてしまったのではないですか？　北に行きたくなったのではないですか？」

「それは……」

フウガは言葉に窮した。ユリガの説明を聞いたとき、この目の前の巨大な頭骨を見たとき……フウガの胸は高鳴った。内から湧き出る高揚感が指摘を肯定していた。

ユリガはそれを見透かしているかのように話を続けた。

「お兄様がそういう人だと理解しているからこそ、私はこの話をしたのです。そして、お兄様の下に集まり、夢を共有できる人々も同じ性質を持っていると思います。シュウキンさんも、ガテンさんも、モウメイさんも、カセンさんも、私の話を聞けば同じように胸を高鳴らせたことでしょう。ムツミお義姉様《ねえさま》、あなたもそうなのではありませんか？」

「っ！……そうですね」

急に話を振られたムツミは、観念したように頷いた。

「兄上たちがどう考えるかわかりませんが、私は旦那様と一緒に北の世界を駆けるのも面白いかも……と、思ってしまいましたね」

ムツミの言葉を聞き、フウガもガシガシと頭を掻《か》いた。

「たしかに、ユリガの話は魅力的に聞こえる。だが、なぜいまその話をする？　いまさら王国との戦いをとりやめて、みんなで北へ行こうなんてできるわけもないのだぞ」

「それができるなら……どんなに良かったでしょうね」

　ユリガは切なげな顔をフウガに見せた。

「お兄様がいまから海洋同盟と協調していく路線に転じ、帝国を維持しながら、ソーマ殿と協力して北の世界へと乗り出す未来が……私にとっては理想でした。だけど、それをするにはお兄様たちはすでに多くの血を流し、多くのものを背負いすぎている」

「……ああ。いまさら立ち止まることなどできん」

　フウガは静かに頷《うなず》いた。

「そんなことは併合してきた国や、打ち倒してきた敵が許さないだろう。乗り出した夢を半端に終わらせることなど、払ってきた犠牲を無にする行為だ。たとえ最後にどのような結末が待っていたとしても、見た夢に決着をつけなければならない。ソーマとの決着も、そのためにつけなければならないだろう」

　フウガからの拒絶の言葉。それにユリガは「わかっています」と顔を上げた。

　気丈な顔ではあるものの、その目には大粒の涙が溜《た》まっていた。

「英雄であるお兄様には、立ち止まることは許されません。でも、それでも私はかすかな望みに賭けたかった。お兄様の夢を悲しい形で終わらせたくなかったから」

「ユリガ……」

「だけどもし、お兄様の権威が失墜し、英雄でなくなる日が来たら、こういう選択もできるということを伝えたかったのです。次の戦いで〝お兄様が負けたとき〟、私の話を聞いてしまったお兄様は、もう海洋同盟に復仇《ふっきゅう》するまで戦い続けることなどできないでしょう。ソーマ殿たちとだけ、ダラダラと戦い続けるよりも、北の世界へ行きたいという欲求が、お兄様の胸を苛《さいな》み続けるでしょうから……」

涙を流しながらそう語るユリガ。フウガは大きく目を見開いた。

「お前は……それが狙いだったのか」

フウガはここでようやくユリガの狙いを理解した。

なぜユリガがわざわざこのタイミングで、こんな北の果てにまでフウガを呼び出して、会って話そうとしたのか。

「お前は、俺の夢に時間制限を設けたかったんだな」

どうしてもソーマとフウガの戦いが避けられないなら、せめてそれを一回の激突で終わらせてしまいたい。

フウガが勝てば夢は成るが、もし負けたとしても海洋同盟には大虎帝国に攻め入る意志がない以上、フウガに何度でもリベンジの機会を与えてしまうことになる。

しかしユリガの話を聞いてしまったフウガは、海洋同盟とダラダラと戦い続けるよりも、北の世界へ行きたいと思ってしまっている。

新たな時代の訪れ。新たな夢。

それを教えられたフウガは、英雄であり続けることができなくなってしまったのだ。

フウガはまるで憑《つ》き物《もの》が落ちたような顔で、ふうと息を吐いた。

「そうか。俺はお前に〝毒〟を盛られたわけだ。情報という、遅効性の毒を……」

「……ごめんなさい。お兄様」

謝るユリガ。その肩に、フウガはポンと手を置いた。

「謝るな。お前は、お前の望む決着のために行動したのだろう？　なら、胸を張れ」

「お兄様……」

「ユリガ。いまのお前は誰だ？　大虎帝国皇帝フウガ・ハーンの妹か？」

「……いいえ」

ユリガは涙を拭うと、真《ま》っ直《す》ぐにフウガと向き合った。

「私は、フリードニア国王ソーマ・Ｅ・フリードニアの妃《きさき》ユリガです！」

「それでいい。お前は、お前の信じる道を行け！」

「はい！」

こうして、フウガとユリガの北の地での会談は終わったのだった。

◇◇◇

そして現在、ソーマの用意したプロモーション映像が流れる中。

フウガとムツミはあの日のことを思い出していた。

「……これでもう、勝つか負けるかになったな。勝てればそれで夢は成るが、負ければ人々の心は、継戦か、和睦した上での北への進出かに割れるだろう。そんな状態になれば、もう二度と海洋同盟に挑むことはできない」

「そうですね。そうなったら旦那様の大陸制覇への熱情も冷めてしまうでしょうし」

ムツミに言われ、フウガは苦笑しながら頷いた。

「ああ。まったく……お前は大した妹だぜ！　ユリガ！」

おそらく敵陣にいるであろう妹ユリガに対して、フウガは聞こえるはずもない賛辞を送ったのだった。

あとがき

この度は現国十八巻をお買い上げいただきありがとうございます。現国がシリアスめな話が多くて、脇で書いていたラブコメが捗《はかど》っていたどぜう丸です。

今巻はフウガとの最終決戦の前半戦という感じです。

時代の流れに乗って駆け抜けるフウガと、時代そのものを変えようとするソーマ。すべての人、すべての国を巻き込んだ戦いの決着も近いです。

私は作ったキャラクターに思い入れるタイプなのでドンドン群像劇になっていくんですよね。主人公一強が好まれる異世界物を書いても群像劇に、『八城《やしろ》くん』のような青春ラブコメを書いても群像劇になって文章量が増えがちです。

逆に『遊牧民族の姫』はそうならないよう一対一ラブコメを意識して書いてます。こちらも登場人物が増えてくると怪しいですけどね。

さて気付けば十八巻にも及ぶ大河小説みたいになってきましたが、そろそろこの物語も終わりに近づいています。多分、二十巻が『現国』の最終巻となるでしょう。まだ大丈夫……なはず。

それではこの本に関わったすべての人と、読者に感謝を。

参考文献
『君主論』マキアヴェッリ著　河島英昭訳（岩波書店　1998年）
『君主論 新版』マキアヴェリ著　池田廉訳（中央公論新社　2018年）

OVERLAP

現実主義勇者の王国再建記 XVIII

発　行　2023年6月25日　初版第一刷発行

著　者　どぜう丸
発行者　永田勝治
発行所　株式会社オーバーラップ
〒141-0031　東京都品川区西五反田 8-1-5
校正・DTP　株式会社鷗来堂
印刷・製本　大日本印刷株式会社

Printed in Japan ISBN 978-4-8240-0528-1 C0193